백 년의 등불

# 백 년의 등불

**초판 1쇄 인쇄** 2024년 12월 30일
**초판 1쇄 발행** 2025년 01월 08일
**지은이** 김점식(석천)

**펴낸이** 김양수
**디자인·편집** 이정은
**교정교열** 연유나

**펴낸곳** 도서출판 맑은샘
**출판등록** 제2012-000035
**주소** 경기도 고양시 일산서구 중앙로 1456(주엽동) 서현프라자 604호
**전화** 031) 906-5006
**팩스** 031) 906-5079
**홈페이지** www.booksam.kr
**블로그** http://blog.naver.com/okbook1234
**포스트** http://naver.me/GOjsbqes
**이메일** okbook1234@naver.com

ISBN 979-11-5778-679-4 (03800)

김점식(석천) 수필집

# 백 년 의
# 등 불

맑은샘

# 글머리에

이 글은 100여 년 전쯤에 인도의 시성 타고르가 우리 한민족에게 용기와 희망을 주기 위해서 지은 《동방의 등불》이라는 시를 모티브로 해서 쓴 것이다. 그 메시지 같은 짧은 시에서는 우리 민족의 과거와 미래만 있고 현재는 없다. 그 현재가 우리 민족이 안식하고 기거할 집 같은 나라일 터인데 국권을 상실한 민족에게 고하는 것으로 과거의 역사적 영광이 다시 한 번 재현되는 날이 올 것임을 기원하는 내용이었다.

타고르 자신도 식민지 국민으로서 같은 연민의 정을 느꼈을 것이다. 그 당시 이리해도 저리해도 깜깜한 암흑기에 동방의 등불은 그야말로 희미하고 가냘픈 등불이었지만 그래도 우리 민족의 앞날을 비추는 등대 같은 유일한 희망의 불빛이었다.

근세사에서 민족의 암흑기라고 한다면 일제강점기일 것이다. 구한말 서세동점의 시기에 먼저 개화한 일본을 따르다가 오히려 일본에 덜미를 잡혀 민족의 숨통이 끊어지고 말았다. 같은 동양이고 이웃인 만큼 동병상련으로 서양에 맞서 단호히 대처할 줄 알았는데 서양의 세력들보다 한 수 더 뜬 일본의 간교함에 민족 말살의 지경까지 이르게 된 것이다. 수구파와 개화파 또는 동학사상이니 하면서 민족의 구세주로서 자처하다가 막상 일제의 강압 앞에서는 어떤 수단도 다 무용지물이 되었고 국권을 상실한 이후에는 오롯이 민족정신만이 남아 있었다. 국권 수복의 날까지 어떻게 하든 민족정기를 이어가는 것이 당면과제가 되었다. 우리말 우리글을 지키고 끝까지 일본에 저항하는 정신이 민족정신일 것이다.

1919년 망국의 현실에 혼미해진 정신을 간신히 추슬러 거국적 3·1 독립만세를 불렀으나 민족정신의 불씨가 살아있다는 흔적만 남기고 잠잠해졌다. 그 뒤 6·10 만세, 광주학생의거 등 민족정신을 발휘해 보았으나 모두 다 수포로 돌아갔다. 정말 깜깜한 민족의 앞날이었다. 일제 암흑기 가장 심층 시기에 밝혀준 그 희미한 등불에 없었던 현재를 드디어 찾았다. 그것이 해방이었다. 해방되자 나라의 색깔로 옥신각신하다가 두 가지 색의 경계선이 울툭불툭하게 되었다. 그래도 우리들은 다행히 푸른색의 땅에서 태어나고 자랐다.

민족의 삶이 역사이고 역사에서 현재는 과거와 미래를 잇는 생명체로서 살기 위해서 혹은 나라의 발전을 위해서 분주히 움직이는 국민들의 모습이다. 동방의 등불은 우리 민족이 나아갈 방향을 일러주고 우리 민족이 견디며 움직이고 살아 있어야 할 젖줄이 되었다.

우리나라는 타고르가 비춘 그 등불을 따라 우렁차게 달려왔다. 되찾은 현재, 되찾은 나라, 거기에는 아름다운 금수강산이 있고 그 속에 사는 국민들의 삶이 있고 아무리 헐벗고 굶주려도 과거를 거울삼아 미래의 동방을 비출 등촉에 불을 밝힐 책무가 우리에게 있었다.

사실 우리들의 과거는 나라 잃은 억울함이고 미래는 어떻게 하든 나라의 발전이었다. 그 발전을 위해 현재는 두 주먹을 불끈 쥐는 일이었다. 불끈 쥔 주먹 속에는 온갖 고난과 시련과 역경의 세월이 들어 있었다. 우리들의 어린 시절과 노인 시절의 차이는 우리들이 직접 그 길을 밟고 왔으면서도 또는 직접 눈으로 보면서도 잘 믿어지지 않을 만큼 세상의 큰 변화에 스스로 놀라기도 하는 것이다. 나라의 발전에 불씨를 짚이기도 어렵지만 불씨를 살려 세상을 비추는 불꽃을 피운다는 것도 여간한 일이 아닌 것이다.

그동안 모진 비바람의 풍파도 많았지만, 현재가 없었던 과거를 거울삼아 마침내 동방의 등불을 넘어 세계를 비추는 미래의 횃불을 만들었다. 되돌아보니 100년의 등불이 되었다.

2024년 10월

# 차례

글머리에 _ 005

**1장 / 몰려드는 세계의 시선 _ 011**

지구가족 시대 / 때늦은 세계사의 주역 / 선진국의 문턱을 넘다 /
한국의 회식문화 / 별이 빛나는 밤에 / 텃밭 가꾸기 / 한국의 드
라마 / 한국 영화 / 영화와 자유 / K팝의 위상 / 한국의 경제발전
/ 한국인의 선비정신 / 한국의 교육 / 해운대 해수욕장 / 한국의
음식 / 한국 사회의 안전망 / 한국의 관공서

**2장 / 금수강산의 후예 _ 065**

백두대간 태백의 혈맥 / 금수강산의 후예 / 세계에서 제일 맛있는
소금 / 한국 식단의 금수강산 / 한국인의 정 / 정 많은 한국인 /
빨리빨리 정신 / 뒤태의 미덕 / 동방의 등불 / 모유 수유의 젖가
슴은 신의 몸짓 / 체면과 염치의 나라 / 장유유서의 정신 / 한옥
의 자태 / 백의민족 / 온돌의 문화 / 목욕탕 문화 / 찜질방 시대 /
김치의 나라

**3장 / 즐기찬 배달의 민족 _ 117**

국가의 존재 위상 / 배달의 어원 / 한자 지명의 엉뚱함 / 어느 쪽
으로 가야 하나 / 공산주의자들의 준동 / 잠수 탄 북진통일 /

살아남은 자들 / 개척의 시대 / 상실의 시대 / 미명의 눈동자 / 연금소득 시대 / 연금 시대의 뒤안길 / 한과 정이 많은 민족 / 절약의 미덕을 넘어서 / 원시시대 종식의 원인 / 지식의 와류 / 혼돈의 시대를 넘어서 / 자유의 신장

## 4장 / 국민성의 쇄신 _ 171

정실주의 배격 / 과도한 연줄의 포장 / 살아남는 조건 / 공과 사를 구별하라 / 슬픔은 강물처럼 / 아들 셋 낳기 / 동업자의 몰락 시대 / 신분사회의 탈피 / 곤조를 씻어라 / 신념의 굴곡 / 바람의 역류 / 꼰대의 탈피 / 변명도 삶의 지혜 / 불안과 절망을 넘어서 / 조상숭배의 정신 / 자존심의 시대 / 덫에 걸린 운명 / 거북등 사고의 출발선 / 음서와 좌수의 흔적

## 5장 / 백년의 등불 _ 229

타고르의 예지력 / 한국 민족의 생존 / 축지법의 실현 / 훈계의 천국 / 길의 왕도 / 마이카 시대 / 의리에 살고 체면으로 죽고 염치로 견딘다 / 과잉 인연의 정 / 대우에서 체코까지 / 한글전용 시대를 열다 / 먼 산의 토끼 똥 / 생계를 넘어서 / 왜곡된 지식인들이 꿈꾼 허상의 세상 / K푸드의 위력 / 백 년의 등불

# **1**장

## 몰려드는 세계의 시선

# 지구가족 시대 💡

르네상스부터 시작된 과학 발전과 인문의 확장은 오늘날 지구촌 가족의 시대로까지 발전되었다. 세계 곳곳에서 일어나는 일들이 즉각적으로 전송되고 알려져 서로의 관심사가 되고 걱정거리는 걱정해 주고 축하할 일은 서로 축하해 주는 시대가 되었다.

전근대까지만 해도 풍문으로 세상 소식을 접하다가 이제는 세상의 소식이나 지식이 사람들 개개인의 손아귀에 있다. 핸드폰이라는 첨단매체의 발달은 아무리 먼 곳에 있는 사람이라도 순간적으로 곁에 있는 사람처럼 소통시켜 버린다. 그야말로 축지법의 시대가 도래했다. 우리가 어릴 때 꿈꾸던 축지법의 마술이 현실에서 펼쳐지고 있는 것이다.

사회적 동물인 인간은 서로 어울려서 살기를 원한다. 그러기 위해서 서로 소통하고 교류한다. 서로 어울리고 소통하고 교류하는 근본적 심리는 즐거운 삶을 위해서다. 방송이라는 매스미디어는 오늘날 사람들에게 생활의 즐거움을 주는 중심축이 되고 있다. 그 즐거움을 사람들은 들고 다니는 작은 매체로 손바닥 안에서 손가락 끝으로 해결한다. 방송은 일방적 미디어지만 폰은 쌍방적 교류의 매체다. 손바닥 안의 작은 물건 하나로 사람들은 전 세계인과 그 자리에서 순간적으로 소통한다. 첨단과학 발전의 절정이다.

다만 방송의 매스미디어 시대에 새로이 부각되는 것이 지구촌 사람들의 삶의 형태다. 최근까지만 해도 지구촌 가족의 수많은 인종과 종족과 민족 국가들은 자기들 고유의 풍속과 역사와 전통을 지키며 살아왔다. 그리고 자기들 고유의 것들을 지키는 것을 자랑스러워했다. 아직도 그렇게 하는 민족이나 종족이 있기는 하지만, 그러나 이제는 지구촌 가족의 시대로 첨단과학의 시대에 그럴 수 없게 되었다. 대체로 변화를 모색하는 시대가 되었다. 갖가지 생활방식이나 풍속, 전통이 전 세계 지구촌 가족의 시야에 한 눈으로 적나라하게 비교되기 때문이다. 손바닥 안에 인류의 모든 종족이나 민족의 삶의 방식이 다 들어있다.

모든 인류는 행복한 삶을 위한 방향으로 삶의 방식을 변화시킨다. 풍속, 종교, 전통에 따라서 조금씩 차이는 있지만, 그러나 근본적인 공통점이 사회변화이다. 거대한 국가와 사회라 하지만 사회를 구성하는 기본 단위는 가정이다. 가정생활은 인간 삶의 행복 추구의 중심이다. 모든 인류는 가정을 꾸리고 산다. 가정이 행복한 삶의 충분조건은 아니지만 절대적 필요조건이라 할 수 있다. 바로 이 각국의 가정생활 모습이 대부분 사람들이 들고 다니는 휴대폰 속에 들어있고 비교되기도 하고 살펴보기도 한다. 그리고 방송의 매스미디어로 전 세계 사람들이 한 눈으로 볼 수 있고 행복한 삶의 한 수단이 되기도 한다. 바로 그 시선들이 요즘에 와서 한국 사회로 몰려들고 있다. 한국 사람들의 일거수일투족을 주목하는 것이다. 그중에서 한국인의 가정생활에 관심을 갖는 경향이 뚜렷하다.

# 때늦은 세계사의 주역 🔔

우리나라가 한일합병이 되는 1910년만 해도 세계는 한국의 존재에 관심이 없었다. 그보다 몇 년 전 네덜란드 헤이그에서 열리는 만국평화회의에서 침몰하는 한국호를 알리기 위해서 이준 열사가 자결을 하였는데도 세계 각국은 눈 하나 깜짝하지 않았다. 심지어 현시대에 한국을 지키는 데 가장 큰 힘이 되고 있는 미국마저도 필리핀을 식민지로 삼기 위해서 우리나라를 일본에 양보하는 조약을 맺음으로써 우리나라는 일본의 식민지가 되고 말았다.

늦게 배운 도둑질이라고 300년간의 식민지 시대에서 일본은 유일하게 최후로 이웃 나라를 식민지로 만드는 악덕 국가가 되었다. 서양의 강대국들은 그래도 이웃 나라를 식민지로 만드는 야비한 짓은 하지 않았다. 그 뒤에 일본을 본받아서 중국은 티베트를 합병해 버렸고 소련은 이웃의 20여 개국을 병합해 버렸다. 공산주의 국가들의 몰염치의 표본이 되었다.

일제 35년 동안에 세계대전이 두 개나 터졌고 공산주의라는 새로운 이념이 창궐하였다. 바로 이 공산주의라는 사상이 등장함으로써 식민지와 독립운동과 해방이라는 명제 하에 오늘날 우리나라가 세계에서 유일한 분단국이 되는 데 일등 공신이 되었다. 그 결과 6·25사변이 일어났고 우리나라는 비로소 전쟁과 자유라는 이름으로 세계사에 등장했다.

6·25전쟁은 남이나 북이나 어차피 국가 통일전쟁임이 분명하였

다. 북한은 의도적이고 계획적인 선제공격, 타격의 공산주의 국가로의 통일전쟁이었고, 우리 남쪽의 대한민국은 북의 남침으로 전쟁이 시작된 김에 자유민주 국가로의 통일전쟁을 고집하였다. 그 바람에 당시 이승만 대통령의 지나친 아집으로 남한은 휴전의 당사자가 되지 못하고 대신 미국이 유엔군의 이름으로 북한과 마주 앉는 휴전협정의 당사자가 되었다. 그때 이승만 대통령의 고집은 국민적 여망이나 시대적 대세론으로서는 마땅하고 당연시되는 주장이었으나 우리나라 휴전선상에서 중공군의 인해전술로 인한 수많은 인명의 피해를 입는 상황에서 국가를 대표하는 지도자로서의 태도는 잘못된 것으로 판명되기도 했다.

휴전 후 한국의 참상은 비참하기 이를 데 없었다. 세계 200여 개국 중에서 최빈국 꼴찌의 3개국 안에 들었다. 길거리에는 거지가 우글거렸고 아사자가 속출하였다. 우선 당장 시급한 것이 굶어 죽는 아사자를 막기 위한 식량 사정이었다. 미국이 주동이 된 유엔은 긴급 대충자금을 총동원하여 한국의 기아 문제 해결에 주력하였다. 사실 그로 인한 유엔의 혜택은 실로 엄청난 것이었다. 자유를 지키기 위해서 미국을 위시한 참전 16개국의 공헌도 대단한 것이었지만 전후의 식량 지원을 위한 유엔의 공로도 우리는 결코 잊어서는 안 될 것이다.

어떻게 하다 보니까 2차 세계대전 후 긴급히 만들어진 국제연합이라는 국제기구가 마치 한국동란에 대비한 기구처럼 되어버렸다. 최초로 유엔의 위력을 한국전쟁과 전후 지원에 동원되어 실제에 적용해 본 결과가 되었기 때문이었다. 그 성과를 한국에서 찾을 수 있었다. 그러므로 우리나라는 10월 24일을 유엔의 날 혹은 유엔 데이라 하여 국가 공휴일로 지정하여 유엔의 업적을 30년도 넘게 기리기도 했었다.

비참한 몰골의 나라로 우리나라는 세계사에 참여한 결과가 되었다. 그 이후로도 한국의 휴전선은 자유를 지키는 최일선의 보루로 뜨거운 감자가 되어 세계인들의 주목을 받고 있다. 국가 존립의 치열하고 극한적 경계선을 지켜보는 것이다.


## 선진국의 문턱을 넘다 🔔

우리 생애에 2천 년이라는 거대한 밀레니엄을 맞이하는 영광을 안게 되었다. 100년 단위의 새로운 세기를 맞이하는 것도 운명적이라 할 수 있는데 밀레니엄은 일러 무엇하랴.

1969년도에서 1970년으로 넘어갈 때 사석에서도 매스컴에서도 대망의 1970년대를 너무도 많이 외쳤다. 당시만 해도 약관의 나이에 10년 후의 엄청난 변화와 그 변화에 대한 기대가 컸고 매스컴에서는 연일 그다음 해에 경부고속도로가 개통되고 3차 경제개발 5개년 계획이 완성되었을 때의 기대감에 부풀어 있었기 때문이었을 것이다.

3차 경제개발계획은 중화학공업을 중심으로 획기적 경제도약을 할 수 있는 인프라 구축이 주였다. 대표적인 것이 포항제철과 석유화학일 것이다. 포항제철은 훗날 중국의 죽의 장막을 여는 결정적 계기가 되었고, 더 나아가 소련의 철의 장막이 깨어지는 데 간접적 역할을 하였다. 88올림픽을 서울에 유치하게 되니까 중국이 자극받아 한국경제에 관심을 갖게 되고 포항제철을 둘러보게 되었다. 포항제철의 거대함과 현대화 시설에 감탄한 중국은 자존심이 팍 상했다. 예부터 중국은 우리나라를 깔보고 얕보고 업신여기는 역사를 갖고 있었으나 포항제철을 시찰하고 나서는 그게 아니라는 것을 깨닫고 이후 중국의 경제와 사회는 급격하게 발전하고 변화되어 오늘에 이르게 된 것이다. 대국의 자존심이 무척이나 상했던 모양이었다.

우리나라의 경제는 우리 세대의 출생과 거의 맥을 같이 하고 있다. 수십 년의 식민지로 핍박을 당하다가 해방되어 정부수립으로 이제 출발할까 하는데 또 북의 남침으로 인한 전쟁, 이젠 기진맥진, 그래도 다시 일어서서 가야 하고 살아야 하는 것, 그때가 1954년이었다.

세상에 태어날 때 빈 몸으로 태어나듯 우리나라 경제도 빈손으로 출발하는 것이었다. 세계에서 가장 빈국으로 출발하는, 더 이상 꺼질 곳 없는 맨 밑바닥에서 출발하는 것이었다. 그 첫 출발로 우리들의 초등학교 입학이었다. 의무교육의 강제 시행으로 아이들 수가 월등히 많았다. 원래 의무교육은 국가가 국민을 의무적으로 교육시켜야 하는 것인데 반해 당시의 국가 여력은 어림없었다. 그래도 국가부흥을 위해서는 국민교육은 절대 필요하고 필수 요건이라는 것을 깨달고 자녀를 둔 부모에게 의무적 강제력을 전가시켰다.

그 시책의 효과는 적중했다. 부모들은 자녀들의 장래를 위해서라 기보다는 울며 겨자 먹기로 국가명령에 따르지 않을 경우 일제 시대에 있었던 일본 순사를 상기했다. 일본 순사에 대한 트라우마였다. 물론 일본 순사는 아니지만 한국 순사라도 집에 찾아오는 것을 생각하면 자녀를 학교에 보내지 않을 수 없었다. 그래도 적령기가 조금이라도 지난 자녀는 학교에 보내지 않았다. 학교에 매달 월사금을 내야 했기 때문이었다. 그런 현상이 우리들 입학의 시기인 1954년만 그랬고 그다음부터는 적령기 아이들을 남녀 구별하지 않고 거의 다 학교에 보낸 것으로 알고 있다. 그래도 전국적으로 따지면 무학자가 많았으리라고 본다.

월납금도 우리들이 학교를 졸업한 1960년부터는 내지 않았다고 한다. 4·19 혁명이 일어났기 때문이었단다. 그다음 해 1961년에 5·16 군사혁명이 일어나면서 우리나라 경제개발은 본격적으로 시행되었다. 1962년부터 1976년까지 3차 경제개발 5개년계획이 완성되니까 그다음부터는 경제의 수레바퀴가 자동으로 굴러갔다. 위정자들이 경제를 이끌어 간다고들 하지만 사실은 경제에 이끌려 간 것이나 마찬가지였다. 지금에 와서는 굴러가는 경제의 바퀴를 조종하거나 운전할 어떤 지도자나 영웅도 없다. 경제 외곽인 국가 안보에 치중할 수밖에 없는 시대가 되었다. 세계 경제와 완전히 맞물려 돌아가기 때문에 어쩔 수 없는 형국이다.

최빈국에서 후진국, 개발도상국에서 중진국, 중진국에서 선진국의 문턱을 넘기까지가 50년 가지고는 모자라고 60년이 걸렸다. 참으로 지난한 세월이었다. 알몸으로 태어나 맨땅에 헤딩하면서 출발한 우리들은 노인이 되었다. 우리들의 어린 시절을 생각하고 그 입학했던 학교, 마을, 집, 당시 우리나라의 위상을 생각하면 우렁차게 달려왔고 꿈만 같고 아련하다. 생계가 볼모가 되어 몰이꾼에게 쫓기는 짐승처럼 허겁지겁 달려왔다. 아무리 꽃길이 기다린대도 다시 가라면 못 갈 그런 험악하고 암담하고 암울한 길을 겁도 없이 달려왔다.

현재 우리나라의 위상은 국제 교역을 위시하여 각 부면에서 세계 10위권 안팎을 유지하고 있다. 후진국이나 식민지에서 해방된 수많은 국가들 중에 유일하게 선진국에 진입한 한국을 세계인들은 주목하고 있다. 많은 유학생들이 한국으로 몰려오고 있다. 우수한 기술과 다방면의 한국 사회를 배우겠지만 무엇보다 한국인의 정신을 배우기 위한 유학생들이 많으리라고 본다.

원조를 받는 나라에서 원조를 하는 나라가 되는 선진국 문턱은 아무나 어느 민족이나 하는 일이 아니다. 역사적이나 지리적 위치에 따른 한국인만의 독특하고 특수한 정신적 기질이 있기 때문일 것이다.

## 한국의 회식문화 🔔

회식문화를 거슬러 올라가면 놀이문화가 된다. 어느 종족이나 국가를 막론하고 놀이 문화가 없는 민족은 없다. 놀기 위해서 사람이 모이다 보면 금방 또 끼니때가 다가오고 '금강산도 식후경'이라고 배가 불러야 행사도 하고 놀이도 할 수 있다. 그러니 사람들이 모이게 되면 행사든 놀이든 먹는 것을 먼저 챙기기 마련이다.

잔치라 하여 우리 민족의 오랜 전통의 놀이문화가 있다. 주로 집안의 애경사를 치르기 위한 잔치를 하다 보니까 회식 위주의 행사가 되었고 놀이는 부수적인 것이 되었지만 본래의 취지는 애사를 빼고는 놀이일 것이다.

우리 민족은 집안의 애경사 잔치, 연중 세시기의 행사 말고 오랜 전통의 진짜 놀이문화가 따로 있었다. '회치'라 하여 봄, 가을의 좋은 계절에 주로 마을 단위로 하는 놀이 행사였다. 이 회치 문화가 근대화 과정을 거치면서 도시를 중심으로 예술제로 바뀌었고 시골에서는 지금도 관광 시즌의 관광버스 행렬이다. 그것보다 관광버스 춤이 더 적나라한 우리나라 전통의 회치 문화의 명맥과 풍악의 잔재를 보여주는 셈이다.


남한의 본토에서 가장 높은 산이며 삼신산의 하나였던 지리산을 발원으로 하는 강이 여럿 흐르고 그 강 주변의 경관이 빼어나기로 유명하다. 지리산 자락의 하동, 산청, 함양, 거창 등 지역의 특징은 사실 그대로 산자수명하다고 할 수 있을 것이다. 강을 따라 마을이 형성되고 인문이 펼쳐진 것은 말할 것도 없지만 강 주변의 선상지나 유역에 유달리 소나무 숲이 많음을 볼 수 있다. 그 메마르고 벌거숭이 민둥산 시절에도 이들 소나무 숲만은 그대로 잘 보존되어 왔음을 알 수 있다. 주변 지역 마을 사람들의 회치 문화 장소였음을 알 수 있는 대목이다. 삼십 리를 아우르는 마을 사람들의 날 잡은 하루 종일의 음주가무 놀이터였던 것이다. "함양, 산청 물레방아는 물을 안고 돌고 우리 집의 저 문둥이는 나를 안고 돈다"라고 하는 민요 가사에서도 강변의 소나무 숲과 회치 문화의 연관성이 느껴지는 것이다.

민속악기인 사물놀이 장구, 북, 꽹과리, 징은 아무리 작은 빈촌의 마을에도 다 있었다. 사물놀이 악기 하나 변변히 보관할 장소가 마땅치 않았던 우리네들 살림살이, 세간살이, 돌아가면서 해마다 보관하는 집이 달랐다. 소임을 정하여 보관의 책무를 분산시켰다.


전국의 방방곡곡 골마다 들마다 마을이 있기 마련이니 산천경개가 좋은 소나무 숲의 유원지라 일컫는 회치 장소는 사실 극히 드물고 대부분의 마을들은 그 해 소임을 맡은 집의 마당에서 회치를 하였다. 회치는 마을 전체 사람들의 집단놀이이기 때문에 술과 고기를 위주로 한 회식 음식은 공동부담 공동갹출이 당연지사였다.

회치 놀이의 특징은 마을주민 전체가 남녀노소, 세대, 집안, 신분 구별 없이 어울린다는 것이다. 이날만큼은 농노의 고통과 예의범절의 정신적 시달림을 확 날려버리는 것이다.

놀이에 쓰이고 동네마다 있었던 사물놀이 악기는 리듬악기이기 때문에 연주단이 따로 있는 것이 아니고 연주자가 직접 놀이꾼들을 이끌고 같이 움직인다. 회치는 집단의 가무로 공동으로 노래하고 공동으로 춤춘다. 노래는 아리랑으로 출발해서 온갖 민요가 총동원된다. 춤은 우리 전통의 어깨춤이다. 공동으로 노래한다는 것은 민요의 앞소리를 한 사람이 이어 나가면 뒷소리 후렴구를 모든 사람들이 합창으로 따라 부르는 것이다. 동네마다 장구 등 악기를 잘 다루는 사람들이 있기 마련이고 민요의 앞소리를 신출귀몰하게 잘 만들어 이어가는 사람들이 꼭 있다. 대표적인 예를 들어보면 〈쾌지나 칭칭 나네〉나 〈강강수월래〉 등의 곡으로 한나절은 족히 이어 나갈 수 있는 천재들이 각각의 고을마다 있기 마련이었다.

이와 같이 우리 역사에서 회식문화의 백미라 할 수 있는 회치가 일제강점기의 근대화 과정에 도시가 커지고 하면서 약해지고 시들해지기는 했어도 근대화 바람을 덜 탄 시골의 막촌으로 갈수록 여전히 명맥이 유지되고 있었다. 왜냐하면 전란과 식민지의 압박, 가난과 노동에 시달릴수록 심신의 카타르시스가 절대 필요했기 때문이었다. 본격적으로 사라진 것은 도시 직장인들의 야유회와 시골 사람들의 관광버스 나들이 등, 놀이문화의 변천 때문일 것이다. 그것은 또한 현대화 과정의 우리들 일상의 생활양식의 변화 때문이기도 할 것이다.

현대사회의 산업이 분화되고 고도화되면서 도시 직장인들의 정신적 스트레스는 더욱 심화된다고 할 수 있다. 직장인들의 정신적 피로와 고통에서의 해방을 위한 수단들이 사회의 놀이문화의 변화를 이끌어간다고도 할 수 있을 것이다.

직장에서의 회식문화도 생산의 능률과 구성원들의 친목과 단합을 위한 정신적 재무장과 심신의 피로를 풀기 위한 일종의 놀이문화라고도 할 수 있을 것이다. 점심 끼니의 해결을 위해 도시락을 싸 다녔던 개발도상국 시절까지만 해도 직장에서의 회식은 속말로 '목구멍의 때를 벗긴다'라고 하는 영양 보충의 의미도 있었다. 그 말은 직장인들 누구나 기다리고 고대하는 행사였다는 것이다. 그러다가 차츰 직장의 규모도 커지고 업무의 종류도 많아지고 분화되면서 작은 단위의 업무별로 하는 소규모 회식이 잦아지게 되었다. 업무의 성과를 자축하기 위한 것이나 소속 구성원들의 전출입 등에서도 으레 회식을 하는 대부분 회사들의 일상 풍습이 되었다. 그러다 보니 직장인들은 회식 없는 직장생활은 상상할 수도 없게 되었고 스스로 회식문화를 만들어 그것을 즐기는 일상에까지 이르게 되었다.

바로 이 회식문화가 첨단산업의 매스컴을 타고 전 세계로 전파되는 것이다. 외국 사람들이 볼 때는 회식문화가 생소하고 신기하다는 것이다. 우리나라 말고 어느 외국도 직장인들이 단합대회 겸 하는 회식문화가 없다는 것이다. 이웃 일본만 해도 회식을 하지 않는다고 한다. 원래 우리들의 인식으로는 직장에서의 회식은 식민지 시대의 잔재로 일본 사람들의 단합정신 고양의 풍습이 우리나라에 전해진 것으로 알고 있었다. 일제강점기의 잔재가 아니라면 회식문화는 우리 민족 고유의 정신적 기질에서 유래된 것임을 알 수 있다. 바로 민중의 회식문화였던 회치 놀이가 원조라 할 수 있을 것이다.

그 정신적 기질은 미루어 짐작건대 인간애와 인정일 것이다. 직장에서 가족 같은 선후배 간의 끈끈한 정과 돈독히 지내는 바로 그것일 것이다. 처음에는 회사 이름으로 하는 공적 회식에서 2차, 3차로 이어지면서 점차 개별화하고 사적 모임으로 변하는 것이 한국 회식의 한 특성일 수 있다. 젊은 날 했던 직장 회식이나 야유회 행사는 마치 젊음의 특권인 양 밤을 잊고 차수를 늘려가기도 했던 것이다.

문제는 세계의 젊은이들이 한국의 회식문화를 너무나 부러워한다는 것이다. 그 사람들이 부러워하는 것은 단체 회식이나 단합 정신이 아니라 끼리끼리 어울려 노래방도 가고 나이트클럽도 가는 등 젊은이들의 특권인 어울려 노는 것이다. 왕년에는 노는 방법도 서양 선진국에서 배웠으나 이제는 놀이문화도 세계로 전파하는 시대가 되었다.

그것은 역사적이거나 시대적 환경도 있겠지만 무엇보다도 놀이문화에 대한 한국 사람들의 체질적 DNA가 있기 때문일 것이다. 한창 인생의 전성기인 젊음의 혈기를 서로 어울려서 논다는 것은 너무나 당연한 인생의 궁극적 삶의 한 방편일 수도 있겠지만 일하고 먹고 놀고의 인생의 생리적 순환을 원활히 하는 수단도 될 수 있다. 그리고 사회를 구성하고 이어가는 데 큰 활력소가 됨을 알 수도 있다.


## 별이 빛나는 밤에 ♟

〈밤을 잊은 그대에게〉나 〈별이 빛나는 밤에〉 등은 왕년에 한때 잘나가던 FM 라디오 방송의 제목들이다. 제목에서 느껴지는 것은 밤과 젊음의 문화다.

정작 그 프로그램의 방송을 열심히 듣는 애청자들은 젊음의 밤과 청춘의 문화를 잘 누리지 못한다. 현실적 여건이 그렇게 녹녹하지 못한 젊은이들이 많았음을 뜻하고 라디오 전성시대의 상징적 제목인 만큼 경제적 발전상으로 볼 때 젊음의 문화가 활짝 꽃피기에는 다소 과도기적 시대가 아니었나 싶기도 하다. 아무튼 도시의 밤은 화려하고 피 끓는 청춘들이 거리로 마구 쏟아져 나와 밤의 문화를 만끽하는 광경은 아름다움의 절정이라 할 수 있다.

한밤을 적시는 그 시적 느낌의 제목들은 언어의 인문학적 의미에서도 젊은이들의 심금을 울렸다. 교실에서 배우고 상상했던 시의 세계나 시어들을 일상에서 접하게 되면 그만큼 감동을 받게 되고 감성은 풍부해지기 마련인 것이 젊은 사람들의 감정이다. 현실에서의 고뇌와 시련을 그런 정서적 시어들이 애청자들의 마음을 카타르시스 해주는 역할을 하였을 것이다. 음악과 사연의 소개가 촉촉한 마음의 밤공기를 흔들면서 일깨우고 적셨다.

그동안 영화나 가요 등 대중을 매료시킨 문화산업이 번창하고 대중화되었지만, 시의 제목 같은 간결하고 짧은 언어로 동시에 그리고 한꺼번에 수많은 대중과 젊은이들에게 감동을 주고 마음을 설레게 한 프로그램이 이 〈별이 빛나는 밤에〉와 〈밤을 잊은 그대에게〉의 방송이었다. 유사 이래 최초의 일로 시어의 대중화라 할 수 있을 것이다.

프로그램의 주제음악과 함께 제목을 알리는 유명한 DJ의 음성이 들리면 무언가 모르는 마음이 설레고 가슴이 부풀었다. 알 수 없는 그 무언가와 미래를 향한 우리들의 꿈과 희망이었다. 하루의 일과를 끝내고 어둠이 내리면 도시의 거리는 젊은이들로 넘실거린다. 그것은 도시의 활력이고 젊은이들의 활력이다. 그것은 흥겨운 도시의 밤 문화다. 도시의 밤 풍경은 화려하고 아름답고 사람들의 웅성거림으로 활력이 넘치고 생기롭다.

도시의 밤 문화는 밤거리의 문화다. 네온사인 불빛으로 대변되는 밤거리는 화려하고 황홀하다. 인생의 황금기를 보내는 젊은이들은 화려한 불빛의 유혹을 이기지 못한다. 우리나라 도시의 밤거리 문화는 다소 외향적이고 과시적이다. 사람이 모이는 곳에 더 많은 사람이 모이고 젊은 가슴들은 젊은 가슴들을 부른다. 친구나 동료들과 술을 한잔 마셔도 끼리끼리 어울리되 동시에 더불어 여러 사람들과 어울리기를 좋아한다. 노천의 광장이나 거리의 공간에서 밤하늘 아래 정다운 사람과 어울리는 한 잔의 술은 젊은이들의 특권이다.

그런데 이런 밤거리의 문화가 우리나라에만 있는 풍경이라는 것이다. 서양에서는 낮의 찻집 정도가 노천 형이고 밤거리의 모든 것은 실내 형이다. 물론 서양의 밤거리도 화려하다. 우리나라의 도시나 밤 문화가 서양에서 유입된 문화이거나 제도인 만큼 한낮의 광경은 별로 차이가 없으나 밤만 되면 확 달라지는 것이 서양 도시와의 밤거리 차이이다. 도시의 밤거리가 흥청거리고 활력이 넘친다는 것은 시민들의 삶의 활력은 말할 것도 없지만 무엇보다도 사회의 안정화이다. 그것은 또한 국민들의 심성에서 기인한다고 할 수 있다.

서양의 도시들은 대낮에도 한적한 골목이거나 길거리에서 스치는 사람들이 걸핏하면 옆구리에 칼을 들이댄다는 것이다. 하물며 밤의 거리는 말해 무엇 하랴! 도둑과 강도의 천국이 되는 것이 외국의 도시나 사회 현상이다. 정전되어 거리가 깜깜해지면 순식간에 도둑으로 변하여 슈퍼마켓을 습격한다. 반대로 한국 사람들은 파괴되어 흩어진 물건들을 주워주는 것이 한국인의 심성이다. 안타까운 주인 입장에서 동정심을 아낌없이 발휘하는 것이다. 외국의 젊은이들이 한국의 밤 문화를 선호한다는 것은 그만큼 한국인들의 심성을 선호한다는 것과 같은 의미라고 할 수 있을 것이다.

## 텃밭 가꾸기 🔔

대도시의 변두리나 자투리땅에는 텃밭에 팻말들이 꽂혀 있다. 한가하거나 여가를 이용한 가족들의 모임 장소다. 삼삼오오 가족들의 따뜻한 정이나 평화가 느껴진다. 본래 농경민족의 후예로서 시골 마을의 텃밭들은 본격 부식의 공급처이거나 가정경제 부수입의 근원지이기도 하다. 이래저래 텃밭에서 한국인의 가정을 느끼게 된다.

근대화의 신호라 할 수 있는 1894년의 갑오경장 이래 한국 사회의 가정도 꾸준히 변화되어 왔다. 우리들 유년 시절만 해도 씨족사회의 마을 모습이 그대로 있는 마을이 많았다. 하나의 성씨를 중심으로 집성촌이 많았고 씨족의 세를 과시하는 마을 형태였으며 동시에 대가족제도였다. 가족제도의 변화는 단순한 가족 수의 변화뿐만 아니라 가정의례를 비롯한 관혼상제의 변화 등 일상의 변화를 불러오고 그것은 곧 사회변화를 선도했다.

전통 농경사회에서 산업사회로의 변화가 가족제도의 변화를 일으키는 주원인이기는 하겠지만, 단지 가족 수의 변화만 가지고 가족제도의 변화를 말하기에는 약간 무리가 따를 것이다. 왜냐하면 조상숭배라든지 노인공경, 장유유서 등의 정신이 많이 퇴색되기는 했지만 그래도 아직도 남아 있는 부분이 많이 있기 때문이다.

수천 년 전통의 시골 마을 가정들은 점점 퇴락하고 있다. 자식들이 삶의 희망을 찾아 도시로 떠났기 때문이다. 그렇다고 시골 마을의 퇴락처럼 한국인의 가정 모습이 파괴되었거나 크게 변화된 것은 아니다. 자연스럽게 소가족 형태로 바뀌는 과정이었고 가족들의 정신이나 가족애는 그대로 남아 있다. 부모와 자식으로 이어지는 정이 남다른 민족이 한국인이다.

시골 마을들은 점점 쇠퇴하고 여기에 남겨진 부모들은 노쇠하여 생업에 종사하기 힘든 가정이 많아졌다. 도시로 간 자식들의 소식만이 유일한 낙이다. 명절 때이든 어떤 연유든 자식들이 손자들을 매달고 나타나면 부모들이 가장 행복한 때이다. 손자들이 많으면 많을수록 더 행복한 가정이 되는 것이 현시대의 한국 가정이다. 대가족제도에서 소가족제도로, 이제는 그것도 분화되는 핵가족 시대라고 한다. 아무리 분화되고 흩어지고 멀리 있어도 가족에 대한 애틋한 정은 어쩔 수가 없다. 단란하고 화목한 가정이 한국인들의 삶의 목표라 할 수 있다.

경남 산청군에는 호주에서 시집온 색시가 있다. 그녀는 매스미디어에서 본 한국의 시골 가정에 반했다고 했다. 텃밭을 가꾸며 사는 한국의 시골 가정 모습이 그렇게 행복하고 아름답게 보였다는 것이다. 물론 호주로 유학 간 그녀의 한국 남자친구가 가장 우선적이었겠지만 어떻든 한국의 시골 가정에서 자기 미래의 삶을 꿈꾸었다는 것이다.

이 사실에서 호주 색시의 생각을 몇 가지 추론해 볼 수 있다. 자기 일생의 운명이 걸린 문제로 단순한 호기심 차원은 아닐 것이다. 한국 시골 가정의 경제적 실태를 제대로 파악했느냐 하는 것이 가장 궁금한 대목이다. 호주로 유학 온 한국 남자친구의 경제 수준 정도라면 도시보다도 차라리 시골이 더 낫다고 생각했을까? 한국 시골 농촌경제의 실정을 너무 과대 포장하지 않았나 하는 점이다. 도대체 그 호주 아가씨는 경제관념에 문제가 있는 것이 아닐까 하는 것이다. 한국농촌의 현실을 도시 사람들의 텃밭 가꾸기 정도로 너무 쉽게 낭만적으로만 해석한 것일 수도 있다. 그리고 본인 자신이 궁핍한 생활을 해본 일이 없기 때문에 가정경제가 쪼들리는 생활에 대한 애로점을 잘 모르는 탓도 있을 것이다.

아무튼 우리의 눈으로 볼 때 호주 색시가 좀 별스럽기는 해도 고마운 일이고 선택을 잘한 일이라고도 할 수 있다. 시골의 경제력도 호주만큼은 아니겠지만 그래도 기본생활은 될 만큼 또는 자동차가 2대 있을 정도로 수준이 높아진 것은 사실이다.

호주 색시의 진짜 깊은 내면의 생각은 무엇일까? 지구가족 시대에 아마 TV에서 본 한국의 가정일 것이다. 가족들이 오순도순 사는 한국인의 정일 것이다. 국민성이나 개인 성향에 대한 통찰도 있었을 것이다. 어떻게 사는 것이 가장 인간답게 살고 즐겁고 행복한 삶인가에 대한 고민도 있었을 것이다. 그 결과 한국의 시골 가정을 선택했을 것이라고 보는 것이다.

88올림픽 이후 한국이 본격적으로 세계에 알려지고 위상이 높아진 것도 사실이지만 이제는 한국의 시골도 경쟁력을 갖게 되었음을 의미하는 것이다. 텃밭을 가꾸며 정답게 사는 모습이 세계에 알려지면서 나아가서 텃밭을 가꾸는 농기구인 개량호미마저도 관심의 대상이 되어 중남미 원주민들에게 대량으로 수출되었다는 호재도 있었다고 한다.

## 한국의 드라마 ☃

2022년은 한국 드라마가 세계에 우뚝 선 해로 기록될 것이다. 미국에서 시상하는 방송계의 가장 권위 있는 상으로 에미상을 받았기 때문이다. 전파를 타는 각종 방송에서 〈오징어 게임〉이 드라마 부문에서 감독상과 남자주인공 상을 탔다. 비영어권 나라의 드라마가 에미상을 받는 것도 최초의 경우라고 한다.

한국 드라마가 세계 여러 나라에서 인기리에 방송되고 있다는 소문이 자자했었는데 그것이 〈대장금〉이었다. 우리와 전연 다른 문명권의 나라인 회교국 이란에서도 인기 있는 드라마로 방송되었다고 했다. 외국인들이 〈대장금〉에 관심이 많았던 것은 역사 속의 한국 풍습이었겠지만 무엇보다도 드라마에 나오는 한국의 밥상이었다고 한다.

임금에게 진상하는 수라상에 감탄을 금치 못했다고 했다. '상다리가 부러지도록 잘 차린다'는 말이 있는데 그것이 수라상이다. 수라상은 화려한 밥상이라고도 할 수 있지만 무엇보다도 반찬의 가짓수가 많은 것이 특징이다. 그 말은 먹는 음식의 가짓수가 많은 것을 의미하고 외국인들은 많은 음식 종류에 감탄하는 것이다.

식재료의 다양함은 인류 공통의 관심사이지만 한 끼의 밥상에 저렇게 많은 종류의 식품을 먹어야만 하는 한국인들의 식습관에 관심을 보인 것이라고 할 수 있다. 그리고 자연스럽게 음식과 국민성과의 연관성을 갖게 되는 것이다. 국민성 중에서도 한국인의 인의(仁義)에 더 관심을 갖게 된다. 인의는 모든 인류의 공통된 가치 같지만 실제로는 그렇지 않은 것이 현실이다. 인의 사상은 공자 사상에서 잘 나타난다. 유학이 중국에서 발생했지만. 그 적용은 한국인들이 훨씬 뛰어나다는 것이다. 인의 사상은 곧 인지상정이고 그것은 곧 한국인의 정이다. 정 많은 민족으로 유교 사상의 본질을 한국에서 꽃 피웠다고 할 수 있다. 그래서 예부터 중국인들이 한국을 일컬어 '동방예의지국'이라고 명명하며 칭송한 바 있었다.


88올림픽 이후 한국이 세계에 알려지면서 본격적으로 한국인이 관심을 받게 되었다. 최빈국으로 원조를 받다가 세계의 빈국에 원조를 하는 선진국에 진입함으로써 세계인들의 한국 관심은 최고조에 이르렀다. 한국인들의 일거수일투족에 관심을 집중하는 것이다. 한국 사람들의 일상에 관심을 두다 보니까 한국의 드라마에 관심을 갖게 되고 그러다 보니 드라마에 나오는 한국의 과거 가난했던 시절을 내용으로 하는 한국의 드라마를 통해서 한국인들 심성의 본질을 꿰

뚫어 보고자 하는 것이다. 그것의 일환이 〈오징어 게임〉의 에미상 수상이라고 할 수 있을 것이다.

한국의 대중들에게는 잘 알려지지 않은 특수한 방송 플랫폼인 넷플릭스를 통해서 드라마 〈오징어 게임〉이 전 세계로 전파되었다. 그 내용이 우리들이 어릴 때 동네 마당에서 했던 놀이이거나 도시 골목길에서의 풍경이라고 한다. 많이 하고 놀았던 '무궁화꽃이 피었습니다' 하는 놀이의 이름이 '오징어 게임'이라는 것을 아는 사람도 별로 없을 것이다.

나중에는 불량식품이라고 낙인찍히고 아이들의 접근을 금기시했던 '달고나'라고 하는 아이들 푼돈을 노리는 상술까지 드라마의 소재가 되어 세계인들의 관심을 끌었다. 달고나는 작은 양재기 그릇에 설탕 가루를 넣어 끓이면 갈색의 액체가 된다. 그 설탕물을 식히는 과정에서 별 모양이나 나뭇잎, 짐승 모양 등의 모형을 찍어 식혀서 그 모양을 훼손 없이 잘 떼어 내면 공짜로 그 맛있는 설탕 과자를 먹을 수 있는 놀이이다.

전후 어려웠던 재건의 시절에 도시의 골목에서 삼삼오오 파리 떼처럼 아이들이 이마를 맞대고 무언가에 열중하면서 꼬물거리던 흔히 볼 수 있는 풍경이었다. 세계인들이 관심을 가지는 것은 드라마의 주제보다는 소재다. 작가나 연출자는 과거 어린이들의 놀이를 통해서 현대인들의 삶의 생존경쟁이 치열함을 풍자하기 위한 것으로 파악되는바 그러나 세계인들의 관심은 그 주제나 줄거리가 아니고 오로

지 내용이다. 한국인들의 삶의 근본이다. 어떻게 사는 것이 인간의 삶이고 정신인가를 한국인들의 생활이나 심성에서 찾고자 하는 세계인들의 열망을 한국 드라마의 세계화 열풍에서 느낄 수 있는 것이 아닌가 하는 것이다. 또한 한국인들의 삶의 정신이 세계인들이 추구하고자 하는 삶의 정신이 표준이 되어가고 있는 게 아닌가 가늠도 해보는 것이다.

## 한국 영화 🏮

최근의 한국 영화 위상이 드높아졌다. 영화 흥행의 본고장이라고 할 수 있는 영화시장의 최강국인 미국에서 〈기생충〉〈미나리〉 등으로 아카데미상을 받았기 때문이다. 한국 영화의 전성기라고 할 수 있는 1960년대를 거쳐 영화인들은 우리나라 영화의 위상을 드높이기 위해 꾸준히 노력해 왔다. 프랑스 칸 영화제나 이탈리아 베니스 영화제, 독일 베를린 영화제 등에 참여하면서 감독상, 주연상 등 수상의 업적도 남겼다.

한국 영화도 경제발전과 함께 불모지에서 시작하여 꾸준한 발전의 성과를 이루면서 세계 영화의 메카라 할 수 있는 미국 할리우드의 문도 두드리는 수준까지 발전했다. 미국의 아카데미상은 유럽 영화제처럼 참여하는 것이 아니라 그들 스스로 본국의 흥행 기록으로 주는 상이기 때문에 우리가 상을 받기 위해 노력해서 되는 상이 아니라는 데서 더욱 의미 있고 가치 있는 업적이라고 할 수 있다.

영화는 일종의 문화다. 문화는 곧 인생이라고 할 수 있는데 그렇다고 모든 인간의 삶이 문화가 될 수는 없다. 어디까지나 선의 방향이다. 범죄, 전쟁, 질병 등 인간사회에서 악의 고리는 문화라고 할 수는 없을 것이다. 그렇다면 인간사회의 선의 방향 삶만이 영화가 된다는 말이 되는데 그건 진짜 아니다. 인간사회에서 악의 축이 더 영화의 소재로서 더 통용되고 있는 것이 현실이기 때문이다. 그렇다고 영화가 문화의 범주를 넘는다는 뜻은 아니고 영화는 문화가 아닌 인간의 생태를 문화 속으로 끌고 오는 역할을 한다는 말은 성립될 수 있을 것이다. 영화는 현시대의 가장 첨단문화로서 철두철미 오락성이 가미되어 있고 인간의 삶을 극적으로 흥미 있게 표현하고 첨단 기술을 이용한 종합예술의 경지까지 이르게 되었다. 예술은 인간의 본성으로 삶을 표현하는 수단과 기술이다. 영화를 본다는 것은 영화 예술을 본다는 것이고 그것은 곧 문화생활을 한다는 것이다.

우리가 어릴 때 도시의 극장에 가면 항상 가슴이 벅찼다. 도시 사람들의 삶의 내면을 보는 것 때문이었을 것이다. 영화의 내용이나 이야기의 줄거리보다도 배우들에 대한 관심과 선망이 더 우리를 설레게 했다고 할 수 있다. 어떻든 영화가 재미있고 마약처럼 매료시키며 기회만 되면 극장에 가게 되는 마성의 문화가 영화였다. 그리고 모든 영화가 다 재미있었다. 모든 만화도 재미있었고 심지어 모든 책도 관심사였다. 특히 주간 잡지 책은 영화 못지않은 사람들의 여가선용 소재들이었다. 모든 영화는 다 보고 싶었고 만화도 그랬고 서점에 가면 서가에 꽂힌 모든 책들을 다 읽고 싶었다.

　1960년대 영화의 폭발적 인기는 그만큼 사람들이 문화생활에 굶주리고 있다는 증거였다. 영화가 문화생활의 선도적 역할을 했다고 할 수도 있고 헐벗고 굶주리던 시절에도 영화를 통해서 우리나라 미래의 발전상을 그렸을 것이고 선진 문화생활에 대한 꿈도 꾸었을 것이다. 어쩌면 영화가 한국 사람들의 심성을 통해서 우리나라 경제 발전의 큰 동인이 되었는지 모르는 일일 수도 있다. 한국 영화의 발전, 흥행과 한국경제의 발전이 맥을 같이 하고 있다고 해도 과언이 아닐 것이다. 과학과 기술의 발전이 영화의 화면을 어느새 극장에서 안방으로 끌어들였고 현대는 극장이 안방으로 와 있는 시대라고도 할 수 있다. 그래도 극장은 극장대로 번창하는 것을 보면 영화는 선순환의 발전과 지속 가능한 산업이라고 할 수 있다.

　한국 영화는 일제 시대부터 시작되어 우리 민족의 독립정신 고양에도 일역을 담당했었다. 일제 시대 영화 나운규의 〈아리랑〉이 그 대표적 예라 할 수 있는데, 횡포를 부리는 부자를 소작인이 낫으로 공격하는 장면이 극장 간판이 되었다. 여기서 부자는 일제를 상징하고 땅 잃은 소작인은 나라 잃은 우리 민족이 되는 것이다. 일본의 압제 시절에는 모든 예술가들이 검열에 통과되기 위해서는 어쩔 수 없는 노릇이었다. 특히 문학인들이 암시적이거나 상징적 표현으로 우리 민족에게 독립 정신을 일깨우는데 그 역할은 눈부시게 빛났다.

영화의 처음 이름은 활동사진이었고 무성영화라 하여 무대의 화면 옆에는 항상 변사가 있어서 장면을 해설하고 대사를 구성지게 잘 이어 나갔다. 1950년대 중반 어린 시절에 처음 접한 영화가 무성영화였는데, 그 야밤의 시골 학교까지 변사가 직접 따라왔다. 그러더니 그다음 해부터인가 '토오키 영화(유성영화)'라 하여 변사가 없었다. 후속 녹음일 터인데 그 무렵이 녹음기가 처음 생겨난 시기였던 것 같다. 동시 녹음은 그로부터 10년은 더 후에 나왔을 것으로 짐작되는데 동시 녹음의 등장은 영화 발전에 큰 획을 그은 중대한 계기가 되었을 것이다.

후속 녹음에서 동시 녹음의 변곡점을 경험한 배우나 연예인들이 아직도 살아 있다. 그리고 우리들 세대가 마지막 변사를 본 세대가 되었고 변사를 통하여 시대의 변화로 흔적도 없이 사라지는 직업이 있을 수 있구나 하는 것을 알게 되었다.


TV가 보급되기 전에는 외국에 대한 호기심이나 선진 문물을 배우는 데 영화가 일등 공신이었으나 TV에 밀리면서 영화는 영화 자체 산업으로 발전과 확장을 거듭해 오는 과정에 한국 영화 뒤에는 항상 외국영화가 있었다. 외국영화 하면 미국 영화가 주를 이루지만 프랑스 영화, 홍콩 영화, 일본 영화, 심지어 북한 영화까지 있었다. 1950년대에서 1960년대까지는 한국 영화의 전성기라고 할 수 있는데 아무 영화라도 극장에 상영만 하면 극장 앞이 항상 문전성시를 이루었다. 물론 이때도 외국영화는 범람했었다.

느린 템포에 심리적이고 단조로운 한국 영화에 식상함을 느낀 관객들은 외국영화에 관심을 돌렸고 외국영화의 흥행이 한국 극장가를 휩쓸었다. 미국 영화는 거대하고 스펙터클 하고, 프랑스 영화는 의미심장함이 많고 홍콩 영화는 빠른 템포와 움직임으로 한국의 관객을 사로잡았다. 외국영화가 지나가면 사람들의 머릿속에는 그 영화의 주인공들이 남고 사람들의 입에 회자되는 유명인이 된다. 미국, 홍콩 배우들은 한국 배우들과 거의 같은 급으로 대우를 받는 유명인이 된다. 영화의 위력은 방송과 함께 세계를 한 가족으로 묶는 역할을 한다.

대형 외국영화에 밀리는 것을 보는 한국의 영화인들도 분발하지 않을 수 없었고 드디어 1990년대 이후에는 한국 영화에도 천만 관객이 등장했다. 21세기에는 한국이 IT 강국으로 부상하면서 한국의 영화제작 기술도 영화 선진국 미국의 수준에 거의 이르게 되었다.

## 영화와 자유 ⚱

문화 발전에서 영화의 등장은 가장 대중적이고 선정적이며 흥미 있는 오락물로서 사람들은 거의 광기에 가까울 만큼 사로잡히며 몰두한다. 그것은 영화 기술의 초기 단계에도 그랬고 최근의 첨단 기술로 만들어진 유명 작품에도 마찬가지이며, 또한 후진국 시절의 열악한 환경일 때도 그랬고 지금의 선진 진입으로 인한 풍요의 시대에도 영화의 인기는 여전하다. 그것은 영화 예술의 특성이 개인이 추구하고자 하는 정신적 본성과 일치하는 어떤 매력이 있기 때문일 것이다. 그 본성이라고 하는 것은 흥미 있는 것에 대한 집착일 것이다.

영화가 매스미디어로서 방송과 더불어 국민의 사상이나 관심을 통일하는 데 큰 역할을 한다고 할 수 있다. 이런 영화의 집단성과 대중성을 이용해서 처음 라디오 시대의 등장으로 그랬던 것처럼 전체주의 국가의 독재자들은 군중심리를 이용하고 이데올로기를 주입시키기 위해서 영화제작의 자율성을 통제하여 그들의 정치적 도구로 철저히 이용한다.

통일된 이데올로기가 접목된 영화만 본다면 사람들은 처음에는 관심을 두다가 금방 식상하여 흥미를 잃게 된다. 최근 탈북 유명 인사에 의하면 북한에는 요즘 영화를 거의 제작 못 하고 있다고 한다. 영화를 만들 소재가 바닥이 났다는 것이다. 그것은 아무리 거대하고 웅장한 영화를 제작하고 홍보해도 같은 주제, 같은 의미, 같은 교훈이라면 아무리 이야기의 줄거리가 다르다 한들 그것은 똑같은 하나의 정치적 선전 도구일 수밖에 없다.

영화의 자율성은 다양성을 뜻하며 그것은 사람들의 사고의 자유에서 비롯된다. 인간이 독립된 존재이기 때문에 독립된 사고를 하며 각자 나름의 흥미와 관심사가 다르다. 이런 다양한 사고의 사람들의 흥미와 관심을 최대한 많이 끌어모을 수 있는 영화를 만들 수 있느냐 하는 것이 영화의 자율성이다. 그러니까 획일성이 아니고 다양한 이데올로기의 영화가 영화에서의 자유다. 영화의 주제와 개인의 이데올로기가 일치할 때 인간은 큰 감동을 받는다. 그렇다고 무한대의 자율을 준다거나 일정한 규정의 제약이 없는 것은 아니고 최소한의 사회와 국가 윤리의 범위 안에서 영화의 자유가 허용된다고 할 수 있다.

지금까지 우리나라 영화는 소재나 규모 면에서 항상 외국영화에 밀렸다. 한국 영화의 잔잔하고 쩨쩨한 인간 심리를 바탕으로 하는 것에 비하여 외국영화의 시원하고 확실한 것에 매료될 수밖에 없었다. 또한 영화도 산업인 만큼 기술이나 자본의 규모 면에서 미국 영화에 압도당하기 일쑤였다. 영화 산업 면에서는 미국과 경쟁할 수 없지만, 영화가 예술이라는 점에서는 영화의 특성상 경쟁의 여지가 있다고 할 수 있다. 한국인의 국민성과 사회현상의 특성은 우리만의 큰 자산이라고 할 수 있다. 이런 점에서 〈기생충〉과 〈미나리〉가 미국의 영화시장에서 상을 받게 되었을 것이고 그만큼 미국 사람들에게 감동을 주었다고 할 수 있다.

그보다도 소재의 문제라고 할 수 있을 것이다. 과학과 기술이 발달하고 세상이 진보함에 따라 방송가에서도 그렇듯이 영화시장에서도 소재의 빈곤을 느끼는 것이다. 북한은 고착된 이데올로기만으로 도저히 영화를 만들 수 없다는 것이고, 미국 영화도 거대하고 웅장한 것으로 감동을 주기에는 관객들이 이미 식상해하고 있다는 것을 감지하고 있는 실정이다.

그러므로 미국의 할리우드가 지금까지는 한국 시장을 노렸지만, 이제부터는 한국 영화를 넘보고 있다는 사실이다. 세계 어느 나라 사람들보다도 한국 사람들의 심성과 한국 사회를 바탕으로 하는 영화가 미국 시장에서 흥행이 된다는 것이다. 그것은 바로 한국 사람들과 한국 사회와 한국문화에 관심을 가진다는 의미가 될 것이다. 그것은 또한 한국 사회와 한국 사람들의 의식이 세계에 통용되는 그 무언가가 있기 때문일 것이라고도 느껴지는 것이다.

## K팝의 위상 🔔

88올림픽 이후 우리나라의 위상은 꾸준히 세계 속으로 파고들었다. 잠자던 아침의 나라가 올림픽을 계기로 국제사회의 일원으로 참여하더니 밀레니엄의 21세기에 들어서면서 기적의 세계 1위 기업 탄생으로 이제는 본격적으로 세계의 주목을 받기 시작했다.

먼저 선발대 전자산업이 세계를 휘감더니 여기에 탄력받은 반도체는 선두 주자로 우뚝 서 달리기 시작했다. 동시에 이에 발맞추어 달리는 매체가 방송이었고 그것은 바로 음악방송이었다. 음악은 세계만국의 공통어라 했지만 그렇다고 모든 음악이 다 해당하는 것은 아니고 아무래도 지금까지 세계인들에게 회자되는 음악일 수밖에 없다. 그것이 팝송인데 팝송은 영미권의 대중음악으로 표방되는바 그것을 구별하기 위해서 한국인들이 노래하는 팝송을 K팝이라 하는 것 같다. 지금도 여전하지만 음악방송은 라디오 방송이 주류다. 동시에 음악은 청각예술이고 라디오 방송을 통해서 청취자에게 감동을 준다.

그런데 방송의 패턴이 달라졌다. TV 방송의 등장으로 시청자에게 감동을 주어야 하고 그러기 위해서 음악도 단순히 청각예술에서 시청각 예술로 변화하는 것은 당연지사였다. 이런 방송계의 추세나 시류에 적응한 팝송이 K팝일 터인데 팝송인 만큼 어디까지나 우리의 독창물이 아니고 출발은 서양의 흉내였다. 그런데 이게 어찌 된 일인가! 서양은 물론이고 세계 어느 나라도 또는 사람들도 따라올 수 없는 K팝이 되고 말았다. 그것이 아이돌 그룹이다. 그룹인 만큼 집단으로 팝송을 노래하는 예쁜 청소년들이다. 가만히 모인 집단의 노래라면 합창이 되고 만다. 그런데 인형같이 예쁜 청소년들이 적당한 숫자로 모여 현란한 몸동작으로 움직이면서 노래하는 모습은 또 하나의 예술로 승격되기에 충분했다.

그 현란한 몸동작의 맵시를 세계 어느 민족, 인종도 흉내 낼 수 없고 따라올 수 없다는 것이 K팝의 특징이다. 바로 우리 민족, 우리 아이돌만이 할 수 있는 춤사위라는 것이다. 팝송의 본고장 미국에서 빌보드 차트 1위를 연속으로 하고 있는 우리나라 아이돌 그룹 BTS가 그것을 충분히 증명하고 있다고 할 수 있다. BTS의 세계 진출과 활약상은 반도체 세계 1위 기업과 함께 우리나라와 우리 민족의 자부심과 긍지를 갖게 하기에 충분한 업적과 역량이라고 할 수 있을 것이다. 우리의 과거를 돌아볼 때 지금 이런 현실이 꿈인가 생시인가 할 정도로 몽롱하고 마치 천지가 개벽한 것 같은 기분인 것이 사실이다.

우리나라 팝송의 원조 격인 가수들이 아직도 살아 있다. 그들의 전언에 의하면 1960년대까지 있었던 여의도 비행장과 이와 관련된 미군 부대를 통해서 팝송이 보급되었다고 한다. 전후 생활고로 공연 문화가 미미했던 시절에 미군 부대의 공연 문화는 별천지였고 생활에 활력을 주는 천국이었다. 이에 적응하기 위해서는 팝송이 필수였고 유명 가수로 태어나는 계기도 만들어 주었다. 팝송은 우리나라 전통의 트로트를 제치고 곧장 국민가요로 우뚝 올라섰다. 그 말은 팝송에 대한 수용성이 대단히 높다는 것을 의미한다.

후진국, 중진국이 될 때까지 우리나라 가수가 팝송을 번안해서 부르거나 원어를 그대로 부르거나 해도 무형재산인 노래의 저작권을 외국의 저작권자가 관여하지 않았다. 1990년대 들어와서 WTO에 가입함으로써 사정이 달라졌고 팝송의 저작권에 대한 로열티를 지불하지 않으면 안 되었다. 반대로 우리의 K팝이 세계로 진출하면서 우리나라 팝송의 위상이 달라졌으며 K팝이라는 팝송의 새로운 영역을 개척하기에 이른 것이다.

우리는 건국 이래 서양의 문물에 대해서 항상 열등의식을 갖고 있었다. 음악도 마찬가지였다. 서양음악에 대한 열등감은 당연지사라 여겼다. 지식인의 기준이 서양음악에 대한 조예가 어느 정도냐 하는 것이었다. 클래식은 말할 것도 없고 팝송을 원어로 한 두 곡 정도는 부를 수 있어야 제대로 배운 사람의 도리를 다하는 것이라 여기기도 했다.

신기하게도 경제부국이 되니까 서양 문물에 대한 흠모가 확 줄어들고 되레 우리나라의 문물에 대해서 동경심을 갖는 세계인이 많아졌다. 같은 동양이라도 중국도 일본도 아닌 한국인, 한국 사회에 대한 관심이 많아졌고 방송의 세계화로 우리나라 청소년들이 활동하는 팝송 공연에는 전 세계인의 귀가 쏠리고 있는 것이 현실인 시대가 되었다.

## 한국의 경제발전 ☀

서양을 비롯한 세계인들이 한국을 주목하고 관심을 갖는 이유는 여러 가지가 있겠지만 뭐니 뭐니 해도 우리나라의 경제발전일 것이다. 맨 처음 관심을 가졌던 것은 분단국이라는 것 때문이었다. 약소 분단국이라는 것은 세계열강들의 사상과 이념의 대결장으로 그들의 자존심을 한껏 발휘해 보다가 상황에 따라 영 불리하다 싶으면 내팽개치고 물러가면 그뿐인 것이고 그것 또한 약소국의 설움일 수밖에 없다. 그래도 다행히 미국을 위시한 자유 우방국들이 우리 국민들의 자유수호 정신에 감복했던지 버려두고 떠나지는 않았었다.

최빈국, 분단국, 미개국, 후진국이라는 온갖 오명과 수모를 겪으면서 경제발전의 성과를 이루고 88올림픽을 치르니까 세계의 수많은 나라들이 한국을 주목하기 시작했다. 가장 먼저 주목하는 것이 한국인의 국민성이었다. 올림픽을 치를 정도의 경제발전을 하려면 전 국민의 일치된 노력과 화합의 정신이 아니고서는 절대 불가한 성과라고 할 수 있다. 올림픽을 할 수 있는 정도의 경제적 발전 역량은 특히 후진국이나 빈국에서는 엄두도 낼 수 없는 능력이며 아무나 할 수 있는 국가적 역량이 아니기 때문이다.

도대체 한국 사람들의 어떤 정신과 힘이 최빈국 후진국에서 선진국 대열에 합류할 수 있었는가 하는 점이다. 그 요인을 건국과 함께 출발한 당사자 세대의 일원으로서 알 것 같기도 한데 뚜렷이 손에 잡히는 것은 없다. 어떤 이는 위대한 지도자의 영도력이라고 하기도 하고 새마을운동이라고 하기도 하고 국민교육의 힘이라고 하기도 하지만 모두가 다 코끼리 엉덩이 만지는 격이다. 확실히 말할 수 있는 것은 엄청난 고난과 시련을 견디면서 줄기차게 노력한 덕분이라고 보는 것이다. 고난과 시련 속에는 끝없는 생존 의식과 경쟁심, 불안심리가 들어 있다. 우선 남북의 경쟁과 불안, 이웃과의 경쟁, 친구, 동료와의 경쟁, 직장에서의 경쟁 등 건국과 동시에 전쟁을 해서 그런지는 몰라도 국민 개개인은 전쟁을 하듯 이겨야 살아남는다는 정신으로 경쟁했고 그 속에는 항상 살아남아야 한다는 것과 불안심리가 동행했다고 보는 것이다. 그리고 또 그 경쟁심 속에는 다소 비리와 야비함이 있기는 했지만, 어디까지나 신사도라고 할까 한국인 특유의 양반 정신이 들어 있다는 것이다.

88올림픽도 여느 올림픽과 달리 그야말로 올림픽 정신을 제대로 발휘한 화합의 장이었다. 당시는 냉전체제의 끝 무렵으로 모스크바 올림픽에는 미국이 참여를 보이콧하고 LA 올림픽에는 소련 선수단이 참여를 보이콧하는 식이었다. 그러나 우리나라의 올림픽에는 양 진영의 국가가 모두 참여함으로써 진정한 올림픽 정신을 살린 화합의 장이 되었다. 그 후 소련은 한국의 발전상에 놀랐는지 체제가 붕괴되고 망해 나라가 없어졌다.

한국의 경제발전 과정에 많은 불확실성에 대한 장애 요소가 작동했는데 그중의 하나가 매판자본에 대한 심각한 쟁론이었다. 매판자본은 선진국이 후진국에게 자본을 빌려주고 이익을 착취함으로써 결국은 후진국이 선진국의 경제적 속국 즉 식민지가 된다는 이론이다. 주로 공산주의 추종자들의 주장으로 중남미에서 그 사례가 실제로 나타남으로써 중남미 국가들은 적극적으로 미국의 자본 도입을 거부했다. 그 결과 중남미 국가들은 풍부한 자원 국가들임에도 불구하고 후진국이나 중진국에 머물고 있는 실정이다. 이 매판자본에 관한 쟁론이 한국의 경제발전을 보고는 사라졌다. 반대로 선진국의 자본을 후진국들이 서로 얻어 가려고 선진국의 문턱이 닳는 형국으로 변했다. 세계의 후진국들이 한국처럼 발전하기 위해서는 자본이 절대로 필요하다는 것을 알았기 때문이었다.

또 하나는 한국의 경제발전이 미국의 민주주의와 세계 인권 경찰 국가로서 역할에 큰 힘을 실어준다는 점이다. 미국은 세계 신생국이나 후진국에 독재나 공산주의를 막고 인권 국가로서의 민주주의 국가를 지향하기 위해서 적극 지원하고 있으나 전 시대의 식민지에 대한 트라우마로 미국의 지원을 거부하는 나라가 많았는데 한국의 발전상을 보고는 미국과 적극 동맹하는 나라가 많아진다는 것이다. 또

한편 미국은 한국을 내세우고 자랑하면서 미국과 우방이 되면 한국처럼 잘 살 수 있다고 어깨에 힘을 잔뜩 주고 있는 것이다.

2차 세계대전이 종식되면서 수많은 식민지 국가가 독립하고 세계는 식민지가 없는 시대가 되었다. 식민지에서 벗어나 독립국가가 된 지 80년이 다 되어가는 현재 유일하게 한국만이 선진국 대열에 합류하였다고 해서 세계는 지금 한국의 발전모델을 배우고 한국을 본받기 위해서 한국을 주목하고 한국으로 시선이 몰려들고 있는 것이다.

## 한국인의 선비정신 🔔

서양 사람들의 신사도는 기사도 정신에서 유래해 작위를 받음으로써 귀족이 되고 귀족은 신사도의 완성이라고 보면 될 것이다. 한국의 선비정신은 양반 정신을 말하고 양반이 되려면 과거에 급제해야 한다. 그렇지 않으면 죽어서도 묘비에 학생으로 남는다.

선비정신이나 신사도는 인간사회에서 인간으로서 인간답게 사는 인간 정신의 기준이며 삶의 가치의 중심이라고 할 수 있다. 동양이나 서양이나 역사에서 인간사회를 어떻게 하면 인간답게 사는 세상을 구현하고 유지하기 위해서 애쓴 흔적이 선비정신과 신사도일 것이다.

선비정신은 한국 사람들의 정신적 기준이며 한국 사회를 지탱하는 초석이라고 할 수 있다. 그것은 또한 법치주의 국가에서의 법과 상식

같은 것이어서 우리가 일상의 생활을 하면서 의도적이거나 의식적으로 하지 않더라도 저절로 몸에 밴 몸과 마음가짐이다. 많은 선비정신 중에서 고결한 인품이라는 것에 의미를 둘 필요가 있다. 정신이 고결하다고 하는 것은 염치와 체면을 차리는 깨끗한 마음이다. 물질주의와 개인주의가 팽배한 현대사회에서 도도한 개인주의 사상의 흐름은 어쩔 수가 없다. 그러나 물질주의에서는 선비정신의 주입이 절실하다 하겠다. 재화의 경제 시대에서 물욕에 대한 것은 당연하고 마땅하며 조금 지나치다 해도 별문제 없겠으나 남의 물건에 대한 물욕은 아무리 작은 것이라도 욕심을 내거나 훔쳐서는 아니 되는 것이다. 도둑질 안 하는 것이 선비정신의 제일 덕목이라 할 수 있다.

우리 민족은 수천 년 전부터 선비정신의 제일 덕목을 꾸준히 잘 실천해 왔다. 솔직히 우리 민족은 대대로 가난하게 살면서 역사를 이어왔다. 아무리 가난해도, 차라리 굶어 죽는 한이 있어도 남의 곡식을 훔치는 일은 하지 않았을 뿐만 아니라 자식들에게도 그렇게 가르쳤고 아무리 작은 것이라도 도둑질을 제일 금기시하면서 살아왔다. 그런 연유에서인지는 몰라도 거지는 많았고 더 솔직히 말하면 좀도둑은 많았다. 좀도둑이라는 것은 견물생심이라고 도둑질을 작정한 것이 아니고 우연히 가까이 있는 남의 물건을 슬쩍 도벽하는 것인데 이런 일이야말로 가난하게 살아온 역사의 증거라 할 수 있을 것이다. 그래서 예부터 '가난은 나라님도 어떻게 못 한다'라는 말이 있어 왔다. 1990년대까지만 해도 좀도둑이 있었다. 2000년대 밀레니엄을 지나면서 풍요의 시대가 되니까 좀도둑이 사라졌다. 그 외에 경제성

범죄라든지 심리 병적 요소의 도둑은 여전하지만, 그런 특수한 경우를 제외하고는 참으로 깨끗한 사회가 되었다고 해도 과언이 아닐 것이다.

우리나라의 선비정신을 서양 사람들이 볼 때는 신사도일 터인데 물론 신사도와는 조금은 다르겠지만 아무튼 한국 사람들이 갖는 남의 물건에 대한 마음 씀씀이의 깨끗함은 감히 서양 사람들이 따라올 수 없는 경지라고 정평이 나 있다. 작은 물건 하나의 물욕에 자신의 커다란 인격과 바꿀 수 없다는 것이 선비정신이며 한국 사람들의 심성이다. 반면 서양 사람들은 물질과 인격은 별개로 작은 물건은 작은 가치로 뭐 대수냐 하는 것이 그들의 심보다. 결국 선비정신이라고 하는 것은 인간성의 문제다. 서양 사람들이 한국에 관심을 갖는 것이 부의 축적보다 심성의 근원이 어디에서 나오는 것인가에 더 시선이 몰리는 이유다.

## 한국의 교육 💡

전 세기에 서양문명에 대한 동경이 하늘을 찔렀다. 의식주에서 출발해 문화, 행정, 교육, 종교 등 사회 전반에 걸쳐 선진 서양의 것이면 무엇이든 부럽지 않은 것이 없었다. 그중에서 가장 절감하는 것이 교육이었다. 황폐한 전후 환경의 피난 시절에 부산의 천막 교실에서부터 시작된 교육 열풍은 전후 복구가 먼저인지 교육이 먼저인지

모를 만큼 서로 뒤엉켜서 맹렬하게 불타올랐다. 1970년대 서울에서 초등학교의 3부 수업은 역사에 남고 기네스북에 오를 만큼 기현상의 상황이었다. 그런 처지의 중심에 있었던 당사자로서 교육환경에 대한 변화의 물결을 직접 경험한 감회는 남다르지 않을 수 없는 것이다.

우리나라의 경제개발이 사실 교육 적체를 해소하기 위해서 시작된 것이라 해도 과언이 아닐 만큼 교육 열풍이 불었고 그것은 다시 경제 발전을 이끌어가는 인력의 수급 자원이었다. 이와 같이 교육과 경제는 서로 톱니바퀴가 되어 돌고 돌아 근 60년이 지난 즈음에 미국의 오바마 대통령이 2010년경 기조연설에서 미국 국민들에게 한국의 교육을 본받으라고 했다. 이 소식을 접한 한국의 교육계는 어땠을까. 흐뭇하고 자부심을 갖기 전에 쓴웃음을 금치 못했을 것이다. 그렇다고 대놓고 어이없는 것은 아니고 상당히 당황할 수밖에 없었을 것이다.

교육은 백년지대계의 국민 사업이다. 우리는 지금까지 미국의 앞선 교육을 지향했고 미국을 롤모델로 해서 미국의 교육정책, 교육철학, 교육 현장을 본받기 위해서 애써 왔으며 지금도 꾸준히 진행 중에 있기 때문이다. 21세기에 들어와서 엄청난 교육개혁과 혁신이 이루어짐으로써 미국과의 격차가 상당히 좁혀지고 있으나 아직도 교육 방법 면에서는 차이를 보일 수밖에 없는 난관에 봉착하고 있는 것도 사실이다.

오바마 대통령이 강조한 것은 국민의 도덕성에 관해서는 미국 국민에게 경제발전에 관해서는 선친의 모국 아프리카 케냐 국민에게 경종을 울리는 연설이었다. 어떻든 오바마 대통령의 연설은 한국의 경제발전과 한국 국민의 높은 수준의 민도가 한국의 열성적인 교육에 그 까닭이 있음을 강조한 것은 사실이다.

아프리카 대륙 거의 전체 나라가 2차 세계대전 종전 후 한국처럼 독립을 하거나 신생 국가로 태어나는 세계사가 있었다. 케냐도 한국과 같이 식민지에서 독립하고 출발했다. 당시, 케냐의 국민소득은 한국보다 수배에 달했고 한국보다 훨씬 잘 살았다. 그런데 60년이 지난 21세기 현재 아직도 빈곤국에서 벗어나지 못하고 있는 선친의 모국 케냐를 보는 안타까움을 케냐 국민들에게 토로한 것이라고 보는 것이다.

미국은 오바마 대통령 취임 당시 중학교에서 고등학교로 가는 진학률이 50%밖에 되지 않았다고 한다. 한국은 97%였다. 이와 같은 통계를 보는 미국 대통령으로서는 마땅히 할 말을 한 것이기는 하나 현실에서는 한국의 교육을 하나도 본받을 게 없다는 것이 미국 교육계의 정설이다. 그러나 미국 사회의 안전망으로 볼 때 미국보다는 한국이 자녀들 교육하기가 더 좋은 곳으로 바라보는 미국 사람들의 시선이 있기도 하다.

# 해운대 해수욕장 🔔

역사에서 부산은 두 번이나 우리 민족의 간담을 졸이게 한 일이 있었다. 하나는 430여 년 전의 임진왜란이고 또 다른 하나는 6·25사변이다. 부산 앞바다에 갈까마귀 떼처럼 새까맣게 수백 척의 침략 왜선이 갑자기 나타남으로 시작된 임진왜란은 우리 민족의 간담을 서늘하다 못해 새까맣게 타고도 남는 일이었다. 6·25사변 때는 북괴 침략의 마지막 보류지와 공산화의 가늠 지역으로 우리 민족의 가슴을 졸이게 했었다. 전자는 역사 대란의 시작을 알렸고 후자는 전쟁 종지부의 매듭에 온 민족의 신경이 쏠렸다. 모두가 세계사의 일환이었다.

비극적 역사적 사실 말고도 현시대의 부산은 희망과 평화를 알리는 국제회의와 영화, 스포츠 경기 등 세계가 주목하는 모임이나 회의가 많이 열리는 도시로 유명하다. 위의 인위적 사실 말고 천혜의 자연으로 부산에는 세계의 시선이 몰리는 곳이 있다. 해운대 해수욕장이다. 옛날부터 해운대 해수욕장은 우리나라를 대표하는 해수욕장으로 경관이 빼어나기로 유명한 곳이다. 삼면이 바다인 우리나라는 전국에 해수욕장이 많이 있어서 사람들이 여름철에 해수욕하는 것이 거의 풍습화 되어 있다. 특히 젊은 사람들은 전국의 해수욕장을 매년 돌아가면서 섭렵 답습한다. 그중에서 으뜸으로 치는 곳이 해운대다.

여름철만 되면 해운대는 인해의 해수욕장이 된다. 과거에도 사람들이 많이 몰리고 아무나 갈 수 있었지만, 지금은 사람들이 하도 많이 와서 한창나이의 젊은이가 아니면 해운대 해수욕장은 갈 엄두를 내지 못한다. 그야말로 젊은이들의 천국이 되는 곳이 해운대다. 지자체에서는 너무 많이 오는 사람들을 방치하다가는 문제가 생길 것 같아서 관리 차원에서 파라솔을 일목요연하게 정리했다. 온 백사장이 정렬된 파라솔로 덮였다. 이 모습이 TV 방송을 타고 전 세계로 송신되었다. 전 세계 젊은이들이 열광하는 것이었다. 미국, 유럽, 지중해, 호주, 태국 등 유명한 해수욕장이 많이 있지만 해운대처럼 사람들이 많이 몰리는 것을 우리나라 사람들도 처음 보고 외국의 젊은이들도 처음 보는 광경이었다.

외국 청년들의 눈에는 한국에 대한 동경과 함께 해운대 해수욕장 가보는 것이 꿈이 되었다. 젊은 피는 젊은 피를 부른다고 그것은 한국의 젊은이들과 어울려 노는 것에 대한 행복의 꿈인 것이다. 세계의 시선이 한국으로 몰리게 하는 역할을 해운대 해수욕장도 한몫한다고 할 수 있을 것이다.

## 한국의 음식 💡

왜구들이 수천 년 전부터 우리나라의 해변 마을을 노략질한 것은 그들의 뛰어난 항해술과 무술을 이용해서 주로 식량을 약탈해 갔다. 그러다가 임진왜란 때는 우리 국민을 잡아가서 노예로 삼았고 식민지 시절에는 우리 국민의 식량을 수탈했다. 소작과 공출로 쌀은 거의 다 빼앗기고 우리나라 사람들은 보리밥으로 근근이 연명했다. 해방은 되었으나 절대 빈곤의 시대에 보리밥은 우리 세대의 주식이었다. 점차 생활이 나아져 보리밥에 이골이 난 부모들은 자식들의 학교 도시락만큼은 흰 쌀밥을 싸 주었으나 절대 절약의 시대에 혼분식 장려 정책으로 1980년대까지 아이들 도시락 검사를 하는 진풍경이 벌어졌다.

절대빈곤과 절대 절약이 미덕인 시절에 기아 선상과 기초생계에 허덕이면서 생명을 유지하기 위한 음식에 대해 왈가왈부한다는 것은 언어도단이었다. 가난한 빈국의 국민이 먹는 음식에 대해 외국 사람들이 관심을 가지거나 눈여겨볼 리도 없었다. 이 무렵에 일본은 이미 초밥으로 세계인들의 입맛을 사로잡아 일식의 진수를 보여주었다. 임진왜란 이전까지의 일본은 모든 면에서 우리나라와 상대가 못 되는 미개한 나라였다. 특히 음식은 말할 것도 없었다. 그런데 근대화 이후는 모든 사회 문화가 역전되었다. 음식 문화도 그중의 하나다.

일본이 우리나라를 식민지로 삼으면서 부유하게 된 이후의 문화나 식생활에 관해서 현재의 일본 사람들은 과거를 잘 모르기 때문에 당연히 자기 나라의 식생활 문화가 한국보다 우수하다고 생각한다. 그런 마음으로 한국의 음식문화를 흉보기도 한다. 특히 우리 식습관 중 비벼 먹거나 국에 말아 먹는 것을 아주 안 좋은 것으로 일본 방송에서 흉보는 것도 보았다. 한국인들이 음식을 바닥에 놓고 먹고 비비거나 말아 먹는 것을 개나 하는 짓이라고 티끌을 뜯었다. 흠을 잡거나 태클을 거는 것이었다. 또 그들은 밥그릇을 들고 먹는 것을 자랑으로 여겼다. 가소롭기 짝이 없는 짓을 공공방송에서 버젓이 하는 것이 일본인들이다.

야만족 왜구의 후손인 현재의 일본인들은 우리나라의 선비정신이나 양반문화를 전연 모르는 모양이었다. 밥그릇을 들고 먹는 것은 거지나 미개인들이 하는 짓이라는 걸 그들은 전연 모르는 것 같았다. 국수, 우동을 소리 내면서 빨아들이는 것은 나쁜 식습관에 해당한다. 바닥에 놓고 비비거나 국에 말아 먹는 것은 식민지 시절에 일본의 한국인 노예정책과 민족말살정책으로 극빈의 상황에서 연명하기 위한 비상 수단으로 생겨난 버릇이라는 걸 안다면 그들은 되레 한국에 대해 사죄의 방송을 해야 마땅한 것이다.

우리나라의 밥상 예의는 양반사회의 표본문화로 엄하고 신중하기가 지나칠 정도인데 경망스러운 일본인들이 본받아도 모자랄 판에 흉을 본다는 것은 어이없기가 짝이 없는 노릇인 것이다. 낭인 같은 왜구의 본성을 순화시킨 것도 우리나라의 유학 사상이었다.

일본인 극소수가 한국의 음식문화를 평가절하하는 데 비하여 세계인들의 시선은 전연 다르다. 한국의 경제발전을 계기로 세계인들은 한국인들의 일거수일투족에 관심을 갖는다. 우리나라 사람들의 식습관에도 관심이 많은 것이다. 육식 위주의 서양 식습관에 비하여 한국은 채식 위주이다. 우리나라가 후진국일 때에는 채식 위주가 못 사는 것의 증거라 여길 만큼 우리 식탁을 얕잡아보고 하찮게 여겼다. 현시대 서양 사회는 다이어트 열풍으로 몸살을 앓고 있다. 그 해결책으로 한국인의 식탁에 관심을 보이는 것이다. 한국 아이돌 그룹을 위시한 연예인들의 날렵한 몸맵시에 탄복하면서 동시에 한국인의 식습관이나 음식에 지대한 관심을 갖는 것이다. 특히 서양의 젊은 여성들이 다이어트의 한 방책으로 우리나라의 발효식품을 찾고 있었다. 이러한 현상은 한국 식품의 폭발적 수출로도 짐작이 되고 구미의 어느 슈퍼마켓에서나 항상 한국의 식재료를 구할 수 있다.

육식 위주의 식생활로 인한 다이어트 문제로 고민하는 서양의 젊은 여성들이 된장 등 한국의 발효식품이나 채식 위주의 음식에 관심이 많은 반면 정작 한국의 젊은 사람들에게서는 과체중 문제가 국민 건강의 새로운 사회문제로 대두되고 있는 추세다. 매스미디어의 발달로 한 가족 지구 시대에 드라마를 통해서 한국의 의식주가 전 세계에 전파된다. 거기에는 반드시 한국의 길거리 음식이나 젊은이들이 어울려 놀면서 먹는 음식도 소개된다. 맥주와 함께 어울리는 치킨, 김밥, 떡볶이 등은 이미 세계의 젊은이들이 한국을 여행하면서 꼭 먹어보고 싶은 음식으로 소문이 나 있다.


해방과 건국과 전쟁, 기아선상에서 연명하면서 우리 식탁의 거친 음식들을 형편없는 것으로 치부하고 비하하면서 외국의 기름지고 달고 부드러운 음식들을 대단히 부러워했다. 지나고 보니까 그 부러움이 역전되는 시대가 되었다. 그 어려운 채식 위주의 시절에도 '거섶을 먹어라'라는 말이 있었다. 부드럽고 연한 채소보다 더 억세고 거친 채소를 먹으라고 강조했다. 그런 교훈을 현재의 수많은 방송에서

의사들이 늘 강조하는 건강법이다. 아무튼 한국의 전통 밥상이 외국의 어느 나라 식탁보다도 가족이나 국민의 건강을 지키는 데 우수하다는 것이 판명되고 있는 시대가 되었다.


## 한국 사회의 안전망 🔔

세계의 시선이 한국으로 쏠리게 하는 것 중에 한국 사회의 안전망도 들어간다. 별것 아닌 것 같지만 국리민복 최고 덕목 중의 하나인지 모른다. '배부른 돼지'라는 말이 있다. 부르고 잘산다고 해서 평화로운 삶이라고 말할 수 없다. 마음이 평화로워야 한다. 그러기 위해서는 마음에 불안이 없는 사회 환경이 되어야 한다. 배부르고 잘살고 마음에 불안함이 없는 개인이나 사회, 환경이 되었을 때 비로소 행복을 누릴 수 있다.

우리 민족은 수천 년 전부터 지정학적 위치 관계로 외침이 잦았다. 특히 왜구는 수시로 침략해 오는 외적이었다. 그러므로 우리 민족은 스스로를 지키는 수단으로 지역이나 향토방위를 택했다. 물론 내국의 도적 무리나 강도단을 막기 위한 방편도 되었다. 단지 개인 방어는 단순한 절도 정도였다. 자기 식량을 지키는 정도의 방범과 야경꾼이 있었다.

지역 방위의 흔적으로 전국에 읍성이 남아 있다. 고흥반도의 고흥읍성, 충청도 해미읍성, 경상도 청도읍성 등을 예로 들지만 삼천리 전국에는 모두 읍성이나 성곽이 있었다. 산성은 나라를 지키기 위한 병사들의 성이지만 읍성은 국가 행정을 위한 담장이었다. 각 지역의 관아를 지키기 위해서는 성곽이 절대 필요했고 일반 백성들은 주거를 집단마을로 하면서 왜구나 강도단 정도는 집단 방어했다. 사실 농자천하지대본의 농업국가에서 주거가 같이 모여 있을 필요가 없었지만, 방범과 외적의 침입에 대비하기 위해서는 집단으로 가능한 큰 마을을 이루고 살 수밖에 없었다.

현재 한국 사회의 안전망과 관련해서는 역사적으로 외적의 침입과 밀접한 관련이 있을 것이다. 평화롭게 산다고 해도 전염병과 홍수, 기근 등 개인의 삶에는 항상 불가사의한 불안이 도사리고 있었다. 하물며 외적이 침입했을 때 또는 난리가 났을 때 가족이나 마을이 피란을 가야 하고 그 상황에서 가족이나 이웃의 끈끈한 정을 생각해 보라. 어떻게 하든 살아남아야 하고 또 이웃과 집단이 걱정되고 서로 안부를 묻고 그런 것이 쌓여 대를 이어 내려온 것이 우리 민족이다. 약소민족의 설움은 바로 우리 민족의 유전자에 고스란히 있다.

나 하나의 삶은 곧 내 이웃의 삶이고 내 고장 내 민족의 삶이 되는 것이다. 나 혼자 도망치는 경우는 나 하나라도 살아남아야 다음이 있고 미래가 있기 때문에 도망가는 것이지 결코 자기 혼자를 위한 것이 아니었고 그것이 약소민족이 살아남는 방법이었고 줄기차게 이어오는 수단이었다. 개인주의는 상상도 못 하는 것이 우리 민족이었다.

개인주의가 발달한 외국의 예를 살펴보자. 개인주의는 어차피 이기심이 동반될 수밖에 없다. 중국의 고전 《수호지》에는 여행 중에 숙식하는 연고 없는 나그네를 살해해 또한 연고 모르는 나그네에게 만두 속을 만들어 파는 이야기가 나온다. 인육을 먹는 이야기다. 로마 시대의 고서 중에는 인피를 이용한 책 표지가 있다고 했다. 중국의 이야기는 지어낸 소설이기는 하지만 인간애가 부족하다는 것을 강조하고 싶은 것이다. 인구는 많고 영토는 넓고 서로 간이나 이웃 간에 인정에 대한 필요성을 느끼지 못하고 각자도생에 급급한 것이 중국 사람들이었다. 서로가 서로를 수단껏 이용하고 빠지면 그뿐인 것이 중국의 사회 환경이었다. 도박이 성행하고 도박에 몰두하는 중국인들의 성향을 보면 대충 짐작이 갈 만하다고 본다.

일본은 어떤가? 역사적으로 외침이 없었고 지진과 태풍이 심하다. 자연재해에 대해서는 집단이나 이웃 간의 힘이 무용지물이기 때문에 서로 단합된 힘이 필요 없었다. 일본은 철두철미 왜구처럼 공격에 힘을 합하고 일상에서는 서로가 무심한 것이 일본 사회였다.

미국의 사회상은 개척사인 서부극에 잘 나타난다. 막막한 지평선 상에 집을 짓고는 완전히 밀폐시키고 총구만 내놓고 밖을 감시한다. 완벽한 개인 방어형이다. 인간에 대한 정을 느낄 겨를이 없다. 철두철미 불신형이다. 개인 간은 말할 것도 없고 심지어 국가도 불신한다. 그래서 등장한 것이 자유였고 자유가 지나쳐 방종의 사회가 미국이다.

북구나 러시아 같은 나라들은 바이킹족이나 슬라브족 후손으로 그들은 원래 떠돌이 민족이었다. 해적질을 하거나 풀밭을 찾아 이동하며 살았다. 정착하지 못하는 삶에는 항상 불안이 깔려 있고 야만성이 도사리고 있다. 그들의 야만성이 러시아 사람들의 결혼관에 잘 나타나 있다. 그들은 우리나라 옛날의 보쌈 제도 같은 결혼풍속을 지금도 가지고 있는 경우가 있다. 보쌈 제도란 애교 있는 납치 방법이다. 젊은 과부 여성을 젊은 남자 홀아비가 밤중에 보자기를 씌워 강제로 안고 가는 방법이다. 혼자 된 젊은 여성이 스스로 재혼하겠다고 나서지 못하니까 억지로 납치된 것처럼 가장해서 재혼하는 방법이 보쌈 제도이다.

러시아는 지금도 밤에 여성들이 함부로 밖에 나가지 못한다. 함부로 배회하는 여성을 남자들은 결혼하고 싶어 하는 여자인 줄 알고 예사로 납치하는 것이다. 실제로 그렇게 해서 요즘도 연애라는 이름으로 결혼하는 사람들이 많은 것으로 알고 있다. 그런 풍속이 도둑, 강도, 정적 제거, 앙금이 쌓여 보복하고 싶어 하는 마음 등의 개인주의 사상과 결합해 러시아의 밤거리는 그야말로 살벌한 세상이 되는 경우라고 짐작해 보는 것이다.

서양 선진국 사람들이 한국의 도시공원을 밤에 여성이 혼자서 산책하는 것을 보고는 도저히 이해를 못 한다. 서양의 도시공원은 아베크족들도 밤에는 얼씬 못한다. 밤만 되면 한적한 도시공원이 무서운 도적이나 강도의 소굴이 되는 것이 서양의 사회다. 노숙자나 취객이 밤에 공원에서 노숙을 해도 무방함이 한국 사회다. 서양에서는 상상도 못 한다고 한다. 주머니 속 지갑은 말할 것도 없고 옷까지

벗겨 가 취객을 벌거숭이로 만들어 놓는 것이 서양 사람들의 일반적 관행이라고 한다. 죄가 아니라는 말이다.

한국 사람들은 모르는 사람이라도 다른 사람들이 남이 아니고 내 이웃이나 동족이라고 생각하기 때문에 주변에서 사정이 딱한 사람들을 보면 안쓰럽고 동정심이 생기는 연유를 앞에서 대강 서술했다. '가난은 나라님도 어떻게 못 한다' '머리 검은 짐승은 함부로 거두지 마라' 등의 말 때문에 공원의 취객을 그대로 두는 것이지 그 사람들을 해친다는 것은 상상도 못 하는 것이 한국인의 심성이다.

동남아 후진국 근로자들이 한국에 많이 와 있는데 그들도 심성이 한국인과 많이 다름을 경험을 해 본 사람들은 알게 될 것이다. 같은 동남아 유교권의 나라라도 우리 민족만이 공자의 인의 사상이 몸에 배고 실천하는 국민성을 가졌다는 것을 지구가족 시대에 외국인들과 어울려 보면 알게 될 것이다.

## 한국의 관공서 🕯

씨족사회에서 부족사회, 국가사회로 발전하면서 인간은 본래 사회적 관계의 본성을 더 굳건히 다지고 규모를 확장한다. 또한 누구나 태어나 그런 사회적 관계를 스스로 경험하면서 자란다. 부모 형제의 가족, 인척의 씨족, 태어난 지역, 국가에서 세계화의 인류로 거듭나면서 살아간다. 모두가 다 자기 보호본능에서 유발된 사회화이다.

그중에서 가장 강력한 공권력이란 힘으로 제약을 받는 사회가 국가다. 이 세상에 태어나 국가를 유지하기 위한 공권력과 연결되면서 국민이 되고 국민은 그런 공권력을 발휘하는 관공서를 드나들게 된다.

현대사회에서 인간의 사회관계가 매우 복잡해지면서 관공서의 출입은 거의 일상화되었다. 관공서 출입이 잦은 만큼 국민은 공권력의 제약을 받게 되고 그것은 곧 개인의 자유에 대한 억제이다. 공권력을 운영하는 사람을 공무원이라 하고 공무원들이 근무하는 장소가 관공서이다. 공무원이란 모름지기 국민의 심복이라 하여 공권력을 발휘할 때는 오직 국민을 위하여서만 그 재량권이 소용되어야 한다. 공무원들이 국민의 심복이라는 사명감에 충실할 때 국민의 관공서 출입은 더욱 원활해질 것이다.

과거 우리는 일본의 식민 지배를 받으면서 관공서에 대한 공포감이 절정에 달한 시절이 있었다. 봉건국가에서 근대 시민국가로 전환하는 과정에 우리 민족은 나라를 잃었고 일본은 우리 한민족을 옭아매고 압박하기 위한 올가미를 그들이 조직한 관청을 통해서 했기 때문에 우리나라 사람들이 관공서에 간다는 것은 눈에 보이지 않는 개 목줄 같은 올가미에 묶여 끌려가는 심정의 두려움과 공포감이 엄습했던 것이다. 그 대표적 예가 일본 순사였지만 그 외에 최고 작은 행정단위의 면서기나 동서기들의 횡포나 거부감도 만만치가 않았다.

당시의 공무원들은 국민의 심복이 아니라 국민을 억압하고 통제하기 위한 수단의 경찰견 같은 역할을 하는 사람들이었다. 우리 민족이면서 우리 민족을 감시하고 가가호호의 내부 사정을 일본 정부에 일러바치는 앞잡이나 스파이 같은 존재들도 있었다. 일본 정부가 우리 민족의 말살정책과 분열 정책으로 인한 제도나 조직에 의한 것이었지만 해방되고 우리 정부가 들어선 이후에 그 문제는 더욱 심각하게 부각되었던 것이다.

다름 아니라 일제 제국주의시대 했던 공무원들의 관행 때문이었다. 공무원이 국민의 심복이 아니라 국민 위에 군림하고자 하는 습성 때문이었다. 식민지 시대에 했던 익숙한 습관이나 관행을 서슴없이 새로 태어난 대한민국의 국민에게도 제 버릇 개 못 주었던 것이다.

그런 공무원들의 행정업무 때문에 우리들의 젊은 날도 참으로 고통이 심했다. 생활 수준과 국민의 민도가 낮고 식민지 시절의 관행이나 근성 때문이었는지는 몰라도 주민등록증이나 병적 확인서 한 장 떼는데도 번호표 없는 긴 줄을 서서 대기하기 일쑤였고 새치기는 예사였다. 대부분 사람들 손에는 주로 아주머니들이기는 했어도 심지어 담배 한두 갑을 들고 있는 사람들이 많았다. 담배 한 갑의 능력도 창구 안 공무원들 눈에는 별것 아니고 작은 사적인 인정이라고 생각했는지 몰라도 일반 시민들은 어느 정도의 경제적 수준을 나타내는 정도의 생활환경이었다. 그것도 요령 있게 아부를 하면서 전달할 줄 알아야지 잘못하다가 그들의 비위를 그슬렸다가는 목적의 서류 떼는 일에 낭패를 보기도 하고 매장을 당하면 두 번 다시 관공서에 드나드는 것도 힘들었다. 일본의 관청 직원들이 한국의 식민지 국민에게 그런 고통을 안겼으리라 짐작되는데 아무튼 해방되고 30

년이 지난 즈음에도 그런 광경을 목격할 수 있었던 것이 당시 일부의 관공서 환경이었다.

그러던 한국의 관공서가 세월이 흘러 88올림픽을 치르고 1990년대 WTO에 가입하더니 정말 개과천선하였다. 밀레니엄이 지나고 IT기업의 세계 1위 경험으로 한국의 관공서도 세계 1위가 되는 기적의 시대를 맞이하였다. 동시에 전국 어디를 가도 화장실 문화의 혁신으로 인한 환경개선은 세계 선진문화의 모범사례가 되기에 충분한 것이라 할 수 있을 것이다. 공공시설의 외관적 시설의 현대화도 절대 필요하지만, 그보다는 인적 쇄신을 통한 행정업무의 개선이나 대국민 서비스가 더 요긴하다고 할 수 있다.

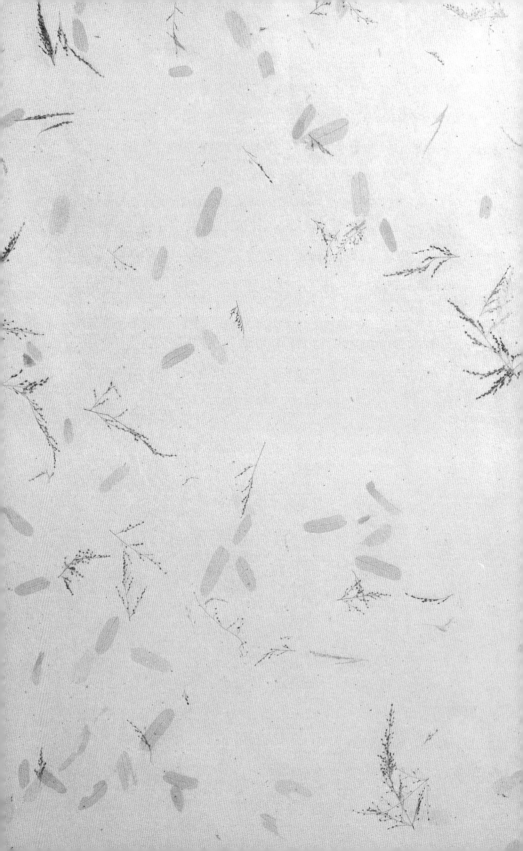

**2**장

# 금수강산의 후예

# 백두대간 태백의 혈맥 ⚘

삼면이 바다로 둘러싸인 극동의 반도국 대한민국, 그 모양을 토끼가 앞발을 들고 선 모습에다 비유했었다. 그러다가 88올림픽 이후는 호랑이의 포효로 변했다. 토끼가 약한 동물이고 그 연약한 모습이 우리나라 한민족의 민족성을 상징한다고 하여 일제강점기에 일본이 정했다는 이유다. 올림픽을 계기로 우리 역사의 민화에 많이 등장하는 호랑이로 바꿨다. 너무나 잘한 일이다. 일본은 우리나라의 병합과 식민지를 정당화하고 합리화하기 위하여 온갖 수단을 동원하는 가운데 우리 민족의 민족성마저 비하하기 위해서 억지로 만들어 낸 것이 토끼 모양의 한반도였고 연약한 민족성이었다.

백두산 호랑이는 호랑이의 학명에도 당당히 있는 호랑이의 종류이고 백두산은 우리 민족의 영산인 만큼 우리나라 땅 모양을 호랑이에 비유한 것은 당연지사라 할 수 있다.

백두산은 세계 수많은 화산의 분화구 중에서 가장 많은 수량을 품고 있는 산으로도 유명하고 그것의 위용은 마치 우리 민족의 머리맡에 놓여 있는 정화수 같다. 정화수는 밤새 이슬을 맞고 우주의 정기가 내려와 앉은 천지신명의 성수다. 가정과 가족의 안녕과 화목을 위해서 노모나 할머니들은 정화수를 차려놓고 천지신명께 고한다. 백두산 천지는 우리 민족의 번영과 평화를 위한 무한대의 성수다. 그 성수는 백두대간의 줄기를 타고 흘러 우리 한민족의 혈맥이 되었고 또한 우리 민족은 백두산 천지의 거대한 성수를 마시며 사는 천지신명의 위대한 배달의 민족이 되었다.

백두산의 백두는 우리 민족의 다른 이름인 태백의 우두머리라는 뜻이고 실제로도 우리나라의 중심 산맥인 태백산맥의 선두와 출발 선상에 있다. 장백, 태백, 소백의 산맥을 연결하면 우리나라의 등뼈가 되고 이들을 연결하여 통틀어 명명한 것이 백두대간이다.

한마디 더 하자면 솔직히 우리 민족은 모두가 다 백두혈통이다. 백두는 태백의 선두이자 대표한다는 뜻으로 사실은 태백혈통의 다른 말이라고도 할 수 있다. 그러므로 백두대간의 줄기를 타고 삼천리 전국 방방곡곡에 백두혈통의 혈맥이 흐른다고 볼 수도 있다. 그 성스럽고 위대한 천지신명의 백두혈통을 어느 특정 집단이나 집안이 독점해도 안 되고 독점할 수도 없다. 백두산 천지의 물은 우리 한민족의 성수요 한국인의 심장을 적시는 물이기 때문이다.

'물이 산보다 높다'는 말이 있다. 백두산 천지를 두고 하는 말 같다. 천지는 우리나라 전역을 적시는 상수원의 수원지 같고 백두대간은 마치 그 물이 흐르는 수도관 같아서 백두대간의 끝자락 지리산의 깊은 계곡에 흐르는 물도 백두산 천지 물이 솟아나는 것이 아닌가 할 정도로 우리나라 산맥 지형이 형성되어 있다. 제주도는 바다 밑으로 흘러 땅속에 있다. 백두산 천지 물은 백두대간의 줄기를 타고 흘러 우리 민족의 혈맥이 되었다.

# 금수강산의 후예 🏮

세상 대부분의 나라들은 자국민의 자긍심을 위하여 자국의 산하를 어떻게 하든 아름답다고 예찬할 것이다. 막막하고 삭막한 사막의 나라들도 석유가 쏟아져 나오는 이상 혹독한 사막바람에 움직이고 변화되는 사막언덕 등고선의 물결에도 신기하다고 하면서 황홀함에 빠져 감탄사를 연발하고 아름답게 보일 것이다. 그런 의미인지 실제가 그런지는 몰라도 우리나라는 옛날부터 유독 금수강산(錦繡江山)이라고 불러왔다. 지금은 우리나라 전체가 잘 정비되고 산에 숲도 차고 호수도 많고 해서 명실공히 금수강산이 된 것 같기도 하다.

그런데 반세기 전 민둥산 시절에도 우리는 항상 우리나라를 금수강산이라고 끊임없이 불러왔다. 아무리 봐도 그 당시는 금수강산의 티가 나지 않았다. 뻘건 황토밭에 잔솔이 띄엄띄엄, 바위의 지층이 뚜렷했고 봄철이 되면 파란 풀밭이 지금 시대의 골프장처럼 온 사방이 푸른 초원으로 보잘것없는 풍경이었다. 지금은 주변 야산의 경우에 우리가 그렇게 소망했던 숲이 귀찮고 질척거리는 것 같고 차라리 그 당시 민둥산이었으면 현재보다 더 아름답게 보이지 않을까 하는 생각이 드는 것을 보면 민둥산 시절에도 금수강산이라고 했던 것이 짐작이 가기도 한다. 민둥산 시절이나 숲이 꽉 찬 지금이나 아름답기는 마찬가지의 금수강산이라는 말이다.

금수강산이라는 것은 우리나라의 자연환경이 비단에 수를 놓은

듯 산자수려(山紫水麗)하고 아름답다는 뜻이다. 산은 산과 들의 땅을 말하고 강은 강과 바다의 물을 의미한다. 땅은 인간 삶의 터전을 말하고 물은 모든 생명체의 근원이며 생명의 활력이다. 금수강산은 자자손손 대를 이어온 우리 민족의 삶의 터전이고 역사의 무대다. 사람은 태어나는 자체가 기적의 생명체다. 민들레 홀씨가 땅에 떨어져 지기를 먹어야 자라듯 우리 민족은 이 땅에서 태아나 자란 기적의 생명체로 금수강산의 후예들이다. 금수강산은 기왕이면 다홍치마의 환경으로 사람이 살기에 매우 좋은 자연환경과 여건을 가졌다는 뜻일 것이고 단순히 경치가 아름답다는 의미만은 아닐 것이다.

'요산요수(樂山樂水)'라는 말이 있다. 현명한 사람은 산을 좋아하고 지혜로운 자는 물을 좋아한다는 뜻이다. 금수강산에 살면 요산요수 할 수밖에 없을 것이고 인간의 정신세계가 현자와 지자가 꼭 꼬집어 구별되지 않을 것이다. 현명한 사람이 지혜로운 사람이고 지혜로운 사람이 현명한 사람이라는 말이다. 산자수려한 금수강산에 수천 년 살아온 우리 민족은 요산요수의 혈통으로 현명하고 지혜로운 선조들의 피를 물려받은 자랑스러운 후예들이다.

경치가 좋고 기후가 사람 살기 좋으며 우리 민족 역사의 터전이라고 해서 단순히 금수강산이 아니고 강산의 자태가 아늑하고 평화롭다. 서양 사람들은 그들의 이상향을 현실에 없는 에덴동산에다 두었고, 중국 사람들은 치산치수를 잘해서 황하의 물을 맑게 한 요순시대를 꿈꾼다. 우리의 금수강산 이상향은 십장생의 세상이다. 금수강산 하면 금강산 같은 아름다운 경치를 연상하겠지만 물론 빼어난 경관도 포함된다. 그보다는 십장생의 세상처럼 만물이 평화롭게 살고 오래 살기보다는 천수를 다할 때까지 누리며 사는 세상이다.

십장생 중의 해 같은 자연은 인간 세상 밖 외계의 연원이라 하지만 현대의 세상은 미세먼지로 인해 해마저 가리는 사태가 비일비재하다 보니 십장생에 해를 포함한 옛 선인들의 예지력에 감탄사가 절로 나오지 않을 수 없다. 맑은 해가 그리운 세상이 되었다.

산 좋고 물 좋은 곳이 없다고 하는데 그건 금수강산이 아니다. 우리나라는 전국 어디를 가도 산 좋고 물 좋은 금수강산이 많다. 과거 한때 우리 민족은 우리의 고유 자산인 금수강산을 지키지 못했다. 진실한 금수강산은 정지된 풍경화의 금수강산이 아니라 그 속에 사는 사람들의 삶의 활력이다. 오늘날 금수강산의 정기를 이어받은 우리 민족의 활력이 세계인들의 등대가 되어 활활 타오르고 있다.


## 세계에서 제일 맛있는 소금 🔔

우리나라가 금수강산이라는 증거가 소금의 맛에서 나타난다. 지구의 삼분의 이가 바다이고 바닷물은 다 소금이라고 해도 과언이 아니다. 바닷물을 증발시키면 소금이 되니까. 그렇다고 모든 소금의 맛이 똑같지는 않다는 것이다. 그 이유는 바닷물의 차이보다는 염전의 차이라는 것이다. 우리나라 서해안에는 염전이 많고 그 염전에서 생산되는 소금이 세계 어느 나라에서 생산되는 소금보다도 가장 맛있다는 것이다. 또 그 이유는 우리나라가 금수강산이기 때문이라는데 도대체 금수강산에는 어떤 비밀이 있는 것일까?

금수강산의 또 다른 특징의 하나는 우리나라를 삼천리금수강산이라고 하는데 그것은 제주도를 포함한 한반도를 일컫고 그 한반도에서 서식하는 생물의 종류가 세계에서 가장 많고 분포도가 높다는 사실이다. 그리고 한반도의 지형이 백두대간이 일러주듯 동고서저(東高西低)라 대부분의 강들이 서해로 흘러든다. 서해안은 조석 간만의 차이가 심하고 갯벌이 잘 발달되어 염전을 하기에 안성맞춤이다. 그 갯벌은 한반도의 강에서 흘러나온 퇴적물이 쌓인 것이고 그 퇴적물 속에는 금수강산에서 서식하는 수많은 생물들에서 만들어진 영양분과 미네랄이 포함되어 있다는 것이다. 극히 미미한 미네랄이지만, 그것이 수억 년 쌓이다 보면 바닷물도 조류로 다 섞이고 흘러간다고 하지만, 그래도 약간의 차이로 나타나는 현상이 소금의 맛이라는 것이다. 자연산 소금으로는 우리나라 소금이 가장 맛있다는 것은 사실이다.

그러나 오늘날 세계는 무역전쟁 시대로 소금을 직접 식탁에 올리는 서양 선진국들이 금수강산의 소금을 필요로 하지 않을 뿐만 아니라 더 맛있는 소금을 가공하여 세계인들의 식탁을 점령하려 한다는 것이 소금에 관한 다큐멘터리의 주 요체였다.

소금은 인간 생존의 필요불가결 물질이다. 이 지구상에서 가장 흔한 물질 중의 하나로 소금으로 인하여 전쟁을 하거나 생존경쟁을 할 필요는 없다. 수천 년 우리나라의 역사에서 우리 민족은 지구상에서 가장 맛있는 소금을 먹고도 한 번도 그 빛을 발하지 못했다.

최근에 와서 가장 맛있는 소금을 먹고 생존을 지켜온 우리 민족의 위상이 조금씩 드러나고 있다. 정 많은 한국인들의 마음씨와 사회 안전망, 그보다도 확실히 드러나고 있는 것이 청소년들의 아이돌 그룹 춤사위의 맵시다. 일본, 중국, 태국, 인도차이나반도의 나라들 청소년들이 한국 청소년들과 구별 안 되는 얼굴이나 체형이 많다. 또한 그 나라들의 청소년들도 우리를 모방하여 아이돌 그룹을 만들고 춤을 춘다. 아무리 그래도 한국 청소년들의 춤 맵시에는 따라오지 못한다. 그 이유가 금수강산의 소금 맛 때문이라고 단정해 보는 것이다.


## 한국 식단의 금수강산 💡

천혜의 자연환경으로 산물이 풍부한 우리나라는 그 다양한 산물을 바탕으로 식탁이 마련될 수밖에 없고 그것은 마치 식탁 위에 금수강산이 펼쳐진 것 같다. 식물성 위주의 다양한 반찬들이 밥상을 가득 채우며 앞서 드라마 〈대장금〉이 세계인들을 놀라게 한 바 있었다.

금수강산의 또 다른 의미는 한반도가 세계 어느 나라보다 식재료가 풍부하며 종류가 많다는 것이다. 그것은 금수강산으로서의 이름값이며 음식 재료의 다양성은 금수강산을 토대로 생존을 이어온 우리 민족의 자부심이 될 수 있다. 반면에 여러 가지 식재료를 이용해서 요리를 해야 하고 구해야 하는 식성이 다소 까다로운 국민이라는 것도 알 수 있다.

일본은 식재료 본연의 맛에 치중하기 때문에 음식이 단순하고 간결 깔끔하며, 중국은 동물이나 곤충을 식재료로 하는 거창하고 화려해 보이는 음식 문화로 때로는 먹는 것의 몬도가네 상징으로 비치기도 하고 혐오감을 주는 일도 있다. 인류에게 식단은 그 나라나 지역, 민족 고유의 영역이고 생존 방법이기 때문에 감히 외부인이 간여할 문제는 아니다. 그러나 지구가족 시대에는 그 고유성이나 식습관을 그대로 유지할 수 없는 부분도 있게 되었다. 한국의 보신탕 문화나 회교권의 돼지고기, 열대 후진국 사람들의 맨손 식습관, 중국인들의 몬도가네 식탐 등을 예로 들 수 있다.


우리나라는 사계절이 뚜렷한 온대지방에 속하는 기후대이기 때문에 계절에 따른 작물이나 생물의 서식이 다르므로 거기에 맞추어 식재료가 달라지고 음식이 바뀔 수밖에 없다. 음식문화는 우리 선조들이 이루어 놓은 세시풍속에 잘 나타나 있고, 현시대는 세시풍속을 거의 지키지 않는다고 할 수 있지만 식단만큼은 과거 전통의 것을 그대로 이어받고 있다고 해도 과언이 아닐 것이다. 세시풍속은 계절에 따른 식재료를 이용한 음식문화를 열거해 놓은 것으로 풍속은 사라져도 집밥이라고 하는 가정식 밥상은 연중 시기에 따라 차려지는 반찬이 확연히 달라지는 것을 보면 세시풍속을 조금은 따라간다고 할 수 있을 것이다. 도시의 전문 음식점에도 세시풍속의 절기에 맞춰 사람들이 붐비는 것을 보면 현대인들의 식성도 선조들과 별반 차이가 없구나 하는 것을 느끼게 된다.

서양 사람들 중에는 한국 사람들은 식물성 약초를 식재료로 한다고 생각하는 사람도 있다. 한국에 오래 살다 귀국하면 그들의 식탁이 온통 고기인 것을 보면서 한국인들의 식성과 밥상의 특성을 실감한다고 한다. 우리 교민이 집단 거주하는 러시아나 미국 등에서는 송이나 산나물이 산에 지천으로 있는 데도 그들은 좋은 식재료인 것을 모른다고 한다. 또 하나는 외국에도 인삼이 있지만 한국 인삼만이 약효가 있다는 것도 소금의 맛과 마찬가지로 신기하고 희한한 일이 아닐 수 없고 금수강산의 부존 가치를 알 수 있는 대목이다.

이와 같이 금수강산에 사는 사람은 금수강산이 낳은 식재료를 이용한 음식문화 속에 살게 되고 그 음식문화를 누리는 국민이 된다. 그렇다면 그 속에 사는 사람들의 됨됨이나 마음씨도 금수강산처럼 아름답고 슬기로워야 마땅할 것이다.

## 한국인의 정 💡

동양 3국 하면 한국, 일본, 중국을 말하는데 서양 사람들이 가서 살고 싶은 나라를 선택하라면 한국을 선택할 사람들이 많다. 그 이유는 한국 사람들이 정이 많아서란다.

정이란 무엇인가? 사람이나 어떤 대상과의 관계에서 생기는 따뜻한 감정으로 인간미나 사랑의 감정으로 표현된다. 사랑이 주고받는 것이라면 정은 주는 것은 되지만 받지는 못하고 대신 정이 들었다가 된다. 그리고 보면 정이 사랑보다 더 주관성이 강하고 예민한 감정이다. 사랑을 하지 않아도 정은 들고 사랑을 받지 않아도 정은 들 수가 있다.

정은 관심에서 출발하고 관심이 서로 교감될 때 정은 더 두터워진다. 정든 고향, 정든 사람, 정든 물건도 있을 수 있다. 주로 감정이 교류된다 하지만 어디까지나 주관적이고 일방적 감정의 주입이 우선시 되는 때도 있다. 따뜻한 감정의 안식이나 저장 같은 것이다.

모든 인류나 인간은 다 정이 있지만 정을 함부로 남발하지 않고 몸속에 간직한 에너지처럼 자기 생존과 관련하여 적절히 활용하는 것이 정이고 인간 특유의 감정이라 할 수 있다. 인간은 감정의 동물로 한국인이 정이 많다고 하는 것은 따뜻한 선의 감정이 풍부하다는 것이고 그것은 곧 좋은 사람이라는 말이다. 즉 정 많은 사람이 좋은 사람이 되는 것이다.

그렇다면 한국인이 왜 정이 많은 것일까? 정은 감정이고 감정은 체질에서 우러나온다. 한국인의 체질은 금수강산의 산물을 먹고 형성되며 소금이 필요 불가결의 물질로 가장 맛있는 소금을 먹고 자란 체질이라 할 수 있다. 가장 맛있는 소금이 가장 정 많은 인간을 만든다는 것이다. 정은 인간의 관계를 연결하는 따뜻하고 원활한 소통의 감정이다.

소금을 인간의 체질과 연관시킨다면 바닷물과 인체의 물과도 연관

시킬 수 있다. 소금은 바닷물에서 나오고 체질은 인체의 내부로 피처럼 흐르는 물이 좌지우지한다고 할 수 있다. 물은 생물의 본원이듯이 인체를 물 덩어리라 해도 과언이 아니다.

아득한 옛날 인류가 바다에서 육지로 올라왔다고 진화론에서는 주장한다. 그 이유는 바닷물의 성분과 인체 물의 성분이 같다고 한다. 단지 성분비만 바닷물이 인체의 물보다 4배가 짜다고 한다. 바닷물이 소금물이듯이 인체의 물도 소금물이라는 것이다. 바로 이 부분에서 맛있는 소금과 인간의 감정과의 상관관계를 얼마든지 추론해 볼 수 있다.


# 정 많은 한국인

태백 민족의 후손으로 금수강산에서 나온 산물을 먹고 자라고 금수강산의 환경에서 살면 금수강산의 마음씨를 가지는 사람이 된다. 비단에 수를 놓은 아름다운 마음씨의 사람이다. 이때 비단은 모든 인류나 인간의 마음이고 여기에 한 수 더 떠 수를 놓은 아름다운 마음이 정 많은 사람이고 우리 민족이다. 결국 정 많은 사람이 좋은 사람이고 좋은 민족이다.

역사적으로 육교적 위치의 반도국이라는 것이 좋은 사람을 만들었을 것이다. 대륙세력과 해양세력 사이에서 적응하고 살아남는 법에 익숙한 것이 좋은 사람을 만들었을 것이다. 좋은 사람이라고 하는 것은 이기적이고 독선적이지 않다는 말이고 찾아오는 손님이나 낯선 사람, 외지인에 대하여 친절하게 대한다는 뜻이다. 유목민의 후예인 서양 사람들은 떠돌이의 DNA가 있어 토착에 대한 정이 덜하고 대륙적 기질이라고 하는 중국 사람들은 타인이나 낯선 사람에 대해 정이 없고 일본 사람들은 섬나라 기질로 이기적이다. 사하라나 중동의 사막 나라 사람들은 외지인을 거의 적으로 간주하거나 교역의 대상자로 낙인찍기 일쑤다.

현재는 지구가족 시대로 인류나 각 민족의 특성이 잘 나타나지 않고 보편화되었지만 그래도 일상생활에서 구체적이거나 미세한 부분에서 현격한 차이가 있다고 본다. 그 차이를 동양 3국 중에서 자기 일생의 선택지를 우리나라로 정한 서양의 두 여성의 사례로 가늠할까 한다. 우리가 익히 아는 〈미녀들의 수다〉 출신 연예인이다. 영국인 아버지에 일본 출신 어머니, 물론 중국에도 살아보았다고 한다. 한국 남자와 결혼하여 한국민이 되었다. 다른 한 분은 알래스카 출신으로 악기 연주자인 예술인이다. 동양 음악에 관심이 많아 한국, 일본, 중국의 전통 음악을 심도 있게 들어보고 비교해 보았다고 한다. 그 결과 한국 음악을 선택하여 우리의 전통악기인 12줄 가야금 연주자로 우리나라 대학의 교수가 되었으며 물론 우리나라 국민으로 한국인의 정서에 안착하게 된 것이다.

마지막으로 정 많은 한국인에 대하여 강조하고 싶은 것은 우리 민족은 한국인의 독자성을 잃지 않는다는 것이다. 보라! 중국의 저 변방 민족들. 수 세기 동안 우리나라를 괴롭혔던 저 만주족들은 거대한 힘으로 중국을 삼키고는 되레 한족에게 녹아버려 본래 자기 민족은 영영 사라져 버리고 말았다. 결국 민족의 정체성은 힘이 아니라 정신이라는 것을 알 수 있다.

## 빨리빨리 정신 🔔

우리나라가 후진국 시절에는 약소빈국으로 빨리빨리 서두르는 국민정신은 일을 제대로 하지 않고 서두르기만 한다고 해서 선진국 사람들로부터 비난을 받았다. 그러다가 오늘날에 와서 선진국에 진입하니까 선진국을 포함한 세계인들이 한국을 발전시킨 근본정신이라면서 빨리빨리 정신을 부러워하거나 칭찬하기도 한다.

빨리빨리 정신은 잽싸고 민첩하게 행동하라는 몸놀림의 동작은 아니고 어떤 일을 할 때 등한시하지 말고 서두르면서 부지런하여지라는 뜻이다. 사실은 서두르라는 것보다는 열심히 하라는 뜻이 더 강조된 말이다. 근면 성실의 순우리말 표현이라고 해도 무방할 것이다.

우리 민족의 본래 정신은 느긋하고, 쾌활함이었다. 단지 농본국가이었기 때문에 농작물과 관련해서는 부지런함이 필수였고 국가를 운영하는 인재를 등용함에 있어서 능력의 경쟁을 하였기 때문에 인재로 등용되기 위해서는 열심히 수련하지 않을 수 없었다. 대한민국의 건국과 함께 시작된 우리들의 어린 시절 학교생활 슬로건도 새 나라의 어린이 일찍 일어나라는 것과 부지런하여지라는 것이었다. 이때의 정신교육 지침은 민족정신의 자각과 독립된 국가건설에 대한 열의를 어린이들에게 맞춘 완곡한 표현으로 새 나라에 새 출발 하자는 다짐이었을 것이다.

부지런함에서 출발한 빨리빨리는 새 나라 건설의 역군으로 단체나 집단의 노동 현장에서의 슬로건이었다. 서양 사람들이 식민지의 열대 농장에서 노예나 노동자들을 채찍으로 다스리는 데 비하여 빨리빨리는 우리 민족의 단체노동 구호였다. 특히 건설 현장에서 열심히 일하고 부지런함의 기준이 공사 기간을 단축하는 것이었다. 그러다 보니 날림공사가 판을 쳤다. 그런 연유로 빨리빨리는 겉만 번지르르한 날림공사의 대명사가 되었다. 세계화 이후 빨리빨리는 한국 사람들의 기질이 되어 비웃음거리였으나 점차 개선되고 있는 추세다.

또 다른 하나는 살기 위함보다는 살아남기 위한 서두름이었다. 근대화의 늑장으로 나라는 풍비박산이 되고 식민지, 해방, 민족상잔이 우리 민족의 기질을 변화시켰다. 기회를 얻기 위한 수단이었다. 모든 것이 부족하던 시절에 서두르지 않고 느긋하다가는 항상 차례가 돌아오지 않았다. 식량이나 물자배급이 그렇고 기차나 연락선, 심지어 난리나 전쟁이 발발해 피난 가는 것도 빨리빨리 하지 않으면 살아남을 수가 없었다. 살아남기 위한 수단이었다. 역사적으로 지정학적인 면에서 육교적 위치의 나라로 대륙세력과 해양세력의 침입이 너무나 잦았다. 전쟁이나 내란이 일어났을 때 군사들이나 폭도들이

지나가는 길목을 피하는 것이 상책이었다. 이때도 빨리빨리 서두르는 자만이 살아남았다.

어린 시절 조부모들은 동학란을 얘기했고 6·25전쟁 때는 피난을 직접 경험했다. 돌아보라! 해방되어 귀환 동포들의 귀국선, 일사 후퇴, 흥남 부두의 철수, 심지어 대도시 사람들의 아침 시간 출근길까지 어디 하나 빨리빨리 서두르지 않고 되는 것이 있는가.

일본 사람들은 그들의 체격처럼 왜소한 것에 집착하여 트랜지스터라디오를 비롯한 작은 전자제품으로 세계를 점령했다. 우리는 또한 빨리빨리가 관건인 IT 기업을 일으켜 속도전에서 세계의 선두 주자로 나선 바 있었다. 변화와 속도전에서 경쟁이 치열한 세계는 지금 우리나라 사람들의 빨리빨리 정신을 바탕으로 하는 발전과 혁신이 시대의 트랜드가 되고 있다.

## 뒤태의 미덕 💡

사람의 한 생은 회자정리의 연속이다. 어떻게 만나고 어떻게 헤어지는가를 의도적으로 하는 것은 생활이고 어쩔 수 없는 만남과 이별은 운명이다. 생활이든 운명이든 대체로 만나는 것은 반가운 일이고 헤어짐은 슬프고 쓸쓸하다. 굳이 회자정리를 생활과 운명으로 구별할 필요도 없고 또 솔직히 잘 구별되지도 않는다. 아무튼 헤어져 돌아서는 뒷모습이 아름다운 사람이 우리 국민이다. 뒤태를 아름답게 보이기 위해서 인사 등 절차가 복잡다단하다.

연전에 우리나라가 올림픽을 유치해 놓고 걱정이 태산 같았다. 손님맞이를 어떻게 하느냐도 중요하지만, 그보다는 세계인들이 우리를 어떻게 보느냐 하는 것이었다. 세계사에 등장한 지 일천한 우리나라를 세계인들이 하찮게 보는 것은 사실이었다. 그렇지만 올림픽을 치를 만한 중진국의 문턱을 넘은 이상 모든 것은 우리들 하기 나름이었다. 그래서 시작한 일이 국민 계몽이었다. 우리 국민이 세계인들의 눈에 어떻게 비치고 보이는가를 알아야 하는 것이었다. 그와 연관하여 '어글리 코리언'을 신문연재 했다. 주로 미국에 사는 한국 교민들 중에 외국인들 눈에 추한 모습을 보여 한국의 이미지를 실추시키는 사례를 들어 우리나라 사람들의 정신자세를 환기시키고자 하는 것이 주목적이었다.

그 사례들 중에 미국으로 유학 간 우리나라 여대생의 이야기가 있었다. 술에 취해 화장실에 오물을 토한 이야기를 역시 미국에서 공부하는 일본 여대생과 비교하여 설명했다. 일본 여학생도 사정상 급했던지 큰 것을 변기 밖에 묻혔던지 보았던지 했다. 그런데 그것을 일일이 휴지로 손수 닦고 치운다고 했다. 그렇게 하는 것이 깨끗한 일본 국민의 기질이고 그래야만 일본 사람들을 세계인들에게 망신 주지 않는 일이라 했다. 남녀 불문하고 한국 사람 같으면 그렇게 했겠느냐 하는 것이고 또 그런 시민의식을 가지고 남의 눈을 의식 않고 실천할 때 진정한 올림픽을 치를 만한 국민의 자격이 된다는 것이 그

글의 취지이고 어글리 코리언의 연재 의도였다. 그 외에도 많은 사례를 들면서 외국에 사는 우리 교민이거나 머무는 한국인들이 한국 국민을 대표한다는 의식으로 세계 시민의 도리를 다하라는 것이었다. 또 그것은 자국의 생활에서도 공중도덕을 잘 지키라는 것이었다.

우리나라 사람들이 뒷모습을 의식하는 가장 적나라한 사례가 있다. 집을 이사 갈 때이다. 복이 달아나게 쓸고 간다고 해서 이삿짐 옮긴 빈방의 지저분함을 그대로 두고 갔다. 일종의 징크스이거나 좋은 이사 날을 잡는 것과 같은 미신 같은 것이었다. 그런데 요즘 세대의 사람들은 그런 터부에 구애받지 않는다. 집을 깨끗이 청소하고 이사 간다. 왜냐? 평소에 아무리 깨끗이 하고 살았어도 지저분한 빈집을 이사 오는 가족에게 보이는 것은 더럽게 하고 살았다는 인상을 주기 때문이다. 더러운 뒷모습을 보이는 것을 치욕으로 느끼기 때문이다.

반대로 동서양을 막론하고 외국인들은 이사 간 뒷모습은 전연 아랑곳하지 않는다. 아시아 후진국 사람들의 더럽게 하고 사는 한국 생활은 말할 것도 없고 서양의 젊은이들도 주방기구나 집기를 가지고 가버리는 것을 예사로 여긴다. 어떤 순간만 모면하면 되고 떠난 뒤의 모습에는 전연 신경 쓰지 않는다. 체면과 염치의 인간성 결핍을 외국인들에게서 느끼게 된다. 한국 사람들의 뒷모습의 미덕은 세계에 자랑할 만한 정신적 자산이다.

# 동방의 등불 ☙

　인도의 시성 타고르는 인도 독립과 건국의 아버지 간디를 잇는 세계적 인물이다. 우리가 타고르에 관심을 갖는 것은 그의 탁월한 예지력 때문이다. 그의 시 〈동방의 등불〉은 일제 식민 통치하에 신음하던 한국 민족에게는 구세주 같은 구원의 불빛이었다. 물론 그 시는 한국 국민을 위로하고 희망을 주기 위한 메시지였지만 날이 갈수록 그의 예언가적 안목에 경탄을 금치 못할 만큼 사실로 드러나고 있다.

　한국이 동방문화의 등촉이 되어 동방을 훤히 밝히리라 했지만, 오늘날 지구가족 시대에 동방을 훨씬 넘어 세계 문화의 등촉이 되어 세계를 훤히 밝히는 한국이 되었다. 현시대에 와서는 오히려 타고르가 한국의 미래와 발전을 위해서 인도해 준 등불의 덕분인 것처럼 되어 타고르의 한국 민족 위로가 더욱 빛나는 등불이 되었다. 어떻게 그런 예지력을 갖게 되었을까 하는 것이 이 글의 논점이다.

　타고르는 1913년 동양인으로서는 최초로 노벨 문학상을 받았다. 그 후 세계적 지성인이 되어 세계를 순방하던 중 일본을 들렀다. 노벨 문학상을 받은 만큼 한국의 근대문학 선구자들이 그와 접촉하고 취재에 열을 올렸다. 그러면서 한국방문을 종용했다. 인도도 영국의 식민지가 된 지 200년이나 지난 만큼 같은 식민지로서 공감을 얻고자 했을 것이다.

아닌 게 아니라 타고르도 신입 식민지가 되는 한국에 관심이 많았다. 물론 식민지에 대한 같은 연민의 정을 느낀 것도 있었겠지만 1919년 기미년 3·1운동에 더욱 깊은 관심을 가졌다. 그해에 간디가 비폭력 무저항을 통한 인도 독립운동을 선포한 것과 관련이 있을 것이다. 식민지가 된 지 수 세기가 지난 구닥다리 독립운동과 신생 식민지의 거국적 운동에 대해 비교해 보고 많은 생각을 했을 것이다. 간디를 세계적 인물로 치는 것을 보면 아무래도 우리나라가 인도를 본받은 것 같다. 3·1운동도 비폭력 독립운동이란 공통점 말이다. 요새로 치면 데모라고 하는 거리시위운동 하는 최초의 창시가가 간디가 되는 셈이다.

타고르가 1920년대에 한국을 3번 방문했다. 일본을 방문할 때마다 한국을 들렀다. 한국의 농촌을 두루 살펴보는 것을 주목적으로 삼았다. 당시 도시나 관공서는 일색으로 물들었으니까 한국에 온 목적과는 거리가 멀었을 것이다. 타고르가 당시 95%가 농업에 종사하는 농업국가인 식민지의 한국농촌을 둘러보는 소회는 참으로 암담했을 것이다. 인도의 다 인구, 다민족, 다종교, 다풍속 등에 비하여 한국은 단일민족에 같은 유교적 풍습과 제도 등 비교되고 많이 다르기는 하나 그러나 같은 식민지로서 찢어지게 가난하게 산다는 삶의 열악함의 공통점도 느꼈을 것이다. 또 다른 공통점은 인도 사람들이나 한국의 농촌 사람들의 표정이 안정되고 평화로워 보인다는 것이었다. 한국도 대가족제도로 가족들이 옹기종기 모여 앉아 식사하는 모습이 너무나 화목하고 밝고 행복해 보였다. 한국 사람들의 순박하고 얌전한 인간적 모습에 정이 갔다.

　그런데 눈에 들어오는 장면이 하나 있었다. 젊은 색시의 아기 젖먹이는 모습이었다. 대가족이 마루에 모여서 식사하는 중에도 유일하게 젊은 엄마의 젖가슴만 개방적이었다. 노인, 남자들, 여자들의 세 구미로 나누어진 식사 대형에 아기는 엄마의 가슴에 매달려 젖을 먹고 엄마는 밥을 먹고 모유 수유의 젖가슴 노출은 당연한 것이었다. 들에서 일하다 논두렁 밭두렁에서도, 시장통의 양지바른 곳에서도, 길을 가다 길섶에서도 젖먹이는 엄마의 젖가슴은 언제 어디서든 항상 개방적이었다. 유교 문화권의 성 윤리 도덕이 엄격하다고 알려진 한국이지만 모유 수유의 여성 젖가슴만 완전 개방적이라는 것이 타고르의 눈에는 아주 특이하게 느껴졌다. 반대로 저렇게 엄마의 사랑을 흠뻑 먹고 자란 아기들이 성인이 되었을 때의 인간적 심성은 인간 사회의 이상향의 인간형으로 되어 있을 것 같았다.

　엄마의 사랑은 엄마의 정이 되고 엄마의 정은 가족의 정이 되며 가족의 정은 사회의 정이 된다. 사회의 정은 민족의 정체성이 되어 아무리 식민지로 지내도 언젠가는 외세는 물러가고 독립의 날은 오기 마련이다. 민족을 이어가는 면면의 줄기는 저 젖먹이는 색시의 젖가슴인지 모른다. 타고르의 눈에는 한국 사람들은 젖먹이는 젖가슴을 가장 신성시하는 것처럼 느껴졌다. 젖먹이는 젖가슴 앞에서는 어떤 계층도 계급도´위엄도 터부도 없었다. 오직 엄마의 사랑만 있었다. 아기의 행복만 있었다. 아기의 행복은 훗날 이 세상의 행복이 될 것이다.

타고르가 보았던 그 젖먹이 아기들은 자라서 식민지 시대와 건국, 전쟁의 온갖 고난과 역경을 헤치며 살았다. 죽지 못해 사는 인생이 그때 그 젖먹이 아기들의 일생이었다. 수유하는 젖가슴에서 보았던 타고르의 희망의 불씨는 그 아기들의 손자들 대에서 타오르게 되었고 그것이 오늘날의 한국이다. 빛나는 세계의 등불로 활활 타오르고 있다.

## 모유 수유의 젖가슴은 신의 몸짓 🔔

타고르가 본 한국의 가족문화는 물론 서양과는 판이하게 다르지만 같은 동양이라도 한국만의 특이한 면이 눈에 띄었다. 대가족제도이긴 해도 결국은 부모와 자식들로 구성되는 독립된 가정이라는 것이다.

사회적 도덕 윤리가 엄격한 유교 풍습의 가정이긴 해도 부모와 자식 간의 유대관계는 무엇보다 돈독했다. 애정과 사랑이 듬뿍 담긴 끈끈한 정의 가정이었다. 남녀칠세부동석이라고 성적 구별은 확실하게 하지만 대체로 어린 시절은 부모들과 온돌로 된 작은 방에서 먹고 자고 같이 지낸다. 그럼으로써 자식들은 부모들의 정을 흠뻑 받고 자라기 때문에 정 많은 사람이 되고 그래서 정 많은 가정이 되고 정 많은 사회가 된다. 온통 한국 사회는 정의 세상이 된다. 정을 주고받기 위해서 어울려 살아야 하고 여러 사람들과 모여 살며 혼자서는 외로워서 도저히 살지 못하는 것이 한국 사람들이었다.

또 다른 한국 사람들의 정의 근원은 모유의 공유였다. 모유기의 엄마들이 모이면 당연히 서로의 관심사는 수유하는 것이고 모유의 과부족이 제일 화제였다. 그러다가 모유가 넉넉한 엄마는 모유가 부족한 아기를 아낌없이 안고 먹인다. 이런 모유 공유는 일가친척이나 관계 사이의 원근을 따지지 않는다. 아무리 남이라도 수유의 입장은 같은 처지였다.

젖동냥이라고 하는 모유 공유의 사례는 한국의 전통문화로 구전 문학이기도 하고 판소리의 창가이기도 한 심청전에도 나온다. 심 봉사가 아기 심청을 업고 다니면서 젖을 구걸하여 키운다. 이때 수유기의 엄마들은 아기를 갸륵하게 여겨 심청에게 젖 먹임을 아끼지 않는다. 봉사는 맹인의 존칭이라고 할 수 있다. 심 봉사가 맹인이 아니고 정상적 남자라 해도 남자가 아기를 업고 젖을 동냥하러 다녔다면 모든 수유기의 엄마들은 심청에게 했던 것처럼 했을 것이다.

수유하는 여성의 젖가슴은 어머니로서의 가슴이고 마음으로, 여기에는 성적 수치심이 끼어들 여지가 없었다. 여성으로서의 부끄러움을 훨씬 능가하는 성스러운 일로 어쩌면 신의 몸짓이라고도 할 수 있었다. 이런 신의 몸짓은 남북전쟁 후에 참으로 비참하던 시절 전국의 시골에서는 흔히 볼 수 있는 광경이었다. 물동이가 질그릇 독이었다. 동네 공동우물에서 물 긷는 것은 여성의 몫으로 아기는 등에 업고 똬리를 받힌 물독을 머리에 이면 두 팔은 자동으로 물독으로 갈 수밖에 없다. 그러다 보면 짧은 저고리에 아기 먹일 젖은 통통

불어 있고 자연히 젖가슴이 노출될 수밖에 없다. 그런 광경을 누구 하나 눈여겨보는 사람이 없었다는 사실이었다. 신의 젖가슴으로 너무나 당당하고 아무 거리낌 없었다는 것을 강조하고 싶은 것이다.

타고르가 한국에 올 때마다 농촌을 찾았고 전국 어디를 가도 신의 몸짓이 너무나 당당한 것을 보고 그런 신의 가호 속에서 자란 어린이나 국민을 볼 때 한국의 미래가 밝고 동방의 문화를 이끌 등불이 될 것임을 확신했다고 보는 것이다.


## 체면과 염치의 나라 🔔

한국의 경제적 위상이 세계 10위권 가까이 유지하면서 그동안 똑같은 국민성으로 후진국 시절에 푸대접받다가 선진국이 되니까 상향 평가되는 사례가 여러 가지 있겠지만 그중의 하나가 체면과 염치이다. 주로 경제적인 것과 연관되어 없는 놈이 체면과 염치가 뭐 그리 대수냐 하는 것이었다. 남을 해치지 않고 욕되게 하지 않는 이상 없는 자가 있는 자 앞에서 좀 비굴하면 어떻고 체면을 구기면 어떻고 뭐 그리 염치를 차리느냐 하는 것이었다.

그래서 체면과 염치 때문에 우리나라가 일본의 식민지가 되었고 또 역사적으로 가난하고 허약한 나라로 현재에 이르게 되었다면서 병폐적인 국민성의 주범이 체면과 염치였다. 그러던 것이 경제 대국으로 되니까 후진국은 말할 것도 없고 서양 선진국들까지 한국의 국민성을 본받고 배우자고 야단들이다. 만약 우리나라가 세계인들에게 내세울 수 있는 국민성이 있다면 체면과 염치가 될 것이다. 그러니까 오늘날에 와서는 그동안 고쳐야 할 체면과 염치가 오히려 자랑스러운 국민성이 되지 않았나 하는 것이다.

체면과 염치는 양반 정신 도덕률의 주 덕목이었다. 유교 정신에 입각해서 언행을 삼가고 조심하되 남을 의식하여 얌전하게 처신하라는 것이었다. 여기서 남을 의식하여야 한다는 것 때문에 문제가 되었다. 남을 의식한다고 하는 것은 사고의 중심을 타인에 둔다는 것으로 아무래도 남의 눈치를 보는 소극적 성격이 될 수밖에 없다. 그것은 적극성 부족으로 생존경쟁이 극심한 현대사회에 적응하기 어렵고 세상을 박차고 나가기가 힘들다는 것이었다.

체면은 남에게 얼굴을 보이는 것으로 주로 남에게 베푸는 것을 말한다. 인간사는 남들과의 관계이고 그 관계를 할 때 사람의 도리를 다하라는 것이다. 그 도리 중에서 인사성도 밝아야 한다는 것이 있는데 그 인사성의 의미는 참으로 미묘하고 야릇한 것이기도 하다. 집안의 애경사에서 체면치레의 궁극점이 드러나기도 하는 것이 우리나라 국민성이다. 염치는 남에게서 이익을 취하는 것이다. 가난하게 살아온 우리 민족이 공동으로 살아남기 위한 수단이 염치였을 것이다. 항상 부족한 재화나 분배에서 남들이나 전체를 의식하면서 자기 몫만을 챙겨야 했고 자기의 과욕이나 욕심은 다른 누구의 불행이나 생명의 위험이 될 수 있었기 때문에 염치없는 행위는 공공의 적으로 규탄의 대상이 되었다. 지금도 이 세상 떠날 때는 빈손으로 가니까 염치 있는 사람이 되라고 당부하는 글귀나 노래가 흔하기도 하다. 체면이나 염치가 남을 의식하는 감정이나 행위라 했지만 실제로는 몸에 배지 않으면 그런 인성을 지키기가 쉽지 않다. 그 말은 혼자 있을 때도 체면과 염치 있는 사람이 되어야 진정한 한국 국민성의 소유자라는 것이다.

한때 '사장님은 미워요' 하는 서투른 우리말로 하는 동남아 근로자를 흉내 내는 코미디 프로그램이 있었다. 그런 것을 통해서 한국의 사용자들이 외국의 근로자들을 학대하거나 함부로 대한다고 하는 성향으로 인식하고 있으나 그 반대의 사장님 입장에서 생각해 볼필요도 있다. 체면과 염치가 없는 국민성을 가진 외국인 근로자들의 사용법에 관한 것이다. 한국 사람처럼 대하다가는 도저히 일을 시킬 수 없다는 사실 말이다. 그렇다고 학대해서는 안 되겠지만 체면과 염치가 없는 사람과 관계를 맺는다는 것이 얼마나 어렵고 힘든 일인지는 경험해 보지 않은 사람은 잘 모를 것이다. 로마에 가면 로마법을 따라야 하는데 가능한 눈속임 하려 하고 특히 현대사회에서 생활 환경법을 잘 지키지 않으면 주변 지역에서 대혼란이 일어난다. 그리고 일상의 처신을 일일이 법으로 다 규제할 수도 없고 그렇다면 미세한 개인 생활과 주변이나 세상과의 연결고리는 체면과 염치가 담당할 수밖에 없게 된다.

이처럼 체면과 염치는 인간사회의 가장 저변에서 세상살이가 아주 원만하게 유지되게 하는 윤활유나 잔잔한 파도 같은 역할을 한다.

인간사회를 유지하기 위한 수단으로 튼튼한 노끈이 있다면 그것이 법과 도덕률이고 체면과 염치는 거미줄 같은 것이다. 허약한 거미줄이지만 그 거미줄은 얽혀 있고 그것들을 타고 사람들의 마음들이 흐른다. 그 마음들은 따뜻한 온기인지 모른다. 그 따뜻한 온기가 유독 많은 민족이 우리 한민족이라는 것이다.

서양의 어느 나라를 여행할 때 가방 조심하라고 하는 것과 또 그런 나라들의 밤거리, 정전이 되었을 때 슈퍼마켓의 마구잡이 노략질 등의 사례들은 모두가 다 체면과 염치가 없는 국민성 때문이라고 할 수 있다. 다인종, 다민족 국가일수록 체면과 염치라는 인간 마음 씀씀이의 미덕과는 거리가 먼 것이 대체로 판명되고 있는 사실들이다.

## 장유유서의 정신 🪔

서양의 합리주의가 들어오면서 우리 사회는 급격한 변화의 물결이 일어났고 그 거세지는 변화의 파도에 가장 거슬리는 사상이 장유유서였다. 서양의 합리주의가 들어올 때는 혼자서 오는 것이 아니라 아주 거대하고 편리한 기계문명이라는 메커니즘을 대동하기 때문에 본래 뿌리내렸던 관습이나 관행들과의 상충은 어쩔 수가 없었고 웬만해서는 그 거대한 물살에 휩쓸리지 않고 버텨낼 재간이 없는 것이 보통이다. 그래도 우리나라는 현명한 지혜를 나름대로 발휘하여 많이 퇴색되긴 했어도 장유유서를 고수한 편에 속한다고 할 수 있다.

장유유서의 근본 취지는 서열에 대한 배려이다. 서열을 짚어 올라가면 그 끝에 노인공경 정신으로 귀결된다. 삭막한 합리주의가 판을 치는 세상이지만 경로 우대의 정신이 생활의 곳곳에 배어 있는 것을 보면 아직도 살만한 세상의 인간애와 인지상정을 느끼게 된다.

서양 사람들이 한국 사람들을 이상하고 이해할 수 없다는 생각이 하나 있는데 그것이 상대방의 나이를 묻는 것이다. 나이 알아서 뭐하냐 하는 것인데 한국 사람들은 상대방의 나이를 모르면 도대체 관계를 시작할 수가 없다. 이때의 관계라고 하는 것은 사무적이고 공식적인 업무와는 다른 순수한 인간의 관계를 말하는 것이다. 서양 사람들은 상대방의 나이를 묻거나 나이에 관심을 갖는 것은 큰 결례라고 생각한다. 한국 사람들이 상대방이나 모임에서 나이에 관심을 갖는 것은 절대 서열을 정하기 위한 것은 아니고 상대방의 배려와 동시에 자기의 처신과 행동반경에 대한 고려 때문이다.

인간사회의 복잡성은 주로 업무적인 것이지만 그러나 진짜 삶의 즐거움을 갖게 되는 것은 개인마다 취향과 성향이 다른 사생활이다. 조직적이고 공적인 사회나 조직체에서 나이는 전연 관계가 없지만 한국 사람들은 나이를 고려하여 공적인 업무나 활동도 사생활화함으로써 업무에 집중하고 안도의 생활을 하게 된다. 한국 사람들이 직장에서 승진에 큰 관심을 갖는 것도 소득이나 권력보다도 장유유서 때문이라고 해도 과언은 아닐 것이다.

그런 면에서 한국 사람들의 개인 생활은 아무래도 서양 사회보다는 운신의 폭이 좁다고 할 수 있다. 모든 제도나 조직은 능력 위주의 횡적인 사회를 지향하고 있으나 아직까지는 알게 모르게 종적인 사회에 대한 감각을 가진 사람들이 많이 있기 때문에 때로는 사고의 안정에 대혼란을 겪는 경우도 있게 된다. 나이에 맞는 생활의 범주가 너무 좁다는 말도 된다.

미국 뉴욕의 빈민가 거주 지역 학교에서 근무하는 한국인 교사가 있었다. 그는 미국의 보다 자율적인 교육방식을 이용하여 한국의 과거 교육방법을 적용하여 보았다. 그 방법이란 공부를 열심히 하는 것이었다. 공부를 열심히 해야 공부를 잘하게 되고 공부를 잘해야 좋은 대학에 가게 되고 좋은 대학을 나오면 잘살게 된다는 것이었다. 미래에 어른이 되었을 때 잘살게 되는 길을 빈민가의 거칠고 막무가내의 흑인 청소년들이 한국인 교사를 통하여 발견하게 되었던 것이다. 고착된 자본주의 미국 사회에서 가난한 청소년들이 미래에 잘살게 되는 길이 거의 없다는 것의 인식으로 공부를 아예 포기하는 학생들이 많은 것이 현실이었다.

아무리 그래도 광활한 미국은 한국보다는 기회가 많다는 것을 인식한 한국인 교사의 교육방법은 적중했다. 그것으로 잘살게 되는 것만이 능사는 아닌 것이었다. 인간답게 사는 것이었다. 인간사회에서 인간다움의 첫 번째 길이 노인공경 사상이라고 생각했다. 그 첫 출발이 남에 대한 배려이다. 남에 대한 배려를 어떤 권력이나 힘 또는 재력이나 돈이 아니고 나이를 기준으로 하는 것이었다. 반항과 무소

불위의 청소년기에 나이를 따지고 선후배를 구별하는 것도 인간사회에서 동물과 다른 인간다움의 좋은 관습이기도 한 것이다.

그 한국인 교사는 연약한 여교사였다. 하버드, 예일대, MIT공대 등 미국 유수 대학을 졸업했거나 현재 다니는 제자들이 스승을 찾아와 자기네들끼리 한국식으로 나이를 따지는 장면이 목격되기도 했다. 그녀는 그 뒤 오바마 대통령 때 미연방 교육자문위원이 되어 백악관으로 출근했다.


## 한옥의 자태 ♣

한복과 함께 한옥도 점차 사라져가는 풍물이 되었다. 올림픽 등 세계인들의 행사장에서 한복을 입은 사람을 본다면 한국인임을 알 수 있다. 그러나 한옥은 그럴 수 없다. 한국 땅에 와야 한옥을 볼 수 있고 그럼으로써 한국의 세상을 보고 듣고 느끼게 된다.

인간사회를 지탱하는 가장 기본이 의식주이고 그 의식주로 한 민족이나 국가를 구별할 수 있는데 그중에서 주택의 모습이 가장 확실한 한국을 상징하는 풍물이 될 수 있다. 그러나 점차 한 가족의 지구촌답게 주택으로 그 나라나 민족을 상징하는 매개의 역할은 어렵게 되었다. 보라! 한국의 발전과 한국 도시의 발전을! 그 발전의 의미는 고스란히 한옥 지우기로 귀결되고 있다. 도시는 아파트나 빌딩의 숲이 되었고 시골은 양옥이나 전원주택으로 변해가고 있다. 도시는 점차 밀집되어 건물의 층으로 쌓이고 시골 마을은 점차 해체되어 떨어져 사는 개별의 전원주택으로 전환되고 있다.

역사적으로 한국 민중의 집은 초가집이었다. 농자천하지대본 농민의 나라이니만큼 농사에서 얻는 볏짚으로 이엉을 엮어 지붕을 이는 초가집이었다. 초가집의 단점은 해마다 새 볏짚으로 지붕을 이는 일이었다. 사람들은 그 일을 김장철의 김장과 함께 겨울 채비의 일환으로 하나의 풍속이 되어 있었다. 양지바른 산 밑의 새 볏짚의 노란 지붕들의 마을은 정답고 따스하고 아늑하게 보였다. 왜 그때는 그 모습이 아름답게 보였는지 알 수가 없다.

농민의 나라 농사일도 대단한 경제활동이라 할 수 있다. 경제활동을 하는 인간사회에는 부의 축적이 달라질 수밖에 없다. 역사적인 씨족사회와 함께 마을에는 빈부의 격차가 생기고 부자들은 부의 상징으로 기와집을 짓게 된다. 기와집은 해마다 지붕의 이엉을 갈아야 하는 번거로움이 없을 뿐 아니라 그 위용과 아름다움이 초가집은 상대가 될 수 없었다.

비로소 기와집이 한옥의 상징이 되었다. 기와집이 됨으로써 한국 민족의 정체성과 민족문화의 정체성이 확립되었다. 솔직히 한민족 전체의 대부분인 농민의 나라 농민의 집인 초가집으로는 우리 한민족을 대표할 수 없고 그것으로는 자칫 문화의 정체성이 확립되지 않는다. 한국 민족의 집은 한옥이고 그것은 기와집이다. 초가집도 한옥이긴 한데 거주지의 형태도 문화라고 한다면 초가집으로 우리 민족을 상징하는 문화라고 하기에는 무언가 좀 창피한 감이 없지 않을 수 있다. 초가집은 생계형 집으로 느껴지기 때문이다.

과거의 만주족들이나 저 신대륙의 인디언들은 분명히 민속과 전통
은 있었으나 문화가 없었다. 그들이 문화라고 수 천 년 동안 누렸던
전통과 민속은 서구인들의 침범으로 하루아침에 물거품이 되고 말
았다. 그 원인을 문자와 기록과 뚜렷한 주거문화가 없었기 때문으로
보는 것이다. 인간사회는 문화로 살아야지 민속과 전통만으로는 안
된다는 큰 교훈이었다.

우리나라의 민족문화 속에 한옥이 차지하는 비중은 한글이나 한
국말에 비하면 그렇게 크지 않을 수 있으나 외형상으로 외국의 관광
객들이 왔을 때 한국문화의 특징을 가장 먼저 알아보는 것이 한옥이
라 할 수 있을 것이다. 그들이 서울에 오면 한옥촌인 북촌과 궁궐을
먼저 찾는 이유도 여기에 있을 것이다.

어떤 이는 사찰체험을 통해서 한국문화나 불교의 내면에 빠져보는
체험을 하기도 한다. 이들 지역은 모두 한옥이 잘 보존된 장소라 할
수 있다. 외국 여행객들이 한국을 찾는 근본은 한국문화에 있고 그
것의 가장 직접적이고 외형적인 것이 한옥이다. 동양 3국이 모두 기
와집이지만 각 민족의 미적 감각이 다른 만큼 각국의 집 모양이 다
다르다. 검은 기와 색깔만 공통이고 주로 지붕의 처마 끝 선의 흐름
으로 구별한다. 기후 등 자연환경에 맞춘 처마 끝 선을 비롯한 집 모
양이겠지만 아무튼 한옥의 자태가 가장 아름다운 것으로 정평이 나
있다.

# 백의민족 🏮

현재의 한국 사람들을 백의민족이라고 할 사람은 아무도 없다. 흰옷을 거의 입지 않기 때문이다. 그래도 흰옷에 대한 선호 사상은 남아 있고 상의나 내의를 비롯한 흰옷이 각 가정의 옷걸이나 장롱에는 반드시 있다. 청바지에 흰 티는 남녀를 불문하고 인생의 가장 청춘기에 잘 어울리는 차림으로 정평이 나 있다.

본래 우리 민족 고유의 옷 색깔이 흰 것만은 사실이다. 1950년대까지만 해도 사람들은 나들이 차림으로는 거의 흰옷을 입었다. 그 증거가 닷새 장날과 선거 날 사람들의 움직임이었다. 사람들은 산길, 들길, 고갯길, 한길 등을 흰개미 떼처럼 오가는 풍경이었다. 아마 전국이 그랬을 것이다. 김구 주석의 한강 백사장 연설은 우리나라 사람들이 백의민족임을 나타내는 군중집회로서 흰옷의 마지막물결의 증거가 되었다. 10만 인파도 흰색이고 백사장의 모래도 흰색이고 그야말로 흰색의 세상이고 흰색의 물결이었다.


극장에 갔을 때 본 영화 시작하기 전에 먼저 시작하는 대한 '늬우스'에 등장하는 이승만 대통령의 흰 두루마기, 흰머리, 흰 눈썹, 흰 얼굴은 동화 속 산신령과 같은 급으로 현실 세상의 사람이 아닌 거의 신격으로 어린 우리들의 눈에는 신비스러운 존재로 비쳤다.

삼베, 무명, 모시, 명주의 옷감은 수 천 년 우리 민족 전통의 옷감이다. 삼베와 모시는 여름 옷감이고 무명과 명주는 겨울 옷감이다.

삼베와 무명베는 저급한 옷감이고 모시와 명주는 고급 옷감이다. 무명과 명주는 속 옷감이 되나 삼베와 모시는 겉 옷감밖에 안 된다. 이 중에서 삼베가 가장 누런 옷으로 여름철 집에서 일할 때나 허드레옷으로 입고 나들이할 때는 모시옷을 입는다. 모시옷의 흰색은 깨끗함에 인품까지 곁들인다. 명주를 물들이면 비단이 되나 대체로 원색인 베이지색 그대로 입는다. 그래도 그 고상함은 옷감의 질감을 실감케 한다. 실의 굵기로 보면 삼베, 무명, 모시, 명주가 가장 가늘다.

어린 날 설빔으로 집에서 베틀로 짠 무명베를 검은 물을 들여서 신식 재봉틀로 재봉을 한 옷을 입었는데 그것과 간혹 어른들의 밤색 두루마기가 있었다. 이런 옷들은 진짜 우리 고유의 옷 색이 아니고 일제강점기에 일본의 영향으로 생긴 옷 색깔로 짐작해 보는 것이다.

장례식에서 옛날에는 상주가 삼베옷을 입었고 삼년상 안에는 흰 옷을 입었다. 부모를 잃은 불효한 자식이나 가족의 의미였다. 연전에 일본에 가니까 일본 사람들의 장례식 광경은 온통 검은색 일색이었다. 현재 우리나라도 검은색이 장례식의 색깔이다. 전통 상여의 화려한 꽃장식이나 문상객의 흰옷을 고려하면 검은색은 결코 우리나라 장례식의 색깔이 될 수가 없다. 백의민족의 전통을 가장 배신한 것이 장례식에서 상주의 옷 색깔인 것 같다.

백두 혈통인 태백민족의 백은 흰 백자로 우리 민족은 옷만이 아니라 다른 것도 흰 것과 관련이 많은 것 같다. 개화기에 선교사들이 본국에 돌아가서 한국을 소개할 때 농촌의 농주 마시는 것을 보고 한국 사람들은 들에서 일하다가 흰 물을 마시는 풍습이 있다고 했고 최근에는 한국 사람들은 흰 채소를 즐겨 먹는 것으로 소개한다고 했다. 그리고 보면 무, 배추, 마늘, 양파, 쌀, 보리쌀, 국수 등 주식과 부식이 거의 흰색인 것만은 사실이다. 전통 한옥의 벽 색깔도 흰색이었다. 의식주 모두 흰색의 일색을 좋아하는 무언가의 유전자가 있는 것인지도 모르는 일인 것이다.

흰색은 청결, 결백, 깨끗함을 상징한다. 색동옷, 비단, 흰 저고리에 검정 치마도 있었다. 한때는 흰 고무신도 유행했던 때가 있었다. 지금은 모든 의식주가 화려한 총천연색이지만 그래도 우리는 백의민족이다. 옷 색깔이 흰 민족의 백의가 아니라 마음이 청결, 깨끗한 백의민족임을 강조한다.

## 온돌의 문화

문명의 선진화는 온대지방 사람들에 의하여 이루어지고 온대지방 사람들은 겨울나기를 해야 한다. 그러기 위해서는 겨울 채비를 해야 하고 그에는 인간 생존의 가장 기본인 의식주가 다 포함된다. 겨울을 나기 위한 의식주의 문제 때문에 많은 고민을 해야 하고 문제를 해결하기 위한 많은 방안을 찾다 보니까 지혜가 생겨나고 그러다 보니 문명의 선진화가 일어났는지도 모르는 일이다. 겨울 난방을 열대지방 사람들이 알 리가 없으니까.

겨울 채비로 우리나라는 가을 김장과 더불어 땔감 준비가 주 관건이었다. 사실 가정주부들은 가족들의 겨울 옷차림과 솜이불 같은 것도 겨울 채비로 걱정거리였었다. 땔감은 겨울 난방을 하기 위한 주재료로 수만 년 인류 역사의 대부분은 나무였지만 근대화 또는 산업화 이후 석탄, 석유, 가스, 전기로 급격하게 변해왔다. 그런데 겨울 난방의 방법이 우리나라만이 유일한 온돌을 사용한다는 것이었다. 현재는 우리의 온돌이 세계 각국에 많이 보급되어서 그렇지 그래도 대부분의 나라에서는 겨울 난방을 난로로 한다.

온돌이나 난로나 방 안의 공기를 데운다는 면에서는 같지만, 그 방법이 다르다. 온돌은 방바닥을 데우면 방 안의 공기가 데워진다는 원리이고 난로는 직접 방 안의 공기를 데우는 원리이다. 과학적으로는 온돌은 복사열이라고 하고 난로는 굳이 따지면 대류 열이 되겠다. 온돌은 방바닥에 구들을 놓아 부엌의 아궁이에 불을 때서 구들장을 데우는 원리이고 난로는 그냥 흙바닥에 설치하면 된다. 겨울 난방의 방법을 보면 침구 역사에서 한국은 침대가 필요 없었고 서양 사람들이 실내에서 신을 신는 연유가 이해되는 것이다.

인간들의 지혜가 온돌이든 난로든 공기를 직접 데우는 방법에서 근대 과학을 접목시킨 서양 사람들에 의해서 물을 데워서 열을 이동시키는 방법으로 난방하는 방법이 개발되었다. 물을 이용하는 방법에는 불을 때는 보일러실과 실내에서는 열을 발산하는 라디에이터가 있어야 한다. 불을 지피는 보일러와 라디에이터 사이에는 열을 왕복 이동시키는 수도관이 연결되어 있어야 함은 당연지사이다. 이 방법은 난방의 혁신으로 비로소 도시화의 꽃인 큰 빌딩이 생기게 되고 교통, 통신의 발달과 함께 근대 도시 문명의 꽃이 활짝 피게 되었다.

그동안의 난로 대신 라디에이터가 공기를 직접 데우는 형국이었다. 이 방법의 단점은 수도관이 냉해에 취약하고 보일러실의 매연 공해 문제가 큰 사회문제로 등장한 것이다. 최근에는 이 방법을 또 혁신하여 전기로 온풍기를 이용해서 난방을 하니까 이제까지의 모든 문제가 다 해결되었다. 지금은 온냉 겸용 에어컨을 이용하는 시대라 할 수 있다.

어떻든 서양 사람들은 실내의 공기를 직접 데우는 방법을 고수한다. 이에 비하여 한국 사람들은 한결같이 온돌을 고집한다. 구들장 대신 보일러 관을 이용해서 방바닥을 직접 데우는 방법을 이용한다. 온돌이 난로보다 열효율이 좋기 때문이다. 그러나 일장일단이 있다. 그래서 호텔 등 큰 공공건물에는 서양과 같이 전기로 운영하는 에어컨을 이용하고 온돌은 개인의 아파트나 주택에 적용하는 경향이다. 난로 방법은 방바닥에만 수도관이 없을 뿐이지 건물의 벽으로는 수도관이 있어야 하고 보일러실이 있어야 빌딩의 구실을 할 수 있다.

온돌 난방의 방법이 서양 사람들에게는 그들이 앞선 문명이라는 자존심 때문에 잘 먹혀들지 않는 데 비하여 아시아의 온대지방 나라들에서는 너무나 감동적으로 수용한다. 몽골이나 카자흐스탄, 우즈베키스탄, 중국 등에서는 한국식 온돌 난방 아파트가 대체로 보급되는 실정이다. 잠자리의 침대는 전 세계가 공통적으로 이용하는 필수 침구류로 한국도 온돌 난방에 침대는 현대인의 표방으로 안방의 필수 가구가 됐다.

왕년의 한국 고유의 구들장을 데우는 온돌 난방이 현대의 첨단 과학 문명을 타고 보일러 기술, 건축 기술과 함께 전 세계로 확대되고 있는 추세라 할 수 있다.


## 목욕탕 문화 ☀

과거 일본이 한국을 병합해서 가장 먼저 우리나라 사람들을 채근하고 추달한 것이 위생 문제였다. 한국 사람들이 씻지 않고 더럽게 해서 산다는 것이었다. 그래서 청소의 날을 정해서 국민들을 다그치고 학교에서는 용의 검사라는 엄격한 규율이 있었다. 해방은 되었으나 그 잔재의 제도나 규정을 그대로 이어받은 때가 우리 세대의 어린 시절이었다.

한국동란 휴전 직후 어른들은 소학교라 했고 우리들은 국민학교라 했으며 지금은 초등학교인 저학년 시절의 자신의 몰골을 되돌아보는 소회는 참으로 아득하고 망연자실하다. 단군신화가 5,000년 전이라면 그 신화시대의 끝이 우리 세대의 어린 시절과 맞닿아 있었음을 실감한다. 즉 단군신화 시대의 세상과 우리들의 어린 시절 세상이 다르지 않았으리라는 것이다. 그만큼 문명의 혜택이란 눈을 씻고 봐도 없었음을 강조함이다. 솔직히 경제적 측면에서도 사방을 둘러보아도 일상용품을 거의 자급자족하는 처지나 환경이었다.

그 시절에도 도시에 가면 현대의 문명기기가 거의 다 있었다. 자동차, 전기, 전화, 양옥, 라디오, 영화, 시멘트와 콘크리트 등 다 있었다. TV와 녹음기 등은 아직 우리나라에 들어오지 않았을 뿐 외국에는 다 있었다. 산업혁명의 여파가 도시에만 있었다고 보면 될 것이다. 우리 시골 농촌의 입장에서 볼 때 도시는 문명기기와는 전연 상관없이 닷새 장날로만 연결되어 있었고 철두철미 의식주의 자급자족이 대세였다. 닷새 시장은 단군신화 때나 물물교환 시대에도 있었으니까. 닷새 장날은 시골 사람들의 삶의 활기 그 자체였다.

산업발전 측면에서 볼 때 서양 사람들이 산업혁명이라는 무기로 동양이나 신대륙을 공략하는 것처럼 도시문화는 시골 사람들의 삶의 프레임을 송두리째 무너뜨리고 녹이고 유인하는 그런 세상이었다. 일하지 않고 먹고 노는 세상, 그것이 도시였다. 일이라는 개념이 도시와 시골이 다른 만큼 시골 사람들이 도시문화를 이해한다는 것은 언어도단이었다.

문명의 이기가 도시에 다 있다고 해서 도시 사람들이 다 이용하고 혜택을 입는 것은 아니었지만 도시에 살아야만 싸게 자주 이용할 수 있는 것이 있었다. 그것이 목욕탕이었다. 과거 도시 목욕탕의 특징은 붉은 벽돌로 쌓은 굴뚝이 높이 솟아 있고 온천 표시의 마크가 그려져 있었다. 아마 목욕탕 더운물에서 나는 김을 표시한 모양인데 그 표시의 마크는 아이들 사회과 부도 지도책에서는 분명히 온천 표시로 되어 있다. 온천 표시의 마크를 목욕탕 업자들이 도용해서 쓴 것이 확실하나 온천이나 목욕탕이나 더운 김이 오르는 것은 같고 드디어는 대중들의 목욕문화 일상화로 목욕탕 표시의 마크로 자리를 잡았다.

도시의 대중목욕탕이 근대화 과정에서 일본에 의해서 생겼고 일본은 서양의 영향을 받았으리라 여겼는데 그것이 아니었다. 서양 사람들은 공중목욕탕을 이용하지 않기 때문이다. 서양 사람들은 철두철미 개인주의로 각 가정에 개별목욕탕을 둔다. 서양의 고대 로마 유적에는 분명히 대중목욕탕이 있었다. 중세 시대까지 있었을 것이다. 그러다가 전염병 창궐과 식민지 시대를 통한 부의 축적으로 잘 살게 되니까 개인주의도 발달하고 따라서 목욕문화도 개인의 위생 문제와 직접 관련되니까 개별화되었다고 보는 것이다. 일본은 여전히 공중목욕탕을 고수한다. 그 이유는 아마 온천이 많기 때문일 것이다. 그 온천의 자원을 개인이 차지한다거나 온천의 혜택을 개인이 독차지한다는 것은 너무나 무의미한 짓일 것이다. 여러 사람이 공유한다는 의미가 온천의 공중목욕탕일 것이다.

우리나라 목욕탕 문화도 우리 세대에 의해서 거의 개척되다시피 하면서 발전했다. 그러다가 지금은 세계를 선도하다시피 새로운 목욕탕 문화를 개척하고 있다. 그것이 찜질방이다. 그렇다면 근대화 이전 도시의 목욕탕이 생기기 이전에는 우리나라 사람들의 목욕문화가 있었느냐 하는 문제다. 한마디로 없었다, 이다.

그러면 우리 조상들은 목욕을 하지 않고 살았다는 것인가? 그것도 아니다. 분명히 목욕을 하고 살았다. 그렇다면 어떻게 목욕을 하면서 살았느냐 하는 것이다. 그 방법의 증거가 우리들 성장기에 분명히 있었는데 지금은 사라졌다. 그 증거가 바로 과거 아기 낳는 방법이었다. 모든 아기는 집에서 태어났다. 태어난 아기는 반드시 목욕을 시켜야 하는데 또한 반드시 더운물을 사용해야 한다. 결국은 일반 사람들도 목욕하기 위해서는 물을 끓여서 더운물을 사용했다는 것이다. 더운 여름 한 철만 찬물을 사용했을 것이고 문제는 목욕하는 장소다. 우리나라 전통가옥 어디에도 심지어 궁궐에도 목욕간이 없다는 사실이다. 짐작건대 부엌, 헛간, 고방을 이용했으리라는 것이다. 물론 목욕탕은 나무로 짠 큰 통이었을 것이고 몸이 들어가 때를 불리는 정도까지는 했을 것이다.

우리들 어린 날 겨울철 목욕하는 광경은 정말 가관이 아닐 수 없다. 설빔으로 새 옷을 입어야 하는데 몸에 검은 때가 가득한 채 새 옷을 갈아입을 수가 없다. 아무리 추워도 목욕을 해야 하는데 그 방법이 문제다. 초가삼간 빈약한 세간살이 그 어디에도 추위를 피하면서 목욕할 장소가 없다. 그것도 벗은 몸을 남이 본다고 엄동설한의 깜깜한 밤에 해야 한다.

할 수 없이 소죽 끓이는 작은 부엌에 가마니를 펴서 가리고 찬바람을 막고 더운물을 몸에 조금씩 부으면서 때를 밀 수밖에 없다. 비누가 없으니까 끓인 소여물을 비누로 사용한다. 소여물에는 짚을 작두로 잘게 썬 것과 양념으로 쌀 등겨를 넣는다. 짚여물은 피부를 문지르는 수세미가 되고 쌀 등겨는 기름기가 많아서 비누 역할을 한다.

낮에 보면 색깔이 누런 것이 인분 같으나 실은 고소한 냄새가 난다. 그러니까 소가 맛있게 먹지. 목욕하는 절차가 정말 번거롭고 난감해서 그렇지, 목욕 후의 피부 모습은 진짜 어린이로 돌아온 느낌이었다. 도시 아이들은 항상 이런 피부로 자라고 살 것이다. 그들은 그들의 삶이고 우리는 우리의 일생일 것이라고 여겼지 훗날 그렇게 깨끗한 피부로 자란 도시의 어린이들과 비비고 할퀴고 하는 생존경쟁으로 살 것이라고는 꿈에도 상상하지 못했다. 사실은 경쟁도 못 해 봤다.

기왕 저지른 이야기 재미 들였는가 보다. 또 한 가지 더 할까 한다.

초등학교 6학년 겨울 어느 날 느닷없이 내일 시내 병원에 가서 신체 검진을 받는다고 했다. 의사가 가슴에 청진기를 대는 일이었다. 그러기 위해서는 남자아이들은 윗도리를 다 벗어야 한다. 하루 전날 알려 주는 것만도 다행이었다. 내일의 진찰을 위해서 그날 밤의 난감하고 장렬한 목욕은 아무리 날이 추워도 어쩔 수 없었다. 목욕하지 않고 맨몸을 드러내는 수치는 견딜 수 없는 모욕이었다. 왜 그때는 때가 몸에 잘 끼었던 건지 알 수가 없었다. 그 시절은 세수도 안 하고 학교 오는 아이들도 수두룩했었다. 그 증거가 눈곱은 물론이고 잘 때 침 흘린 자국이 입꼬리를 따라 허옇게 가로질러 있는 것이 보였다. 물론 저학년 때이긴 했지만.

다음 날 우리는 윗도리를 속옷 내의까지 벗고 병원 마당에 줄을 서서 일인씩 진찰실에 가서 검진을 받았다. 유사 이래 의료시술 국가

혜택의 첫 사례일 것이고 미미하게나마 국민복지의 첫 시작일 것이라고 짐작해 보기도 했다. 윗몸을 드러낸 아이들의 피부는 세 가지 유형이었다. 나처럼 어젯밤에 갑자기 목욕한 파와 평소에 그래도 제법 몸을 깨끗이 하고 사는 아이들 파와 막무가내로 때를 낀 채 벗은 용감한 파로 나눌 수 있었다. 용감한 파는 대체로 공부를 못하는 우둔 파로 단정했다.

용감한 파 중에는 공부를 잘하는 반장도 있었다. 그 친구는 누나가 시내 중심가에 사니까 그 전날 미리 온 것이 자랑이었다. 아마 그래서 난감하고 장렬한 목욕을 못 한 모양이었다. 그보다는 반장 정도 하는 아이가 어떻게 그렇게 용감하게 맨몸을 드러낼 수 있을까 하는 것이었다. 우둔한 꼴찌들이라면 몰라도 나 같으면 견딜 수 없을 것 같았다. 그래도 민망했던지 손에 침을 발라서 명치를 몇 번 문지르고서는 "나 어때" 했던 기억이 일생을 두고 잊히지 않는 이 못된 관능, 정말 저주스럽다. 어떻게 그럴 수 있을까 하는 것과 그 정도 안면 무치는 돼야 반장도 하고 그 뒤에 커서 큰일도 하는 사람이 되지 않았을까 하는 것 등. 아무리 그래도 그럴 수는 없다는 것 등.

우리들은 그 뒤에 성장하면서 학교를 통해 위생 관념에 관한 공부도 하고 신념도 키우면서 실천도 하고 해서 일상에서 목욕이 필수가 되는 습관으로 변했다. 동시에 도시가 커지면서 목욕탕 산업은 황금알을 낳는 산업으로 성장했다.

처음에는 한 달에 한 번의 이발과 함께 필수가 되다가 목욕 후의 개운함은 정말 환상적이었다. 그 환상의 유혹에 못 이겨 일주일에 한 번이 필수가 되었다. 그러다가 공중목욕탕의 환상이 각 가정으로 분산되었다. 개별목욕탕의 선도를 아파트가 주도했지만 일반 주택에도 목욕탕은 필수가 되었고 드디어는 일상의 샤워 시대가 되었다. 아무튼 시대가 변하면서 억만금의 재산보다도 가까이 있는 샤워 시설 하나가 더 가치 있는 시대가 되었다. 동시에 목욕은 단순히 몸을 깨끗이 하는 위생 관념을 떠나 신체 건강관리의 첫 출발선이 되고 동시에 일상화·습관화되었다.

시대에 따라 산업의 구조도 바뀌고 세상도 변하기 마련이다. 그 황금알을 낳던 목욕탕 산업이 사양 산업이 되고 서민들의 잠자리였던 그 흔하던 여관도 사라졌다. 사라졌다고 없어진 것이 아니었다. 변신하는 것이었다. 혁신을 통한 대변화의 바람, 그것이 찜질방이었다. 서민들의 잠자리를 제공하는 과거의 여관을 겸용한 초대형 목욕탕이 바로 찜질방인 것이다. 찜질방의 등장은 서양 사람들은 물론이고 같은 동양인 일본, 중국도 깜짝 놀라는 산업임과 동시에 목욕탕이 되는 셈인 것이었다.

## 찜질방 시대

일본의 국수주의자들 중에는 한국을 일본이 근대화시켰다고 되레 으스대는 못된 몰염치 파가 있다. 그 근대화 중에는 목욕탕 산업도 포함될 것이다. 온천이 많고 습한 기후의 섬나라로 벗지 않고는 못 견디는 그들의 습관을 한국인에게 강제 이입시킨 것이 목욕탕 문화다.

　대중 앞에서 옷을 벗는 치욕만큼이나 식민지 시대는 우리에게는 치욕의 역사다. 우리들 스스로 근대화되었다면 아마 서양이나 지금 시대처럼 각 가정에 개별목욕탕으로 발전했을 것이다. 개별이든 공중이든 목욕 후의 개운함은 인간 최고의 기쁨과 행복이 된다.

　일본이 의도했든 안 했든 식민지 시대를 지내다 보니 목욕탕 문화를 일본이 한국을 일깨운 셈이 되었다. 그렇다고 한국인들이 일본의 문화를 그대로 답습하고 있을 민족이 아니다. 그래서 등장한 것이 찜질방이다. 찜질방은 기묘하게도 세계 어느 민족도 되지 않는 한국인의 민족성만 가능한 산업이 되었다. 왕년의 소소한 동네 목욕탕은 완전히 사라졌고 교통이 발달한 관계로 사실은 과거의 소소했던 온천이 찜질방 같은 거대한 목욕탕으로 변했다. 유명했던 온천 지역은 거대한 건물의 호텔들로 이루어진 온천 도시로 변한 것을 보면 격세지감을 느낀다. 찜질방이 한 건물 안에 탕과 방이 있는 것이라면 온천 도시는 온천탕과 방이 다른 건물로 분리되어 있을 뿐 같은 원리로 아무튼 왕년에는 누구나 쉽게 목욕탕사업을 할 수 있었던 것을 지금은 대자본가가 아니면 엄두도 낼 수 없는 사업이 되었다.

　찜질방이 미국의 LA나 뉴욕에도 생겼지만 모두 한국인들의 사업이고 우리 교민들을 상대로 만들었다. 목욕탕은 화장실처럼 남녀 분리되어 있지만 잠자고 찜질하는 방은 남녀 공용이라는 게 찜질방의 특징이다. 찜질을 남녀가 같이 하고 더군다나 잠도 남녀 구분 없이 공동으로 같이 자는 것을 사업으로 창안할 수 민족은 한국인만이 가능한 정신세계이다. 이 정신세계가 앞으로 세계인들을 선도하고 이끌 모범 국민성으로 인류의 등불이 될 것이다. 이 한국인 특유의 찜질방 문화는 야만성을 지닌 외국의 민족들은 엄두를 내지 못한다.

찜질방은 단순히 목욕하고 찜질만 하는 곳이 아니라 인간들이 서로 교감하는 곳이다. 이 교감의 면에서 한국인 특유의 정이 있어야 한다. 정을 나누기 위해서는 서로 만나고 먹고 놀고 같이 씻고 잠자고 서로 부대껴야 한다. 이런 것들을 특정 계층의 사람들만 할 수 있는 것이 아니라 일반 대중이 값싸게 할 수 있어야 한다. 그런 요건을 갖춘 곳이 찜질방이다. 굳이 교제가 아니더라도 목욕 후의 개운함, 상쾌함과 즐거운 기분을 느낄 수 있는 곳이니만큼 한국인들이 좋아하지 않을 수 없는 시설물이 되었다.

찜질방은 대중의 자율이 대단히 엄격히 요구되는 시설물이다. 목욕 가운은 입었지만 남녀노소의 발가벗은 매우 공평의 사회다. 어떤 계급, 계층, 지위, 부류나 사회적 환경과 처지가 구분되지 않고 구분될 필요가 없는 빈 몸의 세상이다. 여기에는 서양 사람들의 신사도 정도 가지고는 강력한 자율이 발현될 수 없다. 한국인만이 가지는 선비정신이나 양반 정신 때문에 자율과 평화가 유지된다고 보는 것이다. 때를 씻은 몸만큼이나 깨끗한 마음씨의 소유자나 국민만이 누릴 수 있는 세상이다. 인간다움의 절정의 세계가 찜질방이다.

공적 공간이면서 기묘하게 사적영역이 되는 곳이 찜질방이다. 공중이란 면에서는 목욕탕이고 사적공간이란 면에서는 여관이다. 여관이란 가장 서민적 숙소다. 동시에 사적으로 엄밀한 곳이다. 인간이란 혼자 엄밀한 곳에 있을 때의 생각이 개인의 인격으로 나타난다. 악마와 천사의 대립, 그것이 항상 혼자 있는 사람의 사고다. 물론 천사가 이겨야 마땅하다. 그러니까 찜질방은 여러 사람의 힘으로 악마는 저절로 제거되고 직접적으로 몸을 깨끗이 하고 달콤한 수면이라는 천사의 세계에 빠져드는 곳이다. 즉 인격의 수련장이다.

찜질방의 본래 속성이 찜질하는 곳이다. 찜질은 온돌을 이용하여 몸을 데우는 일이다. 몸을 데워 피부의 이완을 목적으로 한다. 즉 신체의 이완과 휴식을 목적으로 한다. 인간은 신체와 마음으로 구성되었다. 마음의 집인 신체를 이완시키면 마음은 저절로 이완되고 마음이 이완되어야 긴장이 해소되고 진정한 휴식의 세계에 빠져든다. 마음의 진정한 휴식은 잠이다. 거꾸로 잠을 통하여 신체의 긴장 완화와 휴식이 야기된다고 할 수 있다.


동서양을 막론하고 인류는 전통적으로 찜질방을 개발해 왔다. 모래찜질, 쑥 찜질, 익모초 등 약초 찜질, 진흙 찜질, 숯가마 찜질, 소금구이가마 찜질 등. 서양 사람들은 사우나 시설을 통한 주로 열 찜질을 추구해 왔다. 북구 핀란드인들의 자작나무 잎 찜질은 유명하다. 우리나라의 가장 전통적인 찜질방은 황토방이다. 온돌방을 아예 황토방으로 해버린다. 벽과 방바닥이 온통 황토로 되어 있어 겨울철만 되면 저절로 황토찜질방에 사는 셈이 되었다. 그러므로 우리 조상들은 황토방 찜질을 일상으로 하면서 사는 형국이었다.

하루를 주기로 하는 그 일상의 생활에 필수인 잠을 황토방에서 자고 개인 목욕탕보다 후련하고 넓은 공중목욕탕을 이용하며 여행객들은 싼값에 잠자고 여러 사람들이 모든 것을 내려놓듯 가운 하나 걸치고 교제와 담소와 휴식을 하는 공간이 찜질방이다. 왕년의 토속적이고 단일 찜질방을 한국인 특유의 정서와 사고에 맞게 거대한 자본으로 현대화시킨 문화공간이 찜질방이다. 최근 수년간 코로나19 때문에 찜질방의 활성화에 철퇴를 맞았으나 다시 부활하여 한국문화의 활성화로 이어지고 기여하기를 바라는 바이다.

## 김치의 나라 ☂

인류는 사는 지역에 따라 섭생이 현저히 달라진다. 지역에 따라 우선 기후가 다르고 기후에 맞춰 생물의 분포가 다르다. 지역과 기후와 생물의 분포는 환경을 만들고 인류는 어차피 환경에 적응하며 살아갈 수밖에 없다. 종합식품을 먹어야 하는 인류는 사는 지역의 환경에 따라 먹는 식품의 종류는 달라도 영양소 면에서는 거의 같은 것을 먹고 산다고 할 수 있다.

탄수화물, 단백질, 지방, 비타민, 무기질 등의 영양소로 대별된다. 온대 몬순 기후대에 속한 우리나라는 여름철에 농사를 지어 겨울철에 대비하여 비축하여야 한다. 비축하는 식품의 주가 탄수화물이고 나머지 영양소는 반찬이란 이름으로 비축하기도 하고 그때마다 조달하기도 한다. 한국 식단에서 겨울철에 대비한 대표적인 반찬이 김치라고 할 수 있다.

겨울철 농한기에 대비하여 여름철에 열심히 농사를 지어 식량과 부식을 마련하는 생활방식은 수천 년 우리 민족의 생명을 이어온 순수한 전통 방식으로 무역과 산업이 발전한 현대사회에는 적용하기 어려운 주장이나 근본적인 삶의 방식은 변함이 없다고 해도 무방할 것이다. 밥을 주식으로 하고 반찬에 김치가 없으면 무언가 허전한 것 등이다. 또한 농법도 달라져 비닐하우스를 통한 과학적인 농사를 하기 때문에 농한기나 비수기가 없고 교통과 상거래의 발달로 계절과 기후를 초월한 농사와 물자가 공급되고 유통된다.

아무리 그래도 우리나라 사람들의 밥상을 생각하고 일반 국민들의 연중 생활주기를 고려하면 계절을 벗어난 전천후 식생은 어렵다. 그러니까 겨울철을 대비한 김장김치를 마련해야 하는 것이 거의 풍습으로 되풀이되고 있는 것이 일반적이라 이 말이다.

우리나라 식단에서는 채소류는 거의 다 김치가 되고 아니면 거의 다 나물 반찬으로 할 수도 있다. 그러나 김치의 민족이라 할 때는 겨울철에 대비한 김장김치가 제격이다.

김장김치는 영양소 면에서는 종합식품이라 할 수 있다. 5대 영양소 중에서 탄수화물을 제외한 단백질을 포함한 영양소가 다 포함되어 있다. 김장김치에는 백 가지 영양소가 들어 있다는 말이 전해 내려온다. 그래서 그런지는 몰라도 김장김치 하나로 밥 한 그릇을 뚝

딱 해치운 경험이 있는 사람이 많을 것이다. 겨울이 생각보다 긴 우리나라의 계절적 환경을 고려할 때 김치는 우리 민족의 끈질긴 생명줄을 이어온 가장 소중한 식품이라 할 수 있다.

김치의 주재료는 배추와 무이다. 무는 지구촌 전 인류의 공통된 부식으로 알려져 있으나 배추는 우리 민족만의 김치 재료로 쓰인다고 할 수 있다. 그 말을 바꾸어 말하면 우리 민족만이 배추를 맛있는 요리의 재료로 활용할 수 있다는 말이 되는 것이다. 배추와 붉은 고춧가루의 조화, 이것을 우리 민족만이 식재료로 활용했다는 것이다.

동남아시아와 인도 등의 나라에서 붉은 고춧가루를 양념 등 식재료로 널리 보편화되고 세계인들에게 알려져 있으나 이것을 배추에 적용해서 김치를 담는 인류는 오직 우리 한민족뿐이다. 일본 사람들은 아예 매운 고추를 먹지 않는다. 한국처럼 배추는 먹되 고춧가루를 넣지 않는 백김치를 담가 먹는다. 이질이라는 전염병이 있는데 매운 고추를 먹는 한국인들에게는 걸리지 않았고 걸려도 매운 고춧가루로 거뜬히 치료가 되었다고 하는 반면에 매운 것을 먹지 않는 일본인들에게는 치명적인 것으로 매우 두려워하는 전염병이었다고 했다.

최근의 국제 전염병인 사스도 한국의 김칫국물이 특효라는 말이 있었고 왕년의 온돌 난방의 연료로 연탄이 이용됐었는데 실수로 연탄가스에 중독됐을 때 김칫국물이 효과가 있다는 민간요법도 있었다. 실제로는 미신 같은 것으로 절대 믿어서는 아니 될 것이다. 식

초가 몸에 좋다고 하고 서양 사람들은 요구르트를 먹는데 알고 보니 한국인들은 김치로 이 문제를 해결하고 있었다. 김치의 신맛과 국물의 시원함이 요구르트라고 하니까.

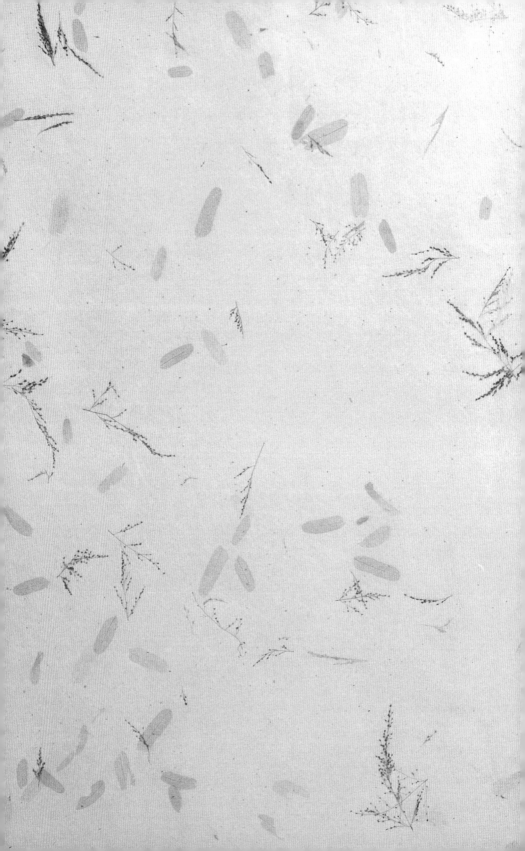

**3**장

줄기찬 배달의 민족

# 국가의 존재 위상 💡

오대양 육대주의 세계지도를 놓고 볼 때 유럽대륙은 대륙의 크기에 비해 나라가 많은 편이다. 그래도 대체로 우리나라보다는 큰 나라들이지만 우리나라보다 작은 나라도 더러 있다. 그에 비하여 극동을 보면 거대한 중국과 일본 사이에 꼽사리 낀 듯 끼어 있는 한국을 보노라면 한심하기도 하고 한편으로 대견스럽기도 하다. 우리나라 사람들은 거의 다 대견스러운 데다 무게를 두고 당연히 그래야만 하는 것으로 되어 있고 자화자찬 일색이다.

유럽에 나라가 많다는 것은 그만큼 민족이나 종족이 많다는 뜻이고 또 한편으로는 그 민족들이 독립된 나라를 이루고 떳떳한 독립정신으로 살아 있다는 뜻도 된다. 중국에는 50여 개의 소수민족들이 있다는데 그게 무슨 소용인가? 나라도 없고 지도에는 단지 중국만 거대하게 있을 뿐이다. 중국에도 소수민족들이 유럽처럼 나라를 유지했다면 중국 지도는 유럽 지도처럼 아마 거북등이 되어 있을 것이다. 특히 만주는 더 세밀한 거북등으로 소수민족 국들의 천국이 되었을 것이다. 최근세에도 중국은 티베트를 아무 거리낌 없이 인정사정 볼 것 없이 집어삼키는 것을 직접 목도하였다. 그런 식으로 해서 중국은 거대한 나라가 되었다. 지금도 거대한 러시아는 제보다 약한 이웃 나라 우크라이나를 침략하여 제 입맛에 맞는 영토를 빼앗아 챙기고 그것도 모자라 대놓고 침략전쟁을 일으키고 있다.

중국은 윈난성을 중심으로 내륙 깊숙이 수많은 소수민족들이 건재하고 있다. 그들은 나라는 없어도 자신들의 민족 정체성을 유지하기 위해서 갖은 방법을 다 동원한다. 종교로, 풍속으로, 중남미의 인디언들처럼 매년의 축제로, 심지어는 순수 혈통 보존을 위해서 타민족과의 결혼을 금지하는 사회제도도 있었다. 민족의 정체성을 위한 갖가지 이들 방법들은 인류의 문화발전, 국가의 산업발전 면에서 본다면 미래로 갈수록 솔직히 자꾸 왜소해지고 원시화, 원주민화 되고 결국은 소수 종족의 일상 풍속으로 전락하고 말 것이 불 보듯 뻔하다. 그중에서 종교의 힘이 가장 강하다고 할 수 있다. 종교로 망한 티베트는 종교의 힘으로 미래의 언젠가는 독립해야 할 명제를 안고 지도에서 사라졌다.

지금 우리가 종교에 함몰하다 사라진 티베트를 흉보고 있지만 이게 어찌 남의 일인가. 엊그제 우리 당대에 우리가 직접 경험한 뼈저린 역사들이다. 나라가 있어야 지구가족으로 한 멤버가 될 수 있고 동시에 민족의 정체성도 유지할 수가 있다. 지금 시대는 국가라는 명찰이 있어야 지구에 존재하는 명분이 서고 그 명찰로 세계화에 동참할 수 있게 되었다.

연전에 지도에서 사라졌던 한국, 2차 세계대전에서 연합군의 승리로 가까스로 나라를 되찾았다. 남북으로 갈라진 상처가 있기는 해도 기적의 역사라 하지 않을 수 없다. 한국을 둘러싼 초강대국들인 중국, 일본, 러시아를 보라. 덩치에 비하여 하는 짓들은 너무나 유치하고 졸렬하다. 역사 왜곡, 무역 보복, 문화교류 등에서 쉽게 나타난다. 과거 역사에서 보듯 힘의 우위를 내세워 그들의 주장을 사정

없이 펼친다. 유럽의 나라들과 달리 우리나라는 국경선에 대한 불안이 상존할 수밖에 없는 지정학적 위치에 있다.

과거 같으면 현재의 우리나라 위상 정도의 기개를 펼치면 이웃의 강대국들이 가만히 보고 있지 않았을 것이다. 다행히 우리나라는 수만 리 밖에 있는 최고의 강대국 미국이 우리를 적극 지지해 주고 있기 때문에 감히 우리 이웃의 강대국들이 함부로 하지 못한다고 할 수 있다. 이웃과 사이가 좋아 봐야 결국은 구한말과 같은 비극의 역사가 되풀이될 것이기 때문이다. 유사 이래 현재의 국제 외교 균형의 기회를 결코 놓쳐서는 아니 될 것이다.


## 배달의 어원 🔔

우리 민족을 배달의 민족이라 하는데 그 어원에 관해서 분분한 설이 있지만 다 수긍이 안 가고 나름대로 견해를 피력해 볼까 한다. 세종대왕이 한글을 만들었을 때는 이미 2,000년 전에 중국에서 한자가 들어왔기 때문에 웬만한 우리말들은 이미 거의 한자 말로 바뀌어 있는 상태라고 보면 되고 도대체 어떤 순우리말을 한자로 배달이라 적었을까 하는 문제다.

이미 수천 년 전에 사라진 순우리말을 현재에 유추한다는 것은 언어도단이기는 하지만 그래도 이미 유추된 학설들이 너무 엉뚱한 것 같아서 말이다. 하나는 단군신화에서 단군이 박달나무 아래서 태어났다는 기록이 있다고 해서 배달을 박달의 한자 표현으로 주장하고 있고, 다른 하나는 배를 '밝다'라는 순우리말의 한자 표현으로 밝은 달의 민족으로 하고 있는데 그것도 미심쩍다. 그러나 '밝다'라는 순우리말에 착안한 것은 적극 동의하고 그것을 바탕으로 추리를 해볼까 한다.

우리말에 사람을 표현할 때 '달이' '뱅이' '쟁이' 등이 있다. 늙달이, 앉은뱅이, 뚜쟁이 등이다. 늙달이, 꺽달이는 주로 늙다리, 꺽다리로 표현한다. 한자가 들어오면서 한자 표현은 고상한 말이 되고 순우리말 표현은 약간 하대하는 말로 인식이 변질되었다. 밝은 달이가 밝달이가 되고 한자로 '배달'이 되었다. 즉 밝은 민족이 되고 다시 명랑한 민족이 된다. 씨족사회나 부족국가 시대에 만주에서 각 민족들이 웅거, 활거하면서 살 때 우리 민족은 유독 명랑 쾌활하며 즐겁게 살았다는 것을 암시하는 단어인 것이다. 그 증거는 현재 추석의 유래인 동예, 옥저, 부여 등의 부족국가 시대의 제천행사에서 보여 준다.

오늘날 세계화 시대에 전 세계인들이 한국의 놀이문화에 크게 감동하는 것과 같은 현상이라고 보면 될 것이다. 중국인들은 우리 민족을 동이족이라고 했다는데 우리 스스로는 배달의 민족이라 했을 것이라는 것이다.

# 한자 지명의 엉뚱함 ☙

　충청도에 공주가 있다. 백제가 지금의 올림픽 공원인 위례성에서 공주인 웅진성으로 도읍지를 옮겼다. 최근까지도 불리던 곰나루가 자동차도로의 교량으로 백마강을 건너던 나루가 없어지는 바람에 곰나루가 완전히 사라지고 순우리말의 지명까지 사라지게 되었다.

　곰나루의 '곰'을 산짐승 곰으로 해서 곰 '웅' 자와 나루 진으로 하여 '웅진'이라 표기한 것을 짐작하게 된다. 이런 식으로 한자가 우리말을 얼마나 변질시켰는가를 상상하면 기가 막힌다. 근세의 식민지 시대에는 일본이 '곰'의 어감을 살려 '공'으로 하고 고을 '주'자를 써서 '공주'라 하여 오늘에 이르게 되었다.

　'곰나루'의 '곰'은 동물의 곰이 아니고 '고마'나 '고미'이다. '고마'나 '고미'는 순우리말의 고을이나 마을을 뜻하고 한자에서는 고향이나 고장으로 표기되었다. 억지로 어원을 찾는다면 푹 꺼진 땅을 '곰탁'이라 하여 사투리일지는 몰라도 쓰기도 한다. 곰탁의 반대는 둔덕이다. 둔덕을 둔치로 표현된 것이 한강 둔치이다. 밋밋하게 꺼진 땅을 우묵배미라고도 한다. 시원한 넓은 들의 '들말'이란 말이 있는데 들에 있는 마을인지 들의 끝을 일컫는 '들 말미'인지는 몰라도 흔히 쓰는 아직도 건재한 순우리말이다.

　또 하나는 곰나루가 가람 나루의 준말이나 와전일 수도 있다. 강은 한자 말이고 가람이 본래 순우리말이다. 한강은 원래 한가람이었

백 년의 등불

다. 큰길을 한길이라 하듯이 순우리말의 '한'은 크다는 뜻이다. 그런데 한강을 하려면 '대한' 할 때의 '한'의 한자를 써야 하는데 중국 한나라의 '한'의 한문 자를 써서 한강을 했다니 너무 어이가 없다.

진주는 남강을 끼고 도는 절벽의 도시다. 절벽의 우리말은 벼랑이다. 벼랑을 진주 사람들은 '벼리'라 하여 다른 벼랑은 이름이 없고 '새벼리' '뒤벼리'가 있다. 절벽이 이어지다가 푹 꺼진 부분에 마을이 있는데 그 동네 이름이 '독고미'이다. 독은 절벽의 돌을 말하고 '고미'가 마을이다. 마을의 의미보다는 푹 꺼진 곰탁의 뜻이 더 강할 것이라고 본다. 서울의 광나루도 원래는 웅진과 같은 고미 나루, 즉 곰나루였음을 일러둔다. 아니면 가람 나루를 광나루로 표시했을 수도 있고. 고조선의 수도 왕검성 할 때의 '검'도 '고미'나 '고마'의 마을이다.

우리나라 지명에 '내동'이란 지명이 많다. 도, 시, 군, 읍, 면, 동, 리 등의 행정 단위는 일제강점기에 근대화 과정에서 생긴 행정구역이다. 안골, 안뜰 또는 안마을을 내동으로 한 경우도 있겠지만 나들목을 내동으로 한 경우도 있다. 골목과 같이 드나드는 길목을 나들목이라 하는데 시장에서 "목이 좋아야 장사가 잘 된다" 할 때의 목이다. 그동안의 호칭이 내동면이었는데 어느 때부터 나동면으로 하다가 이제는 내동면으로 고정시킨 모양이었다. 곰나루를 웅진으로 한 것은 우리말의 뜻을 잘못 해석하여 한자의 뜻에 일치시킨 것이고 배달은 우리말의 음과 한자의 음을 일치시킨 단어라고 할 수 있다.

이와 같이 우리말을 한문으로 표기하려니까 한자의 음과 뜻, 우리말의 음과 뜻이 서로 맞지 않아서 전연 다른 의미의 지명이나 단어가 되는 경우가 다반사가 되고 말았다.


## 어느 쪽으로 가야 하나 🔔

해방되고 우리 민족의 누구 하나 분단되기를 원하는 사람은 없었을 것이다. 일본의 압제에서 벗어나게 해준 연합국의 강대국인 미국과 소련이 고마울 뿐이었다. 그들은 세계 2차 대전이란 전쟁이 끝나고 나면 분명히 서로가 대립각을 세우리라는 것을 염두에 두었다. 그 일환 중의 하나가 한국의 38선이었다. 그리고는 일본군을 무장 해제 시키기 위해서 서로의 군대들이 밀려들어 왔다. 북은 소련군이 남은 미군이. 이후 그들은 그들의 입맛에 맞는 정부를 세웠다. 북은 공산주의 정부가 남은 자유 자본주의 정부가 들어섰다.

이런 일련의 과정에서 미·소는 남북의 정부에만 관심을 두었지 그 정부에 따른 국민에게는 전연 관심을 두지 않았다는 사실이다. 그것은 과거의 식민지 시대에 자행되었던 제국주의의 관행과 조금도 다를 바 없는 행태였다. 이런 사실에서 구한말 이후 지금까지 우리 민족의 비극은 계속되고 있다고 보는 것이다. 그 비극은 다름 아닌 국민의 사상이었다.

구한말 국민들의 서구 사상을 저지하기 위해서 일본을 끌어들였다가 결국은 일본의 식민지가 되었고 이후 독립사상이 대세였다. 일본에게 나라를 넘겨준 을사오적 신들은 왕권타파와 개혁사상의 승리라는 사리사욕에만 눈이 멀고 취해 국운을 내팽개친 몰염치한 자들이었다. 일제 식민지시기에 러시아 혁명으로 갑자기 등장한 공산주의 사상은 우리 민족의 독립사상에 대혼란을 야기시켰다. 아닌 게아니라 해방되니까 공산주의가 38선을 긋고는 우리 앞에 당당히 버티고 섰다. 일본에서 해방되기 위한 독립사상에는 공산주의든 무력투쟁이든 그 어떤 명분도 총동원될 수밖에 없었다. 그런 연유로 우리 민족의 공산주의 독립운동가들은 공산주의의 세계화에 동참하는 수단으로 한국의 독립을 꾀했던 것이다.

공산주의는 70여 년 만에 조종을 울렸다. 사회주의라는 탈을 쓴 공산주의의 인문과학을 실험해 보는 데는 70년이 걸렸다. 공산주의로는 인간사회가 유지될 수 없다는 사실이 판명되었다. 현존하는 공산국가들은 사회주의가 아니라 독재국가로서 연명하고 있다. 우리나라의 허리를 자른 38선은 공산주의의 세계화를 막는 최일선의 보루였다. 공산주의의 종주국 소련은 한 뼘의 땅이라도 더 붉은색을 칠하기 위해서 우리의 한반도를 사정없이 밀고 내려왔다. 미국은 수세에 몰려 한반도의 허리에 금을 긋고 간신히 적화의 저지선을 확보했다. 그리고는 그 저지선인 38도선을 붉은 세력 확장 억제의 바로미터로 삼았다.

한때 애치슨라인으로 미국이 그 저지선의 긴장에 살짝 힘을 빼니까 기다렸다는 듯이 붉은 세력의 봇물이 터져 한반도 전체가 붉은 물결로 넘실거렸다. 미국은 38도선의 국제조약을 너무 맹신한 것이 탈이었다. 부랴부랴 미군 4만여 명의 희생으로 겨우 원상회복을 꾀한 것이 현재의 휴전선이다. 한반도에서 미군이 철수한다는 것은 그 즉시 한반도를 붉은색으로 칠하는 격이 된다는 것을 수만 명의 희생으로 미국은 겨우 교훈을 얻었다.

국가와 정부는 국민이 있어야 한다. 국민은 붉은색을 칠한다고 붉은색이 되고 푸른색을 칠한다고 푸른색이 되는 돌덩어리가 아니다. 한반도의 허리에 금 하나 그어놓고 그들의 세력균형 문제를 해결하려 했다는 그들의 무책임한 한국 국민에 대한 죄와 역사의식을 어찌하오리까. 해방의 기쁨도 잠시 우리 민족은 사상의 혼란에 빠졌다. 대부분의 국민들은 돌덩어리가 되어 양 강대국이 칠해 주는 대로 칠이 되었다. 그러나 문제는 지식인들이었다.

어느 쪽이 이상적인 사회인가에 대한 고민을 하지 않을 수 없었다. 본래 우리 역사의 전통사회는 봉건사회이긴 해도 자본주의이다. 공산주의를 통한 새로운 사회에 대한 이상향이 꿈틀거렸다. 공산주의의 이상향은 실험이 어려운 사회·인문과학의 약점을 사정없이 파고들었다. 전통 봉건사회와 자본주의에 식상한 지식인들 중에는 공산주의 이상향의 유혹에 이끌려 붉은색의 도가니에 빠지는 경우가 많았다. 공산주의자가 되는 것이었다. 좌익의 길이었다.

아닌 게 아니라 해방되자마자 전국 도시의 거리는 좌익, 우익이라는 사상 투쟁의 물결로 넘실거렸다. 그러면서 눈치껏 이동하기 시작했다. 좌익은 북쪽으로 우익은 남쪽으로, 이산가족의 비극이 시작되었다. 그래도 미심쩍고 불확실하다가 육이오라는 민족의 내부 전쟁으로 확실한 노선이 정해졌고 모두가 자기 갈 길로 갔다. 푸른색의 우익 사람들은 일사후퇴니 함흥철수작전이니 하는 것들이 다 그것이고 붉은색의 좌익들도 북으로 가느라고 고생한 사람들도 많았을 것이다. 결과적으로 남으로 온 민족들은 참 다행이었고 붉은 물의 사람들은 다 속은 셈이 되는 것이었다. 경험해 보지 않은 공산주의의 이상향이 허구라는 것이 공산주의 선진국 소련이 70여 년 만에 무너짐으로써 비로소 들통이 났다. 그리고 또 한반도의 북쪽 우리 민족들의 처지를 봐도 너무도 자명하고 안타깝다.

지도상에서 강대국의 사이에 낀 약소국의 국민들이 가져야 할 마음가짐과 후세 교육에 대한 방향 설정이 어떤 것이어야 하는 가를 현재의 우리 국민들은 뼈저리게 느끼고 통감해야 하는 것이다.


## 공산주의자들의 준동 ♠

6·25전쟁은 북괴의 노골적인 남침으로 역사에서 씻을 수 없는 민족의 상잔이 되었음을 너무도 익히 잘 아는 바라 여기서 논함을 생략하고 우리가 등한시했던 1960년대의 남침에 관해서 언급하고자 한다. 지나고 보니까 그 시기도 대단히 위험했음을 실감하게 된다.

1968년에 일어났던 1·21사태와 그해 시월 말에 있었던 울진·삼척 공비 사건을 단순한 사건으로 치부했었는데 그게 아니었음을 확

인하게 된다는 사실이다. 북한은 나름대로 치밀한 계획하에 실행한 전면전의 전초전이었다는 것이다. 우리는 그때까지 6·25의 상처가 가시지 않고 있었기 때문에 북한의 김일성 일당이 설마 전면전을 일으켜서 다시 그 비극의 세상을 만들 것이라는 생각은 꿈에도 할 수 없었기 때문이었다. 물론 휴전상태이기 때문에 전쟁을 다시 시작해도 별문제가 될 일은 아니었지만 그래도 북한도 혼쭐이 난 지 얼마 되지 않았기에 아직 전쟁을 시작할 엄두를 내지 못할 것이라는 우리들의 착각도 있기는 했다.

1960년대는 공산주의의 70여 년 역사에서 가장 활성화되고 준동이 심했음을 알게 된다. 베트남에서 공산주의자들의 통일전쟁이 시작되고 중남미에서는 쿠바를 공산화시킨 카스트로와 체 게바라의 활약상이 두드러진 시기였다. 특히 체 게바라는 중남미는 물론이고 멀리 아프리카까지 가서 공산주의를 퍼뜨린 장본인으로 공산주의의 세계화에 적극적이고 앞장선 인물로 유명하다. 프랑스 6·7운동의 주제 인물로 실존주의 철학자 사르트르가 존경했던 인물이었다. 공산주의 혁명가들의 냉혈적인 것에 비추어 체 게바라는 따뜻한 성격의 인물이었다는 것이다. 그러나 푸른색 사조의 입장에서 보면 전세계를 들쑤시고 다니면서 온통 붉은색 낙서의 황칠을 하고 다니는 인물이었다는 것이다. 체 게바라는 공산주의의 허상을 너무 맹신한 나머지 했던 일이었고 오늘날 공산주의를 하는 나라들이 가난을 벗어나지 못하고 있는 것을 알면 하늘에서도 통탄을 금치 못할 것이라는 것이다.

체 게바라는 자본주의의 병폐를 없애고 공산 사상의 이론대로 노동의 가치가 공평하게 실현되고 평등한 인간사회가 구현되리라는 것을 확신하고 자기의 신념을 실현하기 위해서 종교적 맹신자와 같이 사람들을 선동하고 조직하고 기존 질서를 파괴하는 인물이었다. 그러나 그는 공산주의의 맹점을 알지 못했고 결국은 세상의 맑은 물을 흐리면서 다니는 미꾸라지에 불과했다는 것이 공산주의가 무너지면서 드디어 판명되었다.

체 게바라는 아프리카에서 1년 정도 선동 활동을 하다가 뭐가 잘 안되었는지 출신국 아르헨티나의 이웃국 볼리비아로 돌아와 국가 전복 선동 혐의로 붙잡혔다. 지금의 아프리카 탄자니아 등의 나라가 공산주의를 하는 데 아마 체 게바라의 영향이 아니었나 싶기도 하다. 볼리비아 당국은 체 게바라의 생사 여부를 미국의 연방 수사국에 의뢰했다. 미국의 코 밑에 있는 쿠바를 공산화시킨 것도 모자라 전 세계를 다니면서 날뛰는 막무가내를 미국은 가만둘 수가 없었다. 1967년에 볼리비아에서 체 게바라는 형장의 이슬로 사라졌다.

한국에서 김일성이 적화통일하는 데 실패하는 것을 본 북베트남의 공산주의 지도자 호찌민은 만반의 준비를 하여 1960년대 중반에 남침을 개시하였다. 그 만반의 준비라고 하는 것은 남베트남 국민들의 사상공산화와 땅굴 작전이었다. 남베트남도 한국처럼 미국의 지원 아래 공산주의의 확장을 막는 첨병 국가로 자유 민주주의 국가였다. 그러므로 당연히 선거를 통하여 정치를 하게 된다. 민주 국가의 정치에는 반드시 여당, 야당이 있기 마련이다.

남베트남의 야당은 인민해방전선의 명칭으로 실제로는 공산당이었다. 북쪽의 호찌민은 남쪽의 인민해방전선이 정권을 잡을 때까지 기다렸다. 정권을 잡자마자 남침은 시작되었고 시작되자마자 이미 적화통일은 뻔했다. 국민의 지지 없는 미군의 전투는 깨어진 독에 물 붓기나 다름없었다. 자국을 위해서 싸우는 미군을 인민들은 등을 돌렸고 미국은 남베트남이란 정부만을 위해 싸운 셈이었다. 미국은 전쟁 10년 만에 수많은 희생을 치르고 물러날 수밖에 없었다. 베트남 국민들은 붉은색이라도 민족의 통일을 택했고 그때가 1975년이었다. 국민들이 공산주의 국가를 원하는 데는 막을 도리가 없다는 큰 교훈을 얻었다.

한국도 김일성이 1950년에 남침하지 않고 1960년대에 쳐들어왔다면 어떻게 되었을까 하는 것이다. 아마 적화통일되었을 것이다. 왜냐하면 많은 국민들이 경험해 보지 않은 공산주의 사상의 달콤한 유혹에 물들었을 거라는 것이다. 국민들이 공산주의를 선호한다면 그 나라는 공산화 될 수밖에 없다는 사실, 우리 국민들이 명심해야 할 대목이다.

육이오 남침의 실패로 북한은 큰 교훈을 얻었으리라 했는데 그게 아니었던 것 같다. 아니면 말고 식의 남한을 한 번 찔러본 것에 불과했고 휴전상태인 만큼 그 뒤에도 계속 전면전 준비를 차곡차곡하였음이 확실했다. 그 증거가 1968년의 1·21사태와 울진·삼척 공비 침투 사건이었다. 그 해를 베트남처럼 전면전의 시작으로 신호탄을 쏘아 올렸던 것 같다. 처음에는 청와대의 수뇌부만 제거하면 국민들은 베트남처럼 북한의 공산당에 우호적일 것이라고 믿었고 그것을 실패하니까 이번에는 울진, 삼척의 빨치산 작전을 펼쳤다. 두 사건 다 그들이 말하는 대한민국 인민들은 이미 거의 다 적화되어 있으므로 인민군이 이 땅을 밟기만 하면 베트남처럼 적극 환영하고 우호적이고 협조적일 것이라고 착각하고 오판했을 것으로 짐작되었다.

1960년대 들어와서 한국은 4·19와 5·16의 대 정변이 있었다. 정치인들끼리 끝없이 다투고 싸우고 거리는 일본과의 국교 정상화 문제로 대학생들의 데모가 그칠 날이 없었다. 북한 공산 당국의 입장에서 볼 때는 국정의 대혼란이었다. 이 혼란을 북한의 공산당들은 공산주의 통일을 위한 인민 투쟁으로 착각하고 있었다. 공산주의 혁명에는 항상 인민 봉기가 따라다닌다. 그런 각도에서 보면 한국은 매일 인민 봉기가 일어나고 공산 혁명을 하고 있는 것이다. 1960년대에 우리가 했던 강력한 반공교육과 6·25의 교훈이 없었다면 아마 우리나라도 베트남처럼 적화통일되었을지도 모르는 일인 것이다.

1957년에 소련이 최초로 스푸트니크호라는 인공위성을 쏘아 올리는 것을 본 세계의 공산주의 맹신자들이 공산주의 세상의 우월성에 확신을 얻고 자신감을 갖고 공산주의 확장을 위해서 분투하고 발악한 시기가 1960년대이었을 것으로 추측된다. 중국에서는 모택동이 문화대혁명을 했고 캄보디아의 폴 포트, 베트남의 호찌민, 북한의 김일성, 쿠바의 카스트로, 중남미의 체 게바라 등의 인물들이 대활약을 벌렸던 시기가 1960년대이었다. 동유럽에서는 헝가리만이 유일하게 공산주의와 투쟁하고 있었다.

# 잠수 탄 북진통일 🔔

식민지 시절에는 나라의 독립이 민족의 숙원이었다. 그러다가 기적적으로 해방을 맞이했는데 이번에는 분단이라는 암초에 부딪혀 민족의 운명이 암울해졌다. 두 갈래로 갈라진 독립이었다. 이념이라는 색깔이 다른 두 강대국에 의해서 그들의 색깔대로 분단된 조국이 되었다. 식민지 시절에 민족의 숙원이었던 조국의 독립은 절대 분단이 아니었다. 두 강대국에 의해 분단되었어도 우리 민족 스스로는 하나의 나라로 통일해야 할 명제가 생겼다.

그래서 우리 민족의 숙원은 저절로 통일이 될 수밖에 없는 것이다. 우리가 어린 시절에 그렇게도 많이 불렀던 〈우리의 소원은 통일〉이라는 동요를 요새 어린이들은 부르지 않는지 모르겠다. 통일될 때까지 의무적으로 불러야 하는 노래인 줄 알았다. 1960년대, 1970년대까지 TV 방송에서 오락 프로그램의 끝에 가서는 출연자들이 모여 〈우리의 소원은 통일〉이라는 노래를 합창하면서 마무리하곤 했었다.

그만큼 통일은 우리 민족의 당면과제임을 우리들 생활에서 몸에 배게 하기 위함이었다. 2000년 밀레니엄에 들어서면서 남북화해 무드가 기적적으로 조성되었다. 자로 잰 듯 칼로 벤 듯 날카롭게 배정된 남북의 인사들이나 연예인들의 출연이나 교류가 잦았다.

이때도 모임의 끝에 가서는 〈우리의 소원은 통일〉이라는 노래를 불렀다. 여기서 뜻하고자 하는 것은 남북의 사람들이 같은 장소에서 같은 시간에 같은 노래를 합창하더라도 서로들 속마음은 서로 다르다는 것이다. 남쪽 사람들은 자유 민주 통일, 북쪽 사람들은 적화통일을 그리면서 노래를 부른다는 것이다. 통일에도 색깔이 있어 절대 융합될 수 없는 색깔론의 통일이 문제인 것이다.

우리 민족의 숙원이나 당면과제는 통일임이 분명하다. 그러나 강력한 이데올로기를 앞세운 통일은 허상에 불과하다. 하기야 이데올로기만 아니었다면 처음부터 분단이 되지 않았을 것이다. 그것보다는 지금 와서는 이데올로기의 본질이 들통이 났는데도 통일이 되지 않는 것을 보면 분단이 강대국에 의한 것도 아니고 이데올로기 문제만도 아닌 것 같다.

한국인의 못된 본성 때문일 수도 있다. 기득권에 대한 집착이 너무 강하고 아집과 독선이 하늘을 찌르는 데도 안하무인이라는 것이다. 자기밖에 모르는 이기심 때문일 수도 있다. 그 이기심을 발휘한 사건이 6·25전쟁이다. 그 이기심 속에는 위선과 기만이 포함되어 있다. 민족의 당면과제인 통일을 무모한 전쟁으로 해결하려 했다는 데 있다. 어떠한 이데올로기도 인간을 위한 것이어야 하는데 공산주의라는 이념은 사상 앞에 인간은 없다.

북한은 공산주의 통일을 하기 위해서 과감히 남침을 시도했다. 그러고는 딱 잡아떼는 것이었다. 북침이었다고. 그 증거로 북진통일을 내세우는 것이었다. 북진통일은 6·25 이후 1950년대는 물론이고 1960년대 반공교육이 극성을 부릴 때까지 동네 골목길 허름한 담벼락에 '개 조심'이라는 글자가 있듯 웬만한 벽에는 흔하게 쓰여 있던 구호였다. 6·25전쟁 때 실제로 북진통일을 할 뻔했다. 북의 공산당은 남침을 시도했고 우리의 국군은 북진통일을 이룰 뻔했다. 북진통일은 자유민주주의 사상의 통일을 의미한다. 북진통일은 자유주의의 승리를 의미하고 자유주의가 북한 전역에 진출하여 퍼지게 해서 통일을 이루자는 분단된 조국의 나아갈 방향을 제시하는 우리의 구호였다.

그런데 어느 때부터인가 이 구호가 사라졌다. 북한이 북진과 북침을 같은 말이라고 해석하여 남한 전역에 북침이라는 구호가 난무한다는 것이었다. 동족상잔의 책임을 남한의 북침에서부터 기인한다는 북한의 억지 기만 술책이었다. 아니면 북진 자유주의 통일을 반대하는 공산주의 앞잡이들의 농간이었는지는 몰라도 아무튼 북진통일은 사라졌다.

반공교육에서 아이들에게 공산당을 흉측하고 뿔 달린 도깨비로 그리지 못하게 하는 것과 같은 맥락이 아닌가 싶기도 하다. 아이들에게 공산당의 비인간적이고 포악무도함을 알리고 교육하는 데에는 흉측하게 생긴 도깨비가 제격이고 단순명료한 방법이라고 본다. 6·25전쟁은 북의 남침으로부터 시작된 것이 사실이고 진실이고 그것은 진리다.

# 살아남은 자들 💡

초식동물 누떼들은 아프리카의 대평원인 마사이마라를 가로질러 흐르는 마라강을 꼭 건너야 하는 생태적 주기를 가지고 있다. 마라강에는 악어 떼들이 우글거리고 있다. 그러므로 누 떼들은 마라강을 건널 때 악어들에게 온갖 수난을 당한다. 누 떼들은 그 수난을 운명처럼 받아들이면서 묵묵히 건넌다. 악어를 만나는 것은 복불복이다. 아무튼 앞으로의 삶은 살아남은 자들의 몫이다. 마라강을 건너는 것은 필연이고 악어를 만나는 것은 종족 번식의 억제인지 우생학적 면역체계인지 확실하지 않다. 아마 둘 다일 것이다.

우리 민족이 구한말에서 지금까지 살아오면서 지독한 마라강의 악어 떼를 만났다. 아무튼 우리 민족의 앞으로의 운명은 그동안의 시련에 살아남은 자들의 몫이다. 동학란, 일제강점기, 6·25사변은 우리 민족에게는 너무나 가혹한 수난기와 수난의 역사였다. 물론 민족의 종족 번식에 큰 타격을 입었을 것이고 살아남기 위해서 온갖 수단을 강구하다 보니 아마 우리 민족 생명력의 원천인 면역체계도 대단히 튼실해졌을 것이다.

서양의 인류학자들이 아프리카 원주민들을 두뇌의 지능이 낮아서 문화인이 될 수 없다는 말도 안 되는 오류의 결론을 내니까 일본의 인류학자들은 식민지인 우리 민족에게 그것을 적용시켜 문화인이 될 수 없는 인류로 결론을 냈다니까 기가 막히고 민족 모욕의 최강 논리인 것 같다. 식민지 시대에 일본에서 열린 만국박람회에 한국의 젊은 부부를 동물처럼 전시한 다큐도 있었다. 오랑캐는 만주벌판의 들개무리를 말하고 왜구는 바닷가의 물개를 일컫는 것인데 산업혁명이란 서양의 핵폭탄에 의해서 왜구들이 유전자 변이를 일으키는 바람에 우리 한민족과 왜구의 인간적 두뇌 지수가 완전 역전된 꼴이 되었다.

우리의 식민지역사로 인하여 아직도 국제무대에서 조금의 푸대접이나 무시를 당하고 있기도 하지만 진실로 우리 민족이 일본 민족에게 뭐든지 열세일까? 그건 절대 아닐 것이다. 인구, 나라의 크기, 규모의 경제, 노벨상, 올림픽 등에서 일본에게 절대 우위를 밀리고 있지만 국민소득, 문화, 국민의 민도 등에서 점차 간격을 좁혀가고 어떤 면에서는 능가하는 것도 있기도 하다. 또한 민족의 분단도 일본에게 열등의식이 된다. 현재의 우리들은 민족의 수난기에 온갖 고초를 다 겪고 강력한 생명력으로 살아남은 자들의 직계 후손들이다. 수난기에 살아남은 억센 생명력의 유전자가 고스란히 유전되어 우리 몸에 배어 있다. 일본만 생각하면 저절로 주먹이 불끈 쥐어지는 까닭이 그 때문일 것이다.


우리의 초등학교 시절 포스트를 그리는데 처음에는 반공만 그리다가 점차 배일도 그렸다. 그만큼 반공이 시급했다는 의미이고 반공 바람에 친일청산이 제대로 마무리가 되지 못했다는 의미도 된다. 친일 부역자가 바람 앞의 등불이 된 조국을 구하기 위하여 반공에 공을 세우는 자가당착의 우리 역사를 누가 일목요연하게 정리를 할 수 있단 말인가. 친일의 재산 대물림만 아니라면 생존이나 생계 때문인 친일은 화해와 용서가 필요하고 공산주의자도 이적행위만 아니라면 증오의 화살을 거둘 필요가 있다. 북송된 재일동포들처럼 당해보지 않고는 전연 알 수 없는 것이 공산주의의 이상향이었기 때문이다.

용공분자도 친일파도 그 외의 강 따라 물 따라 살아온 사람들도 살아남기 위한 온갖 고초는 이루 다 헤아릴 수 없었다. 그 요행으로 생존에 대한 강한 면역력은 얻었다. 웬만한 전염병이나 병균은 물리치는 저항력이 생겼고 어지간한 고난의 행군에는 끄떡없이 극복하는 힘이 생겼다. 시대의 난관을 이기지 못해 죽을 자들은 이미 다 죽었다. 마라강을 건너다 이미 다 악어 밥이 되었다. 그 험난한 물살을 헤치고 살아남은 자들은 기적의 생명들이다.

그 기적의 생명력의 DAN에는 끈기와 오기가 함축되어 있다. 끈기는 참고 견디는 힘이다. 오기는 무리할 만큼 강하게 밀어붙이는 추진력이다. 참는 것은 배고픔을 참고, 슬픔을 참고 희망을 참고 기다린다. 견디는 것은 추위 더위를 견디고 고난을 견디고 부닥친 운명을 견디면서 산다. 오기는 근면 성실을 뜻하고 모험심도 포함된다. 잘살아 보자도 오기로 출발했고 선진국 대열에 합류한다는 생각은 오기 없이는 할 수 없었다. '하면 된다'는 오기의 표본이었다. 과거 마라강의 악어 떼를 두려워하지 않고 살아남은 기적의 생명들이 또는 그 후손들이 현재 세계인들에게 당당한 한강의 기적을 이루었고 대한민국을 만들었다.

# 개척의 시대 ⚓

거칠고 황량한 땅을 유용한 땅으로 일구는 것이 개척이다. 과거 기아선상에서 헤맬 때 황막한 산야를 일구어 한 톨의 곡식이라도 더 생산하기 위해서 농토를 만들었다. 그래도 이런 경우는 개척이라 하지 않고 개간이라고 한다. 우리나라에서 농토로 개척되기 위해서는 기존의 육지에서는 될 곳이 없고 바다의 갯벌을 토지로 만드는 정도는 되어야 했다. 즉 간척사업이 개척이 되는 셈이고 우리나라 서남해안의 간척사업은 유명하다.

덴마크의 달가스가 유럽의 유틀란트반도를 개척해서 낙농 국가로 오늘날 국민소득 최고의 나라가 된 원인이라고 해서 개척정신과 개척자의 본보기로 항상 달가스가 등장한다. 미국의 서부 개척사는 우리가 익히 아는 개척의 시대이기도 하다. 주로 목장을 하기 위한 땅이었지만 캘리포니아에서 금광이 발견됨으로써 서부 개척을 촉진시켰다. 금광을 찾아가는 것은 삶의 수단을 마련하기 위함이었다. 인간의 삶의 터전은 원래 땅이지만 삶의 수단이나 방법도 될 수 있다. 정신적 생활의 변화나 삶의 질 변화도 개척이라 할 수 있다.

우리나라 개척의 시대는 사람들이 삶의 터전인 땅을 찾아 떠난 것이 아니고 삶의 수단을 찾아 도시로 모여들었다. 그러다 보니 주거의 땅을 마련하기 위해서 도시가 확장되는 과정이 개척의 시대라고 할 수 있을 것이다. 그것보다 진정한 개척은 산업단지 개발이라고 할 수 있을 것이고 산업단지와 주택단지는 선순환적으로 반복되면서 개척의 시대를 촉진시켰다.

그렇게 따지면 미국 사람들이 서부로 이동했듯 우리나라 사람들이 시골에서 도시로 이동하는 시기를 개척의 시대라고 해도 무방할 것 같다. 한때 남부여대하여 서울의 서울역이나 용산역이 소란스러웠다. 전국의 대도시는 다 그랬을 것이다. 꿈을 찾아 도시로 모여드는 시기가 바로 개척의 시대가 된다. 친인척이나 지인의 가느다란 작은 연줄 하나만 움켜쥐고 찾아가는 도시는 17세기 중반 영국의 청교도들이 소문만 믿고 망망한 대서양을 범선으로 신대륙을 찾아 건너는 것이나 같은 입장이었을 것이다. 개척의 정신에는 모험심도 들어 있다.

삶의 방법을 완전히 바꾸기 위해서 불확실한 미래의 도시의 세계로 뛰어드는 것이다. 개척의 정신없이는 감히 미래의 도시 생활을 꿈꿀 수 없다. 미래를 꿈꾸는 시대가 개척의 시대라면 지금까지 자자손손 대대로 살아온 시골 생활은 답습의 시대라고 할 수 있을 것이다. 답습의 시대는 과거를 바라보는 시대다. 선조들이 했던 생활방식을 그대로 이어받아 사는 것이 가장 선한 삶의 방식이었다. 도시의 생활에서는 사방을 둘러보아도 과거를 이어받을 아무런 연결고리가 없었다. 자고 일어나면 변하고 또 변하고 계속 변하는 것의 연속이었다. 그리고 그 변하는 것에 따라가기가 버겁고 뒤처지고 뱁새 가랑이가 찢어지기 일쑤였다.

그래서 착안한 것이 미래를 보거나 꿈꾸는 것이었다. 예를 들면 발전된 도시나 어떤 환경을 자랑만 하다 보니 정작 자신에게 남는 것은 슬픔과 허무한 것뿐이었다. 나아가서는 그 발전이 자신을 옥죄어 오는 것이었다. 그것은 결국 시골 생활의 답습의 시대와 같은 것이었다. 그럴 수는 없었다. 답습을 벗어나기 위해서 미래를 보는 것이었다. 그러고 보니 세상이 환히 보였다. 제대로 개척의 시대를 사는 역량이 생겼다.

그러므로 우리나라의 진정한 개척의 시대는 도시의 시대, 즉 과거를 돌아보면서 미래로 나아가는 꿈을 꾸는 시대를 말하는 것이다. 개척의 시대는 고무줄처럼 탄력 있는 세상이었으나 그 시대를 지나니 지금은 온통 세상이 콘크리트처럼 딱딱하게 굳어 이래저래 운신하기가 너무 힘들고 어렵다.


## 상실의 시대 ⚓

미소 양 강대국이 한국을 해방시켜 놓고 스스로 독립국을 유지할 능력이 없는 국민으로 치부하고 자립의 정신이 성숙할 때까지 신탁통치를 하기로 결론을 내렸다. 중·일의 강대국 사이에 낀 작고 좁은 나라 한반도의 중간에 선을 그어놓고 양 진영의 이데올로기를 심는 신탁통치를 구상했다니 약소민족의 설움은 이래저래 난도질당하는 꼴이었다.

전 민족이 반탁을 궐기하여 분단된 조국이 되었으나 미·소·중·일의 강대국들이 우리 민족과 한국을 무시하는 것을 상기하면 분노가 치밀지 않을 수 없다. 그 분노는 민족과 국가 발전의 원동력이 되어 드디어 해방 반세기 만에 88서울올림픽을 치르게 되고 이어서 세계 10대 교역국이 될 만큼 부국강병의 나라가 되었다. 이들 4대 강대국들에 덩치와 힘으로는 도저히 상대가 될 수 없을 만큼 약소국의 우리나라지만 그러나 정신적 문화국으로는 세계를 지배할 수 있고 우리 민족의 기개를 세계만방에 펼칠 수 있다고 자부하는 시대까지 왔다.

해방 반세기 만에 얻은 물질적 풍요의 세상은 예상 이상의 큰 수확이었으나 그러는 동안에 잃어버린 것도 많다. 풍요의 대가일 수도 있고 나아가 발전적인 것일 수도 있다. 과거 농사라는 1차 산업 시대에는 근면, 성실, 노력이라는 기치 아래 부지런함이라는 생활철학이 부를 축적하는 유일한 길로 대세를 이루었으나 근대화 이후 상공업 시대에는 부를 축적하는 방법이 매우 다양해졌다. 그것을 뒷받침하기 위해서 여러 가지 법과 제도가 마련되어서 국민들의 일상생활에 도움을 주고 있다. 그리고 그런 것들은 인간사회에 보편타당하고 합리적이라고 하여 누구나 공감하고 받아들이는 가치들이다.

그런데 그렇게 우리 사회에 도움을 주고 유용한 법과 제도가 한국사람들의 특유한 생활감정 때문에 남용하거나 잘못 적용하는 바람에 오히려 우리 사회에 해악을 끼치므로 그것의 사용을 금지하는 법과 제도가 있었다. 명의신탁제도와 어음법, 연대보증제도이다.

명의신탁이라고 하는 것은 부동산의 소유자가 다른 사람의 이름을 빌려 등기함으로써 어떤 부동산의 실제 소유자가 등기부에 기록되지 않게 하는 제도이다. 실질 소유권은 법무사를 통해 명의신탁이라고 하는 공정을 받아둠으로써 확보한다. 이 제도를 통해 부유층들이 재산을 은닉하고 그럼으로써 세금을 탈루하게 된다. 주로 도시의 부유층들이 시골의 농토를 사서 명의신탁함으로써 시골의 농부들이 점차 농노화되거나 소작농으로 전락하는 방향으로 변해가는 세상이 될 추세였다.

이 제도는 일제강점기에 등기 제도를 도입할 때 한국인들의 종중 땅을 등기하는 방법으로 이용했다는데 실제 법에는 없고 대법원 판례로 이 제도가 시행되었다는 것이다. 이것을 후세 한국인들이 교묘히 악용함으로써 공정한 사회가 되는 제 일의 장애 제도였기에 폐기를 해야만 했다. 지금도 회사, 종교단체나 재단법인 등에서는 이것을 법보다는 제도로 이용하고 있다.

어음제도는 상거래법에서 수표와 더불어 아주 요긴하고 편리하게 이용되어 왔다. 수표는 현재 은행에 저축된 예금을 대신해서 발행되는 데 비하여 어음은 미래에 생길 자금에 대비해 발행하는 증표로 완전 신용을 바탕으로 발행된다. 주로 기업에서 자금의 융통을 위하여 근로자들에게 발행하는 신용증권이다.

그런데 기업에서 그 신용을 지키지 않으면 그 어음은 휴지 조각이 된다. 특히 주식회사는 회사가 망했다고 하면 그 발행한 어음에 대하여 책임질 사람이 없어지게 된다. 악덕 회사들은 그 점을 이용해서 잔인하게 어음을 휴지 조각으로 만들기 위해서 망해 버린다. 그리고는 다른 이름으로 다른 회사를 만들어 또 휴지 조각이 될 어음을 발행하는 수법으로 그 어음을 받은 근로자의 가족들을 죽인다. 어음제도를 없애 버림으로써 기업들이 근로자들을 상대로 외상거래를 못 하게 되었다.

연대보증 관계로 우리나라의 많은 사람들이 엄청난 고통의 삶을 살았다. 인지상정에 약한 우리나라 사람들의 심성을 이용해서 연대보증을 서게 하고 은행 대출을 받아 가로채는 수법을 이용하는 것이었다. 기업이나 사업을 하다 보면 자금의 융통이 필수인데 급한 자금을 연대보증인의 재산을 담보로 은행 대출을 받아 해결하는 방법이 연대보증 제도이다.

사업의 위험성을 연대보증인도 함께 떠안게 되는 셈이었다. 처음에는 진실 되게 하다가 그래도 보증인의 입장은 불안한데 나중에는 대놓고 사기를 쳐서 사리사욕을 채우는 데 이용하는 사람들이 많아지는 바람에 연대보증인제도가 선량한 우리 사회에 끼치는 해악이 극에 달하게 되었다. 사업이 망하면 보증인이 사업자를 대신해서 은행 대출을 갚아야 한다니 우리 보통 사람들이 그 사실을 알 리가 없다. 일반 개인의 선량한 심성이 거대한 바위가 되어 어느 날 갑자기 한 가정을 내리누르니 그 무게를 이길 가정은 거의 없다고 봐야 할 것이다.

명의신탁, 어음, 연대보증인제도 등이 경제발전에 도움을 주고 큰 역할도 하였을 것이다. 그러나 아무리 맛있는 음식도 배부르면 먹기 싫듯이 그리고 과식은 독이 되듯이 위의 세 제도는 현재 우리나라의 경제 수준에서는 없어져야 할 법과 제도가 되었다. 앞으로 또 그런 제도가 하나 있는데 그것이 전세제도이다. 부동산 전세제도도 다른 어떤 외국에도 없는 우리나라만의 유일한 제도로 우리나라 경제 발전에 지대한 공헌을 하였다. 그런데 그 제도도 시효가 다 되었는지 그 제도를 이용한 사기꾼들이 많아져서 앞으로 폐기되어야 할 제일의 덕목에 올라 있다. 현재 우리가 잘 사는 것만큼 쓰레기가 많아졌듯이 버리거나 없애야 할 법과 제도도 많을 것이다. 상실의 시대에는 없어져야 할 것들과 새로 생겨야 할 것들에 대한 통찰과 과감한 시도가 필요할 것이다.


## 미명의 눈동자 ☀

현재 우리나라의 발전상을 이야기하게 되면 꼭 해방과 6·25를 전제하게 된다. 그것은 발전의 출발선을 밝히기 위한 것이지만 실은 우리 세대 또래 사람들의 꼰대적 사고방식일 수 있고 또한 그 이전 시대는 미명의 시대로 간주해도 무방할 것이다.

전근대적 미명의 시대에 실학자들이 미명에서 깨어나기 위해서 무진 애를 썼으나 결국은 식민지 시대를 맞이했고 그제야 겨우 진정한 세계사에 눈을 뜨고 서양과 소통을 시도했으나 이미 늦었었다. 나라 없는 민족의 설움을 뼈저리게 통감할 수밖에 없었다.

서양의 역사에도 미명의 시대는 있었다. 주로 중세 시대를 일컫게 되는데 갈릴레이 갈릴레오 같은 과학자들이 미명의 시대를 깨우기 위해서 실증과학을 세상 사람들에게 피력했으나 오히려 마녀사냥에 걸려 낭패를 보게 되고 미명을 깨우던 파도는 잠잠하게 되었다. '그래도 지구는 둥글고 돈다'라는 말을 남기고 형장의 이슬로 사라진 갈릴레이의 명언을 증명하기 위해서 유럽의 역사는 지중해 시대에서 대서양시대로 넘어간다. 대항해시대를 맞이한 것이다.

지중해에서 르네상스가 일어났지만, 지중해의 잠잠한 바다는 미명이었고 그 미명을 진실로 깨운 것은 북대서양의 거친 파도와 짙은 안개였다. 북대서양의 해적 민족 바이킹족들은 동양의 왜구들처럼 해적질을 하여 신출귀몰하게 거친 바다의 안개 속으로 사라졌다. 미로의 안개 속을 어떻게 항해하는 것일까? 그들은 '오멘'이라는 신을 믿었고 그들의 배에는 반드시 무당이 있었다. 무당이 주술로 신을 불러 신이 바다의 길을 안내했다.

우리나라의 무당들도 주로 여성이듯이 바이킹족 해적선의 무당들도 여성이었다. 한국의 무당들 손에는 댓가지가 들려 있지만 해적선 무당들의 손에는 바늘 같은 쇠붙이가 들려 있었다. 한국의 무당들이 댓가지를 세워 흔들면 신이 댓가지를 타고 하늘에서 내리는 것이 보인다. 해적선 무당들이 가진 작은 쇠붙이의 용도는 아무도 모른다. 무당들이 신과 교감하는 도구일 뿐이라고 믿는다. 무당들은 신과 교감하여 해적선의 갈 방향을 일러준다. 무당이 항해사였다. 무당이 해적선의 갈 방향을 일러주지 않으면 짙은 안개 속의 항해는 전연 불가능한 일이었다. 무당의 손에 든 작은 쇠막대기는 나침반이었다.

유럽의 미명을 깨운 대항해시대를 연 눈동자는 항해의 길잡이 나침반의 발명이었다. 그렇다면 한국의 미명을 깨운 눈동자는 '아는 것이 힘'이라는 슬로건일 것이다. 아무리 생각해도 우리 세대의 어린 시절은 오천 년 전의 단군신화 시대나 진배없는 세상이었다고 주장하고 싶은 것이다. 물론 도시는 달랐다. 심지어 지방의 소도시를 연결하는 시외버스가 다니는 길목의 마을만이어도 달랐다. 현대문명의 핵인 자동차를 실컷 보고 이용할 수 있었을 테니까. 포플러 가로수 사이로 뿌연 먼지를 일으키면서 달리는 버스는 그 당시 아이들에겐 엄청난 마음을 설레게 하는 문명의 기기였다. 외부 세계와 미래 세계에 대한 꿈과 호기심과 동경의 대상이었다. 그것은 곧 상급학교 진학이었고 또한 불타는 향학열이었다.

어떤 문명의 혜택도 없는 두메산골, 그곳에도 아이들은 있었고 아이들은 학교를 다녔다. 진학의 길은 곧 도시로 가는 길이고 도시는 곧 향학이고 아이들의 미래였다. 아는 것이 힘인 시대를 거쳐 아는 것이 병인 시대를 지나 현대에 이르렀다.


## 연금소득 시대

인간이 일상의 생활을 영위하려면 일정한 소득이 있어야 한다. 그것은 또한 연속적이고 지속적이어야 한다. 생명을 유지하기 위한 의식주가 연속적이어야 하고 중단되어서는 아니 되기 때문이다. 시골의 농촌에서 새 나라의 어린이로 태어난 사람으로서는 자신도 동네 사람들도 열심히 일해야만 살아갈 수 있는 근로소득만이 유일한 소득의 세상에서 살았다.

도시에 가서 살면 힘든 노동을 하지 않아도 되는 줄 알았다. 도시에서의 생활은 아무래도 육체노동보다는 정신노동으로 사는 사람들이 많다. 이 세상의 노동이 완전 육체노동과 정신노동으로 구별될 수는 없다. 도시에서의 정신노동 생활이 육체노동 못지않게 힘들다는 것을 경험해 보지 않은 사람은 잘 모를 것이다. 어차피 다 근로소득을 위한 노동이고 소득을 얻기 위한 수단이라는 면에서는 다 같은 입장의 고통을 감내해야 마땅한 것이다.

부서지고 깨어진 잿더미에서 출발한 우리나라는 반세기가 지나는 동안에 어느덧 풍요의 세상이 도래했다. 풍요의 사회는 소득의 풍요를 의미한다. 1차 산업 시대에 편중되었던 소득이 다양한 소득으로 재편되었다. 그래도 절대적인 것은 근로소득이지만 자본주의답게 자본에 따르는 금융소득, 이자소득, 시장원리에 의한 영업소득 또는 사업소득, 주로 건물이지만 부동산에 따르는 임대소득, 특허, 저작권 등에 의한 권리소득 등이 있다.

그런데 새 나라의 출발 시대에는 상상도 할 수 없었던 연금소득이 생겼다. 풍요의 시대를 맞이한 당연한 귀결이었다. 그동안 우리가 선진국을 얼마나 부러워했던가. 그 부러움의 첫 번째가 연금이었다. 우리가 직장 초년 시절에 연금이라고 월급봉투에서 빠져나가는 것을 볼 때는 세금 공제처럼 별 의미를 두지 않았다. 노년기에 돈이 뭐 필요하고 연금 없이도 부자로 살 것이라고 상상하면서 사기업처럼 월급을 많이 받고 현재 풍요롭게 살고 싶었다.

그렇게 하찮게 여기던 연금저축이 세월이 흘러 막상 연금 시대가 되니까 연금의 필요성이 너무나 절실하게 되었고 연금 없이는 도저히 살 수 없는 가장 요긴한 주 소득원이 되었다. 선진국의 기준이 국민소득이긴 하지만 결국 풍요의 사회이고 그 풍요의 중심이 연금이었다. 연금에는 공무원연금 같은 대부분 근로소득자들의 연금이고 국민연금, 개인연금, 노령연금, 올림픽에서 메달을 딴 우승자연금, 주택 연금 등이 있다.

6·25동란 끝나고 새 나라의 새 일꾼 시대에는 물론 1차 산업 시대이고 우리나라의 경제 규모도 너무나 가늘고 얇고 얕았다. 그 가냘픈 경제 규모를 굵고 길고 아름드리 튼튼하게 살찌운 것이 현재이고 선진국이다. 결국 연금 시대라고 하는 것은 국민들이 거대한 경제 덩어리를 만들어 놓고 노년기의 국민들이 그 경제 규모의 살점을 조금씩 뜯어 먹는 것이나 마찬가지 이치다. 뜯긴 살점은 그냥 채워지는 것은 아니고 후세의 국민들이 부지런히 채워야 연속되고 지속된다.

## 연금 시대의 뒤안길 ⏻

새 나라의 어린이가 노인이 되었다. 그 어린이가 소년일 때는 소년의 나라였고 청년일 때는 청년의 나라, 노년인 지금은 노쇠한 나라가 아니고 노인 인구가 많은 나라가 되었다.

반세기가 넘는 세월 동안 정말 무지막지하게 달려왔다. 솔직히 서로 잘살 거라고 달리기하듯 달려왔다. 세상 사람들은 마구 달리기하는데 천천히 걸어가는 직업이 있었다. 하급 공무원이었다. 혈기 왕성한 청년의 나라 시절에 물불 가리지 않고 뛰어야 하는데 천천히 걸어야 하니 자신도 답답하고 달리는 사람들이 무시하고 깔보는 것 같았다. 배부른 자들이 걸어서 가는 길은 너무도 근사하고 멋지다. 그러나 배고픈 자들이 걷는 길은 초라하고 옹색하고 답답하다. 그래도 달리지 못하고 걷기만 해야 하는 길, 인생의 길.

막다른 인생의 길에서는 어떻게 왔느냐를 묻지 않는다. 남은 여생의 길을 살필 뿐이다. 한 번 들어선 인생의 길, 벗어나지 못하고 줄기차게 걷기만 했던 그 길의 끝에는 구원의 빛이 있었다.

그것이 연금이었다. 연금 시대가 도래한 것이다. 인생 말년에 운신의 폭도 좁아지고 수족의 움직임도 현격히 저조해지지만 세상을 보는 눈만큼은 한층 더 성숙해지고 평화롭다는 것이다. 젊은 날 그렇게 부럽고 멋지고 좋아 보이던 재벌이나 스타들이 대수롭지 않게 보인다는 것이다. 종점이 보이는 인생의 황혼 길에는 어떤 것도 필요 없고 누구나 똑같이 가는 공평의 길이라는 것이다. 재벌들의 억만금 재산, 스타들의 화려한 인생들이 너무나 먼 하늘의 별이었지만 알고 보면 그렇게 먼 곳에 있는 것이 아니었다. 말년에 연금 정도의 인생, 물론 그 정도보다는 훨씬 높겠지만 그래도 가까이서 같이 가는 인생이라는 생각이 드는 것이다. 아마 연금 때문일 것이고 연금 이상의 돈은 별 필요치도 않다. 과거 식민지 시절, 민족 말살의 치하에서 기아 선상을 헤매는 처지였기 때문에 현재의 연금 시대는 꿈만 같은 낙원의 시절이라 해도 과언은 아닐 성싶다.

결국 연금 시대는 복지국가 시대이고 그것은 또한 선진국 시대이다. 선진국은 시스템에 의해 움직인다. 하급 공무원이 인생 말년에 연금으로 사니까 사회 전반에 걸쳐 연금 같은 복지 체제로 조직화 되었다. 국민연금을 들게 하고 생보자와 또 수급자라는 것이 있다.

생활보호대상자는 가족의 기본생계를 국가가 해결해 주는 것이고 수급자라고 하는 것은 독거노인의 주거문제를 해결해 주는 제도이다.

과거 동양의 역사에서는 인간 생활의 도덕률을 사서삼경이라 하여 촘촘히 얽어맨 그물 같은 것으로 다스렸으나 현대국가에서는 국민의 기본생계 문제를 해결하기 위해서 그물 같은 시스템을 만들어 단 한 명의 국민도 그 그물을 벗어날 수 없도록 하고 있다. 그래도 간혹 담당 공무원들의 안일한 업무로 그물에 걸리지 않아 전 가족의 불상사가 세상에 알려지곤 한다. 연금의 수혜자도 근본은 생보자나 수급자와 같은 것이나 등급이 조금 다를 뿐이라고 할 수 있다. 선진국의 복지사회가 어떻게 펼쳐지나 했더니 하급 공무원의 연금을 기준으로 전 국민이 연금 사회로 조직되고 있음을 알게 되었다.

# 한과 정이 많은 민족 💡

지구가족 시대에 한국 사람들이 유독 정이 많다고 정평이 나 있다. 정 많은 것이 양지이고 밝은 쪽이라면 그 이면의 음지쪽으로 한이 많은 민족으로 우리들 스스로 진단하고 있다.

사실 과거 약소빈국인 시절에는 사람 관계로서 친밀도의 기준이 되는 정을 표출할 기회가 없었다. 호구지책에 얽매이다 보니 곁에 있는 사람 쳐다볼 엄두를 내지 못했기 때문일 것이다. 특히 외국 사람과의 교류는 가물에 콩 나듯 희귀했다. 그러니 정이 많은지 어쩐지 외국 사람들이 알 리가 없고 약소빈국으로 얕보고 깔보이기만 당하다가 근자에 와서 국력의 성장으로 세계에 알려지면서 정 많고 다이내믹한 국민으로 세계인들이 평하는 것이다.

동양 3국 하면 한국도 당당히 한몫 낀다. 국가 발전이나 국민소득 면에서 또는 올림픽 등의 경기에서 강대국 중국, 일본과 항상 어깨를 겨루고 그 사이에 대륙과 해양을 다리처럼 연결하면서 끼어 있기도 하다. 민족의 기질 면에서는 동양 3국이 분명히 다르다.

일본 사람들은 정이 별로 없고 정을 잘 주지 않으며 친구 되기가 어렵고 개인주의 취향이라고 한다. 그 대신 깔끔하고 친절하며 겸손하다고 한다. 또한 이중성의 성격도 보이기도 한다고 한다. 일본의 자연환경은 지진, 해일이 심하고 연중 태풍이 많아서 우리가 볼 때는 일상의 생활이 불안하기 때문에 이웃과의 관계가 더 돈독할 것 같은데 더 정 없이 산다니 이해가 잘 가지 않는다. 아니면 거대한 자연의 변괴 앞에 인간존재 자체를 대수롭지 않게 여기는 데서 오는 허무의 정신이 유전자에 있기 때문인지도 모른다. 일본은 역사적으로 외침이 없었다. 집단전쟁이 없었던 대신 개별투쟁이 심한 나라였다. 미국 등의 나라가 총으로 개별 자신을 보호하듯이 일본은 무사로서 자신을 보호해야 하는 관습 등에서 오는 관념이나 신념 때문에 형성된 성격 탓이기도 할 것이다.

중국 사람들은 자칭 대륙적 기질이라고 하면서 '백발 삼천 척' 등과 같은 과대포장 된 말을 잘 쓴다. 불가사의한 만리장성을 쌓은 것을 보면 과거 선사시대부터 진짜 대륙적 기질을 가진 북방의 외세에 얼마나 시달리며 살았는가를 짐작해 볼 수 있다. 나라도 크고 인구도 많고 해서 그런지 인간 생명에 대한 존엄과 신뢰성이 부족하고 엉큼하고 야비한 면도 있다. 중국의 4대 기서 중의 하나인 《수호지》에 보면 물론 소설이긴 하지만 외지에서 온 나그네를 죽여 인육으로 만두소를 만들어 파는 장면이 나온다. 물론 현실은 그렇지 않겠지만 그래도 중국 사람의 기질을 조금은 엿볼 수 있는 대목이 아닐까 싶기도 한 것이다.

지금도 중국 사회는 도둑이 심하고 범죄인이 멀리 도망가면 여간해서는 잡기가 힘들다고 한다. 엉큼하다고 하는 것은 남에게 속내를 잘 드러내지 않으며 그런 연유로 마작 같은 도박에 심취하는 사람이 많다. 주식회사가 없던 과거 시대부터 주식투자 같은 투기하는 것을 좋아하고 네다바이, 마타도어 등 온갖 범죄, 사기 수법 등이 난무하는 나라이기도 했었다.

　이상으로 일본과 중국의 국민성에 대해서 나름의 지론을 펼쳐보았지만 어쩌면 절대 맞지 않고 얼토당토아니한 궤변을 늘어놓은 것뿐일지도 모른다. 사실은 지구상의 인간사회는 어디를 가도 비슷하고 거의 같은 인간다운 면이 있기 때문이다. 아무리 그래도 일본이나 중국은 강대국인 만큼 이웃 나라를 침략했으면 했지, 이웃 나라에 침략을 당해서 국민들이 피난을 가거나 일상생활에 수난을 당하는 불안을 느끼면서 살아온 역사가 없다는 것은 사실이다. 외침은 없어도 내부적 정변이나 난리에 의해서 평화롭지 못한 역사의 시대는 항상 있었다. 역사의 순환이나 만인과 만인의 투쟁은 사회적 동물인 인간 본성에서 유래한다.


　한국 사람들의 정과 한은 어디에서 온 것인가? 강대국 사이에 낀 약소민족이기 때문일 것이다. 과거 한국 민족의 조상들은 씨족사회에서 부족사회로 발전하면서 살았다. 이 시대도 해변 동네를 습격하는 왜구들은 있었다고 한다. 왜구들의 노략질쯤이야 요새 같으면 좀도둑과 같은 것이었다. 그런데 어느 날 거대한 세력이 침략해 들어와 우리 민족을 지배하면서 그들의 나라를 세웠다. 한사군이었다. 중국을 통일한 한나라가 낙랑, 현도, 임둔, 진번의 위성국가를 세워 우리 민족을 다스렸다. 견딜 수 없는 모욕이었다. 우리 민족은 국가라는 거대한 집단조직의 사회를 몰랐다. 지배를 당하면서 배운 것이 국가라는 조직체였다.

　우리 민족도 단결하여 나라를 세웠다. 그리고는 한사군을 몰아내기 시작했다. 최후로 고구려의 호동왕자가 낙랑 공주로 하여금 자명고를 찢게 함으로써 213년간이나 버티던 한사군은 물러갔다. 이후 삼국시대가 되고 통일신라, 고려, 조선으로 이어지는 민족의 정기는 살아 있다. 특히 고려의 국권을 지키기 위한 외세와의 전쟁 투혼은 눈물겨울 만큼 고군분투였고 오죽하면 이어지는 조선왕조에서는 사대사상을 고취하더라도 전쟁이 없는 세상에 대한 염원을 기대했을까 하는 것이다. 아무리 그래도 전쟁과 내란은 그칠 날이 없고 전염병, 흉년, 기근 등으로 우리 민족의 정신적 생채기는 이만저만이 아니었던 것이다.

외세 침입의 전쟁이나 내란이 휩쓸고 지나간 자리는 폐허로 변했고 피란을 갔거나 뿔뿔이 흩어진 가족이나 이웃들이 다시 돌아왔을 때는 그 전의 가족이나 이웃이 아니었다. 사라진 가족이나 사람들에 대한 그리움이나 아쉬움은 한으로 남고 살아남은 자들은 서로의 정으로 다가가는 것이다. 한과 정은 약소민족만이 겪는 정신적 카타르시스이다.


## 절약의 미덕을 넘어서

언제부터인가 일용품을 '아껴 쓰라' 하면 꼰대 짓이 되는 시대가 되었다. 그래서 정부에서도 공휴일 사이에 낀 평일을 공휴일로 선포하여 국민들의 소비 진작을 부추긴다. 그러면 사람들은 긴 공휴일을 이용하여 해외로 여행가기도 하고 외제품도 즐겨 사용한다. 국산품 애용과 물자 절약을 생활화하고 구호를 외치면서 자라고 살아온 우리 세대 사람들은 외제품 사용과 해외여행이 어떻게 국가 경제에 도움이 되는지 도저히 이해가 안 간다.

어떻든 현시대는 글로벌 스탠더드라 하여 이것저것과 내 것 네 것 따지지 말고 많이 소비하고 즐겨 사용하면 과학의 원리를 몰라도 과학이 발전하듯이 경제발전의 원리를 몰라도 국가 경제가 발전하고 도움이 된다고 하니 그럴 수밖에 없는 것이 국민의 입장이다.

과거 절약이 절대 미덕인 시절에 서양 선진국들은 소비가 미덕인 시대로 산다고 했다. 소비의 단적인 예가 식구가 많으면 쌀독의 쌀이 금방 줄어들어 빈 독이 된다는 것이고 빈 독이 되면 굶어야 하는 공포심이 따라온다. 어떻게 하든 쌀의 줄어듦을 지연시키고 굶는 공포감을 조금 완화시키는 것이 절약의 목적이다. 쌀독의 쌀이 줄어들면 채우거나 천천히 줄어들게 할 수는 있어도 아예 쌀이 조금도 줄어들지 않게 할 수는 없다.

인생의 삶 자체가 소비이고 소비의 연속은 삶의 연속이 된다. 그러므로 소비가 미덕이라면 인생의 삶 자체가 미덕이 되는 셈이니 선진국들은 일찍부터 미덕의 삶을 산 셈이 된다. 쌀독의 쌀을 예로 들면 절약의 미덕은 금방 이해가 가는데 소비가 미덕이 되려면 거기에는 조건이 있어야 할 것 같다. 쌀을 펑펑 소비하면 이어서 채우는 사람이 있어야 한다는 것이다. 쌀을 소비하여 펑펑 퍼내지 않으면 쌀이 넘칠까 봐 걱정되는 것이 소비의 미덕이다. 물자가 넉넉하여 자꾸 소비하지 않으면 창고에 쌓이고 이어 넘쳐 더 쌓을 수 없게 된다. 그러면 계속 생산되는 물자를 중단해야 하고 그러기 위해서는 돌아가는 기계를 멈추고 공장의 문을 닫아야 한다. 생산을 위해서 소비를 해야 하는 것이 소비의 미덕이다.

아무래도 1차 산업 시대는 절약이 미덕이 되고 2차 산업 시대는 소비가 미덕이 될 수밖에 없다. 현재의 시대는 3차 산업 시대이다. 그것은 무역전쟁의 시대를 의미한다. 무역전쟁의 시대는 기술경쟁 시대이고 그것은 기술 산업 시대이다. 국민 한 사람 한 사람이 먹고 살기 위해서는 기술이 있어야 하고 그 기술은 우수할수록 좋다.

우수한 기술로 자꾸 물건을 대량 생산해 내니까 대량소비를 해야 물건이 창고에 쌓이지 않는다. 곡식은 창고에 많이 쌓여도 절약의 미덕을 발휘해야 하지만 가공제품은 창고에 물건이 쌓이지 않게 적절히 소비가 되어야 경제가 돌아간다. 소비가 미덕인 시대는 자신을 위해서가 아니라 국가 경제를 위해서 소비를 해야 하는 것이다. 소비가 미덕인 시대에는 희한하게도 절약이 미덕이 되어야 마땅한 창고의 식량도 소비가 되지 않고 쌓여 있다고 아우성이다. 과거에는 절약을 잘하여 창고에 곡식이 두둑이 쌓여 있는 사람이 부자이나 현시대는 물건을 많이 소비하는 사람이 부자이다. 그래서 경제의 패턴도 소비 구조로 되어 있다. 그것이 기술의 발달과 패션이다. 기술이 낙후되고 패션이 유행에 뒤떨어지면 소비가 덜 되고 우리나라의 경우는 수출이 덜 되는 것과 연결된다. 수출은 우리나라 경제의 핵이다.

절약이 미덕인 시절에는 아껴야 부자가 되고 부자가 되기 위해서 열심히 일하고 노력하는 데 반하여 소비가 미덕인 현시대는 소비를 위해서 사는 것인지 살기 위해서 소비를 하는 것인지 잘 알 수가 없다. 아무리 그래도 부존자원이 무한대가 아닌 이상 인류 생존의 미래를 위해서 절약의 미덕이 진리이고 진리가 되어야 마땅할 것이다.

## 원시시대 종식의 원인 💡

이 글의 제목은 후세대들에 수시로 떠오르는 전하고픈 말이다. 아무도 귀 기울이지 않고 의미 없는 말이라고 하지만 본인으로서는 지금 이 시대의 발전과 변화에 항상 감동하고 때로는 기적이라고까지 느끼기도 하는 것이다. 아무리 생각해도 우리들의 어린 시절은 너무나 원시시대였고 지금은 꿈만 같은 첨단 과학의 시대로 하필이면 우리 시대에 이렇게 큰 변화와 편차가 생겼느냐 하는 것이다. 무지렁이 부모 세대의 시대를 탈피하기 위해서 붓글씨 대신 연필에 침을 묻혀 가면서 쓰는 글로 문맹을 탈피하기만 해도 대단한 것이라고 여기면서 열심히 학교를 다녔다. 주로 착한 사람이 되기 위한 것이 학교 다니는 주제였지만 상급학교에 다니면서부터는 미래 사회는 과학의 생활화 시대가 될 것이라는 예언도 들렸다.

미국을 비롯한 서구사회에 대한 환상과 동경이었다. 꿈과 환상은 누구나 꿀 수 있고 가질 수 있지만 그렇다고 이렇게 일찍 우리 당대에 찾아오고 실현될 줄은 솔직히 몰랐다. 그 원인과 인자에 관해서는 견해가 수만 가지로 피력될 것이나 국가와 민족의 입장에서 보면 오기와 분노일 것이다. 일제강점기 식민지 시대의 민족말살정책을 상기하면 견딜 수 없는 모욕감과 억울함을 느꼈다. 간신히 싹이 튼 건국을 짓밟는 북괴의 남침에는 분노를 느꼈다. 당시 전선에 참여하기 위해서 징집된 젊은이들이나 학생들은 죽음을 조금도 두려워하지 않을 만큼 분노로 가득 차 있었다. 일본에 대한 오기와 북괴에 대한 분노는 우리들 어린 시절부터 우리 민족과 동포의 가슴에 맺힌 한으로 큰 응어리가 되어 숨길이 막혀 왔다.

분노와 오기는 교육열로 교육은 경제건설로 이어지고 경제발전의 수단으로 과학 입국을 건설했다. 과학의 생활화가 되니까 우리들이 그렇게 실용적이라고 공부했던 것들이 무용지물이 되어 정작 과학의 시대에는 선대들처럼 무지렁이로 전락하고 말았다.

그래도 얼마나 좋은가! 세계 10대 교역국이 되어 당당히 강대국이나 선진국들과 맞서는 시대가 되었으니 답답했던 체증이 팍 뚫리고 민족의 자존감이 팍팍 살아나고 있는 중이다.

원시시대라고 하는 것은 동네 앞에 한길도 없는 산골 마을로 문명의 혜택이란 눈을 씻고 찾아봐도 없는 세상을 말한다. 그런 환경에서 교육열이 생겨났다는 자체가 기적이 아닐 수 없다. 무지렁이 부모들의 자각에 의해서일까? 절대 아니다. 도시로 다니거나 도회지로 나가서 공부하는 자식들에 의해서 부모들이 자각하고 경쟁하고 오기와 분노를 발휘했다고 본다.

도시로 나가는 자식들의 부류는 두 가닥이었다. 하나는 밥풀이라도 먹고 산다고 상급학교에 다니거나 다니기 위한 것이고 다른 부류는 가정의 생계에 도움이 되고자 도시 사람들의 생업을 돕는 종업원이 되는 것이었다. 초등학교 의무교육 나이에 원래는 입에 풀칠을 조금 덜고자 도시로 내보냈는데 주인집에서 급료라도 조금 주면 그것이 시골의 가정에서는 큰 도움이 되었다. 특히 남자아이들의 명절 때 귀향의 풍경은 현재에도 여전한 명절 귀향의 전신이었다. 풍부한 용돈과 차림으로 또 가족의 만남으로 그런 가정에서는 정겨움이 넘쳤다.

　그 뒤에는 공돌이·공순이 시대가 있었지만 사실은 이런 호칭도 도시 사람들이 붙인 이름이고 시골에서는 자식들이 도회지로 나가 당당히 취직하고 내일의 발전을 꿈꾸는 직업이었다. 현재 한국 발전의 밑바탕에는 이런 사람들의 피와 땀이 서려 있고 깔려 있다고 본다.
　그래도 진짜 시골 부모들이 경쟁하고 시샘하는 것은 자식들 공부시키는 것이었다. 상급학교에 보내야 나중에 하이칼라가 되고 큰 인물도 되고 그래야 편안히 살게 될 것이라는 경쟁이었다. 바로 이 경쟁심 때문에 웬만한 부모들은 고생이 참 많았다. 이웃집 자식들은 도시에 나가서 돈을 벌어 오는데 내 자식은 학비로 돈을 낭비하고 있으니 그 돈이 하늘에서 떨어지는 것도 아니고 어느 하 세월에 이 학비의 보상을 받는단 말인가? 시대상 교육열의 한 축으로 치부되고 있지만 사실은 넓은 세상에 대한 로망이었다.
　일본에 대한 오기는 있었을지는 몰라도 북한에 대한 분노 같은 것은 없었던 것으로 안다. 그보다는 과거 피지배 백성으로 살면서 신분 상승에 대한 숨겨진 열망을 자식들의 성장을 통해서 이루고자 하는 것이었다. 당신들은 이 깡촌에서 살다 죽더라도 자식들은 넓은 세상에서 활개를 펴면서 살게 하고 싶었던 것이다. 그러므로 현재 외지에 나가서 돈 벌어 오는 이웃집 자식들보다도 공부시키는 자식에 대한 희망과 자부심으로 고생을 감내하며 살았다.

세월은 흘러 부모 세대들은 다 세상을 떠났다. 부모 세대들이 강하게 인지하며 살았던 네 계급사회는 돈 많은 서열에 따라 두 계급 세상으로 되다가 요새는 시민사회가 되었다. 과학과 경제의 발전으로 도농이 별 구별 없이 다 잘살게 되니까 성장기에 공부했던 자식들이나 도시에 나가서 종업원 했던 소년들이나 다들 성공한 인생으로 살고 있다.

그렇다면 원시시대를 탈피하게 하여 현시대의 부국을 창출하게 한 진정한 모멘트는 꼭 꼬집어 한마디로 말할 수는 없다. 정치지도자들의 양면성에서 국민을 위한 진실한 면만을 모아도 될 것이고 새마을 운동의 진정성만을 택해도 된다. 부모 세대들의 교육열과 우리 당사자들의 향학열과 성실, 근면성 등이 모이고 또 후진들의 피땀 흘린 연구열이 모여 거대한 민족성이 되어 흘러가는 강물이 되었다.

## 지식의 와류

우리나라 격언에 '사람은 이름을 남기고 호랑이는 가죽을 남긴다'

는 말이 있다. 이 말은 묘비에 이름을 새기는 것을 일컫는 것인데 더 확대해서 역사에 이름을 남기는 것으로 착각하여 실제로 별스러운 인간사가 펼쳐지기도 한다. 역사에 이름을 남기기 위해서는 널리 이름이 알려져야 하고 그러기 위해서는 신문, 방송 등 매스컴을 많이 타면 된다. 매스 미디어를 통해서는 어느 하 세월에 유명해지겠는가 하여 학교 교과서에 이름이 실리는 것을 가장 영광으로 여긴다. 유명이라는 말이 이름을 남긴다는 뜻으로 새삼스럽다.

그러고 보니 유명이라는 의미가 여러 가지인 것 같다. 사람은 누구나 이름이 있다는 것과 어떤 방면에 재능이 뛰어난 인물을 뜻하기도 하고 묘비에 이름이 새겨지는 것 등이다. 있을 '유'와 유달리의 '유'와 남길 '유'의 세 가지다. 여기서는 유달리 뛰어난 재능이나 업적으로 역사적 인물이 되었거나 현존하더라도 교과서에 실린 이름에 관해서 언급하고자 한다.

식민지와 분단이라는 비극적 역사로 인하여 교과서에 이름을 실어 후세들에게 귀감이 되고자 하는 인물에 관해서다. 친일적 요소와 사상적으로 흠결이 없어야 한다는 것이다. 일본은 과거가 되었고 북한은 현재 진행형이다. 친일파와 공산주의자에 관해서다.

아무래도 친일은 과거의 역사로 느슨해질 수밖에 없고 공산 사상에 관해서는 현재 직면한 당면 문제로 더 엄격한 잣대로 기준점을 잡아야 할 것이다. 특히 우리가 과거 학창시절에 그렇게 열심히 공부했던 문학가를 위시한 예술가들이나 작품들이 몽땅 혹은 거의 다 친일파로 몰려 교과서에서 사라지고 인물들마저 친일파로 몰리고 낙인

찍힌 사실 말이다.

해방되고 친일파 청산을 나름대로 하느라 했지만 미국 주도의 화해와 용서를 앞세운 인권사상을 강조하는 바람에 우리 뜻대로 잘되지 않았고 좌익, 우익 하면서 사상전에 함몰하다가 북괴의 남침으로 그나마 원만하지 못했던 친일 청산이 물 건너가 버리고 말았다.

우리나라 사람들의 관심사가 되는 친일 청산의 주 대상자는 일제 앞잡이 노릇을 하던 관리들이었다. 전쟁물자 수탈의 면서기나 일본 순사 등 일반인들과의 생활밀착형 말단 관리들이 더 악독했고 더 원성과 지탄의 대상이었다. 그렇지만 실제로는 저 윗선의 관리들이 청산의 대상이었다. 말단들은 생계형으로 돌아앉아서 대부분 대한민국의 관리들이 되었다.

학교에서 열심히 배웠던 문학가나 음악, 미술 등 예술가들은 친일 청산의 대상이 아닌 것으로 알았다. 사실 그들도 식민지 시대의 난세에 어떻게 하던 살아남고 원만한 삶을 위한 방편으로 예술을 택했을 것이다. 예술은 진리이고 영원한 것이며 사상과 어용에 휩쓸리지 않는 아주 선명하고 독립적인 직업이라고 확신했을 것이다. 그러나 식민지 국민은 어떤 신념과 절개도 소용없었다. 일제는 교묘히 황국 신민의 정신을 예술가들이나 지식인들에게 주입시키고 그것을 발휘하게 했다. 일본 유학의 장학금을 대준 문인들에겐 대동아 전쟁의 학도병 징병을 위한 글을 쓰게 하고 음악을 짓게 하고 그림을 그리게 했다. 사실 그 사람들이 대놓고 우리 민족에게 그런 선동예술 활동을 하지 않았을 것이다. 신문에 발표되는 글이나 노래 가사를 조작하거나 위작하고 그림 등은 묘하게 해석하여 만천하에 일제가 발표를 하는 데는 어쩔 도리가 없는 것이 식민지 국민의 설움인 것이다.

지식인이나 예술가들에게 민족 말살의 정신적 앞잡이 노릇 하라는 것이 일제의 전략이었다. 그러다가 갑자기 해방이 되니까 오롯이 친일파로 남게 되는 것이었다. 그러나 그들의 작품에는 전연 친일의 흔적은 없었고 오히려 민족의 자존과 독립정신이 고취되어 있었기 때문에 교과서에 실렸고 우리는 그 작품을 열심히 공부하고 해석하고 익혔던 것이다.

예를 하나 들면 농아자인 유명 화백의 그림 중에 하얀 모시 소복을 입은 우리나라 여인들이 모여 손가락의 금반지를 수거하는 그림이 있는데 일본의 물자징발에 부응하여 천황에게 바치는 것으로 친일을 선동하는 작품으로 해석하여 친일파로 몰렸다. 그 화백에 관하여 잘은 모르지만 아무리 봐도 그 작품만은 일제가 우리나라 가정의 안방마님들이 고이 간직하고 있는 소중한 물건까지도 **빼앗아** 가는 것 같고 또 그 화가는 그런 시대의 아픔을 표현하기 위한 작품일 것이라고 추측해 보는 것이다.

그 외에도 일제강점기에 살았던 시인, 소설가를 비롯한 문인들과 음악, 무용, 미술 등 예술가들은 친일이나 공산주의 이념을 떠나서 그 작품만으로 평가를 해야지 그렇지 않을 경우 과거에 우리가 배웠던 지식들은 도대체 어떻게 된 것이고 무엇이란 말인가? 물론 상식과 지식이란 인간이 만들어 낸 인간사회를 위한 어떤 가치로서 영원히 불변이거나 완전 진리일 수는 없다. 그렇다고 어떤 이념이나 사회적 환경에 따라 쉽게 그 연원이 달라진다면 세뇌당하기 위해서 학교를

다닌 꼴밖에 되지 않는다. 정치나 이념에 따라 바뀌는 지식은 지식이
아니다. 세월이 지나 무용의 지식의 늪에 빠져 허우적거리고 있다.


## 혼돈의 시대를 넘어서 🔔

6·25동란의 치열함도 휴전으로 끝났다. 휴전이란 전쟁이 끝난 것
이 아니다. 어느 쪽에서든 약속을 깨고 전쟁을 시작하면 전쟁이 되
는 것이 휴전이다. 그만큼 세상이 불안하고 안정적이 되지 못하는
것이 휴전 후의 사회다. 전쟁의 포탄 자국 위로 학교를 다녔고 동시
에 우리나라 의무교육도 시작되었다. 의무교육 시작에 맞추어 입학
했으니까 실질적 대한민국 교육의 출발이라고 해야 할 것이다. 병역
의무와 같은 강제 의무교육이었다.

이후 전쟁 피해복구의 시대를 지나 경제개발계획의 시대까지 이어
지는 과정에 세상은 그야말로 혼돈의 시대였다. 우리 전통의 엄연한
유교 사회가 살아 있었고 친일과 식민지 잔재도 그대로 있었다. 세상
은 미군정을 거쳐 미국식 자유주의 국가와 교육, 사회제도가 만들
어졌다. 좌익사상은 그로 인하여 엄청난 대가를 치른 후였기 때문에
일단은 북으로 물러갔다고 보지만 후유증인 연좌제라든가 신원조
회, 이산가족의 아픔 등은 고스란히 남아 있었다. 그러니까 네 가지
사상과 가치관이 혼재하는 시대로 도덕적 정체성이 혼미했다.

가정과 사회는 유교적 풍습이었고 학교나 관청은 서양식 조직과

편제였으며 거기에 종사하는 사람들의 의식은 일본의 식민지 국민을 다스리는 사고방식으로 비굴하고 야비한 기회주의자 같은 몰염치 사고가 주를 이루었다. 그리고 사회에 나올 때는 반드시 사상검증을 받아야 했다. 형식만 자유민주주의 사회였고 내용은 순 봉건주의 시대의 사상과 인간들이었다. 그러니까 우리들이 학교를 다니던 시기인 1950년대 1960년대는 가정과 학교와 사회가 따로 놀았고 사회는 사상과 이념, 가치관의 혼란으로 뒤숭숭한 세상이 되었다.

그런 세상 속에서 보고 배우는 우리들의 존재감이나 가치 기준은 항상 나 자신을 떠나 타에 있었고 중심을 잡을 수가 없었다. 예를 들면 학교에서 공부하는 것만 해도 교육과정의 편제는 주로 미국 존 듀이 실용주의 교육철학을 바탕으로 했으나 실용은커녕 순 이론적인 것이었다. 가르치는 교사는 일본식의 교육을 받았기 때문에 일본식의 교육밖에 할 수가 없었다. 그래서 우리들이 6년 동안 영어 공부를 하였는데도 영어 말을 한마디도 못 하는 것은 일본식의 영어 발음 때문이었다. 일본식 영어 발음은 완전 엉터리였다.

순종과 복종, 암기식은 전통의 서당교육방식이라 할 수 있고 집에 돌아오면 가부장적 가정에다 남녀 차별이 매우 심했다. 관혼상제 중에 과거 단발령에 의해 머리에 상투가 없기 때문에 관 제도만 안 했지 혼·상·제는 전통의 방식이 그대로 있었다.

연좌제라는 것이 학교를 마치고 직장을 구할 때는 신원조회를 하여 집안이나 인척 중에 남로당에 가입했거나 좌익분자가 없어야 했다. 만약 있을 경우는 공무원이 될 수 없었다.

이렇듯 가정과 학교와 사회, 국가가 서로 다른 가치관을 들이대고 시책이나 정책을 펼치기 때문에 자신의 생각은 혼란스러웠고 중심을 잡을 수가 없었으며 항상 수동적이거나 소극적이며 남의 눈치로 가치를 판단하는 잘못된 줏대가 형성되었다고 보는 것이다. 어디를 가도 몇몇 사람만 모여도 한국 사람들이나 자신들에 대한 비관적이거나 헐뜯고 비난하는 말들만 난무하는 세상이었고 세상이 어떻게 되려고 이러는지 항상 불안으로 가득 차 있었다. 이래도 잘못하고 저래도 못난 놈이 되는 절망의 미래가 앞길에 놓여 있었다. 안개 속의 미래, 절망의 시대가 한동안 계속되었고 앞날이 캄캄한 때도 많았었다. 이런 혼란스런 사회제도나 관습, 이데올로기 등의 시대를 확 쓸어버리고 새로운 강물이 흐르게 한 것이 경제발전이었다. 다행히 자유주의 시장경제 체제의 국가체제였기에 열심히 일해서 돈을 많이 벌고 잘 사는 것이 최고의 가치가 되는 세상으로 바뀌는 바람에 과거의 혼란스럽고 뒤숭숭하던 세상 기류가 사라졌다. 사람들은 과거의 못살던 설움을 이기기 위해서 물불 가리지 않고 노력한 대가가 경제발전이었다. 그 덕에 과거의 혼돈의 시대 가치관이나 이념들은 눈 녹듯 사라지고 오늘날의 선진국이 되었다.

## 자유의 신장

한때 자유란 말이 유행한 때가 있었다. 내 자유인데 네가 왜 간섭

이냐고 탓하던 시절도 있었다. 지나고 보니 자유와 방종을 구별 못 했었다. 어떤 경우든 자기 맘대로 하는 것을 자유라고 착각했었다. 그것보다는 자유에 대한 갈망이었을 것이다.

우리나라의 과거는 봉건왕조 시대였고 근대화되면서 식민지 역사로서 완전히 독립과 자유를 잃었다. 그러다가 미국의 도움으로 해방되고 건국하여 유엔의 도움으로 자유를 지켰다. 그것이 우리 세대의 어린 시절이었고 그러니 아무것도 모르고 자유를 외치고 주장하면서 뛰놀고 또래들끼리 어울렸다. 아마 전쟁이 막 끝나고 휴전상태니까 북한의 공산주의에 대한 경종의 의미로 자유의 고마움을 환기시키는 사회적·국가적 분위기였을 것이다.


자유란 한 마디의 단어로서 우리나라는 북한과 너무나 대조적이 된다. 북한 사람들은 해방되면서 식민지 시대보다 더 심한 자유를 잃고 사유 재산도 잃고 수령체제에 돌입한다. 사회주의란 명분으로 개인은 각종 사회조직에 얽매여 있고 항상 감시 체제하에서 산다. 그러므로 북한 사람들은 지금의 21세기 개명사회에도 자유를 모르고 자유를 느끼지 못하면서 산다. 차라리 옛날 봉건시대에는 사유재산이라도 있어서 개인의 노력으로 성과를 올리며 사는 자유라도 있었다. 보통의 독재체제는 정치적 자유만 빼고는 일반인들의 개인 생활은 자유가 보장된다. 공산독재 체제는 모든 국민은 수령을 위한 세포조직체로서만 존재하기 때문에 개인의 자유란 상상도 못 한다. 오징어게임처럼 수령을 중심으로 수만 개의 가닥이 되어 노끈으로 줄줄이 묶여 있는 모습이 북한 사람들의 일상이다. 십만 명의 군중이 모여 하는 카드섹션을 세계 최고의 진기록으로서 기네스북에 올랐다고 자부심과 함께 자랑하는 것이 북한 사람들이다. 전체주의로서 자유가 없는 최고의 상징이 카드섹션일 것이다.

인간사회는 인간 개개인을 자연 상태대로 방치한다 하더라도 스스로 각자 방종을 억제하면서 규율을 만들어 모여서 산다. 그래서 인간을 사회적 동물이라고 하는 것인데 사회를 위해서 스스로 억제하는 규율은 윤리·도덕으로서 개인의 자유를 넘어선 인간 본성이다.

북한 사람들은 무산자로서 사회주의적 이념에 충실하여야 하는 정신적 자유가 없는 것에 비하여 우리나라 남한은 양심과 기회의 자유 등 어떤 자유든 누릴 수 있으나 자본주의답게 경제적 수준에 따른 차별적 자유가 보장되는 흠결이 있다. 즉 가난한 사람은 무한한 자유가 눈앞에 있어도 누릴 수 없다. 모든 자유에는 경제적 능력이 수반된다.

그러니 과거 식민지와 전쟁을 겪은 가난한 시절에는 분명히 자유국가임에도 불구하고 자유를 누릴 수가 없었다. 멍석을 깔아놓고 맘껏 놀아라 해도 스스로 주눅이 들어 놀지 못하는 꼴이었다. 그에 비하여 지금 풍요의 시대에 사람들이 자유를 만끽하는 것을 보면 과거와는 정말 차원이 다르다. 그 자유는 국가의 능력으로 나타나 전 세계인들이 주목하는 나라와 국민이 되었다. 자유가 없는 나라는 발전하지 못하고 발전해서 경제적 풍요를 누리는 나라도 자유가 없는 풍요의 세상은 아무 의미가 없다. 자유는 곧 인생이고 삶의 질이다.

자유가 인생이라고 하는 것은 인권을 말하고 그것은 곧 민주주의와 직결된다. 자유는 민주주의를 구축할 수 있지만 민주주의는 자유의 충분조건이 아니다. 민주주의라는 말 자체가 국민이 나라의 주인이라는 뜻인데 그럼으로써 자유민주주의는 성립될 수 있어도 인민민주주의는 국민을 이중으로 강조함으로써 오히려 민주주의가 되지 못한다. 그래서 인민민주주의는 민주주의가 아니고 공산주의가 되는 것이다. 재산의 공평함이 강조되는 것이 공산주의다. 사회적 지위나 계급의 차별에 따른 재산의 차이를 공산주의에서는 공평하다고 하는 것이다. 개인의 능력 차이를 자유민주주의에서는 재산의 다소로 가늠하는 경향이 있으나 공산주의에서는 지위나 계급의 차이 즉 인권의 차이로 가늠한다. 누구나 배고프게 사는 것을 공평하다고 하면서 사회주의를 하기 위해서는 어쩔 수 없다는 것이 북한의 사회상이다.

사실 우리나라도 모든 가정이 자동차를 갖는 자동차시대가 됨으로써 진정한 자유와 진실한 민주주의가 성숙되었다고 보는 것이다. 차가 밀려서 못 가는 것은 차의 고급 여하와 상관 없다. 오히려 질 낮은 차가 길을 막는 횡포를 부리는 경우가 더 허다하기 때문이다.

왕년에 시골에 살 때는 도시에 가면 차가 있고 도시 사람들만 차를 타고 돈 많은 사람들만 차를 타고 도시 사람들만 살기가 편하다고 느껴졌다. 그런 세상은 아무리 공평한 세상과 천부인권설을 강조해도 자동차로 인한 생활의 편리함의 편차 때문에 자유와 인권이 공평하지 못하고 제약을 받을 수밖에 없다. 오늘날 집집마다 자동차가 있는 마이카 시대가 되니까 자유와 인권이 신장하고 진정한 민주주의도 자리를 잡는 것 같다.

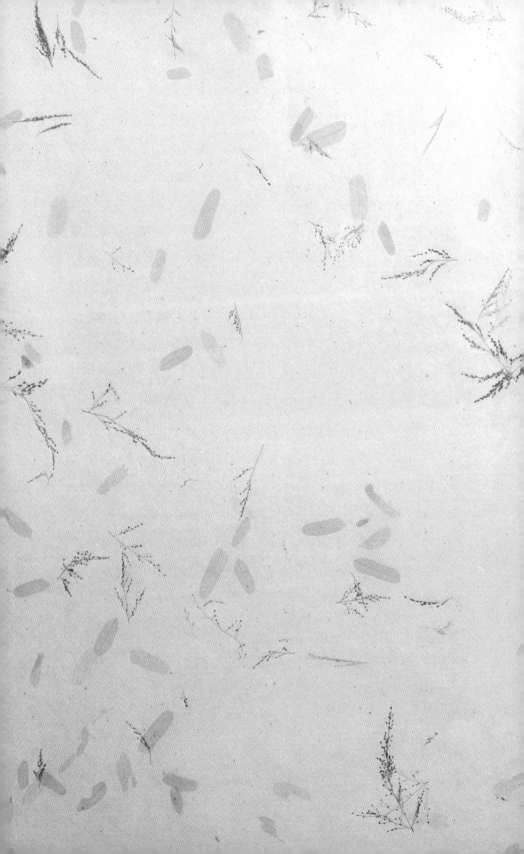

# 4장

# 국민성의 쇄신

# 정실주의 배격 🔔

우리나라 사람은 정이 많다. 정이 많다는 것은 또한 정에 약하다는 말도 된다. 정 많은 강점과 정에 약한 약점이 동시에 같은 분출구로 발산되기 때문에 당사자인 자신의 입장에서는 정 많은 강점만 부각되기 마련이다. 객관적 제삼자의 입장에서 보면 분명히 이중성이다. 정 많은 뒷면에 같이 따라 나오는 정에 약한 단점과 이중성이 온통 세상을 어지럽힌다.

우리 민족은 단일민족이고 전통적으로 집성촌을 이루면서 혈통주의를 중시했다. 이른바 같은 집안이나 혈연이라고 하는 정실주의의 모태로서 정에 약한 우리나라 사람들은 집안사람이나 이웃이 부탁을 했을 때 정 많은 장점을 발휘하지 못하면 못 견딘다. 꼭 그 부탁을 들어주어야만 사람의 도리를 다하는 것이고 자기 지위에 대한 명분이 선다고 생각한다. 원칙과 질서와 순서가 중요한 현대사회에서는 병폐라고 하지 않을 수 없다.

현대사회는 민주주의 사회다. 민주주의를 하기 위해서는 선거가 필수 요건인데 가장 큰 장애가 되고 있는 것이 정실주의이다. 혈연, 지연, 학연, 이익단체의 지나친 횡포 등이다.

모든 사람은 자기 고향에 대한 애착이나 향수를 가진다. 고향 사람이 선거에 나오면 지지하거나 좋아하는 것은 인지상정으로 당연한 것이다. 그러나 그 범위가 조선팔도의 하나 정도라면 너무 지나친 고향 사랑으로 지연에 해당한다. 선거와 달리 지연으로 적극 좋아하고 응원하면서 참여하고 카타르시스 하라고 권장하는 메커니즘이 있다. 프로 스포츠팀이다. 같은 학교 출신이라고 같은 업종 사람이라고 선거에서 투표하는 것도 정실주의이지만 현시대의 치열한 경쟁사회에서 지연이나 혈연 또는 어떤 인연으로 취직을 시키거나 사람을 뽑고 직장에서 승진 방법의 물을 흐린다면 이보다 더한 정실주의가 없게 된다.

역사에서도 정실주의에 대한 폐해를 조금이라도 줄이기 위해서 애쓴 흔적이 역력히 남아 있다. 금의환향이란 말이 있는데 과거에 급제하여 높은 자리의 관리가 되어 고향을 찾는다는 말이다. 이때도 혈연·지연·학연을 방지하기 위해서 나라에서는 절대로 고향으로 또는 고향 가까이 발령을 내지 않았다. 한국이 건국되면서도 이 원칙은 높은 자리는 말할 것도 없고 교사, 순경, 면서기 등 소소한 관리라도 지켜졌으나 50년대 말부터 이 원칙이 무너졌다. 억지이기는 하지만 아마 심훈의 상록수라는 소설 때문으로 짐작해 본다. 그 소설이 영화로 만들어지면서 인기를 끌고 그 주인공들이 서울에서 공부하여 돌아와 고향을 발전시킨다는 그런 내용이 국가를 설계하는 위정자들에게 영향을 미쳤을 것이라는 것이다.

일선에서 비위를 저질러 봐야 인지상정 그 이상의 대수이겠느냐 했겠지만, 그 뒤 경제개발계획과 더불어 시대가 변하면서 지금도 뿌리 깊은 토속비리의 잔재로 남아 있는 것이 아니냐 하는 것이다. 지금은 교통 통신의 발달로 그리고 도시의 발달로 고향과 타향의 구별이 그리 중요하지 않고 도시 말단 관리들의 비리는 저질러야 할 근거가 별로 없는 시대가 되었다. 어려운 국민을 일선에서 찾아내어 국가가 도와주어야 한다는 복지국가 시대가 되었다.

정실주의가 아니라도 인류나 자기 민족에게 큰 해악을 끼친 위정자가 근대 세계사에 있었다. 독일의 히틀러다. 정실주의의 반대가 합리주의일 것이다. 독일 사람들의 냉혈적 합리주의의 단점이 판명되었다. 인기에 영합하는 것이다. 선거는 다수결의 원칙에 의해서 국가의 위정자를 뽑는 제도다. 인기는 판단력을 흐리게 한다. 군중심리에 의해 커다란 인기를 얻고 다수결로 선거에서 당선되고 합리주의를 적용하니까 거기에는 인간의 정과 의리가 없어졌다. 냉혈적 히틀러는 합리주의에 의한 무소불위의 권력으로 세계 2차 대전이라는 전쟁을 일으켜 유대인을 포함한 수천만 명의 인류를 살상하였다.

## 과도한 연줄의 포장 🔔

인생 만년에 지난날을 돌아보는 소회는 참으로 아득하다. 싹둑 잘려진 연줄로 인하여 차마 사정없이 꼬라 박혀 아쉬워 축 늘어진 연은 흐느적거리며 내려앉는다. 사회생활이라는 게 온통 연싸움인데 그냥 민 줄로 망연한 하늘에 혼자 연날리기만 했던 것 같다. 굳이 연싸움 하지 않고 그냥 연만 날려도 되지 않느냐 하는 것이었다.

어린 날 고래풀(갓풀)을 묻혀 사기를 입힌 연줄로 연싸움은 잘했었는데 그것이 내 인생과 또는 내 일생과 연관된다는 사실은 까마득히 몰랐다. 연싸움은 세상의 생존경쟁이고 연줄은 인연이다. 연줄에 날카로운 사기를 입힐 인연은 많았는데 전연 등한시했다. 지나고 보니 세상 사람들은 날카롭고 강력한 연줄로 생존경쟁을 했던 것 같다. 연싸움도 날카로운 연줄도 눈에 보이지 않으니 알 수가 없었다. 우리들은 골목이나 산골짜기가 왁자지껄하게 떠들면서 단체로 연줄에 사기를 입혔는데 세상 사람들은 혼자서 엄밀하게 작업을 하니 도대체 눈에 보이지 않으므로 알 수가 없었다. 누가 일러주거나 가르쳐주는 사람도 없고 그래도 세상은 물밑으로 끝없이 갈등하고 꼬이면서 연줄은 풀어져 나가 잘리고 끊어지고 내려앉았다.

어느 사회에나 인간관계는 중요하고 생존경쟁은 있기 마련이다. 그렇다고 관계나 시혜를 과시하거나 노골적으로 드러낸다면 그런 사회나 국민성을 가진 나라는 불행해질 수밖에 없다. 그런 면에서 우리나라 사회도 완전 자유로울 수 없을 것이다. 코미디나 개그에서 A라인, B라인 하면서 라인의 해악을 풍자하기도 했었다. 라인은 연줄과 같은 인연이다. 인지상정과 같은 것이라야지 순서나 기회의 번호표 같은 것이 되어서는 아니 될 것이다. 인지상정과 같은 무작위의 연줄이라면 그런 조직은 더욱 아름다운 세상의 구성 요인이 될 것이다. 대중민주주의에서 조합원과 같은 이익단체의 연줄도 해당된다.

정치조직이나 이념적 조직 등의 연줄은 인간을 사회적·정치적 동물의 관점에서 본다면 사회발전을 위한 혈맥이 되어 이합집산을 반복하면서 변증하는 것으로 권장사항이다. 지방에서는 지연보다는 학연이나 혈연이 판을 친다. 집성촌 시절에는 혈연이 주를 이루다가 학교교육의 보편화 이후에는 학연이 베일 뒤에 가려진 송곳으로 다가왔다. 마을 단위에서는 텃세라는 것이 있고 현시대의 학교 사회에서는 왕따 문제가 연줄의 매듭이 되어 풀리지 않는 사회문제로 등장했다. 사이비 종교 문제도 있다.

이와 같은 비정상적 연줄의 난맥상은 합리주의적 입장에서 보면 왜곡된 세상이지만 주마간산 격의 세상은 물 흐르듯 잘도 흘러간다. 흐르는 강물 속의 수많은 과포장된 연줄의 대장은 금권일 것이다. 그래도 공적 기관이나 사회에서는 금권을 배제하는 나름의 방책을 강구하고 있으나 일반사회에서는 오늘날 물질문화 시대의 배금사상을 마음껏 발휘하고 있다. 인지상정의 연줄을 살찌우게 하는 주범은 금권이고 금권 상전 시대가 되었다.


## 살아남는 조건 ♟

어떻게 살다 보니 고희를 넘긴 팔순을 바라보는 나이가 됐고 그러다 보니 이순을 넘겨 육순을 바라보는 세월의 간극에 학창 시절의 고향 친구를 만나게 됐다. 그 친구도 나를 찾아 동창회 등에서 수소문했다고 했다. 대부분의 지인이나 친구들은 자기 인생 성공의 과시를 하기 위해서일 터인데 그 친구는 그렇지 않고 만남의 진정성이 보여서 정말 반가웠다.

만날 수 있었던 가장 우선적 원인은 아직 죽지 않고 살아 있다는 것이고 그러기 위해서는 아주 형편없는 생각이지만 두 가지 조건이 있었다. 가난했다는 것과 못 먹어서다. 그런 생각을 하게 된 것은 지나온 과정에서 보고 듣고 느꼈기 때문이다. 가난했다는 것은 돈이 없었다는 말이고 돈이 없으니 사업을 할 수가 없었고 사업을 하지 않았으니 망할 일이 없고 사업 망해서 상심하지 않았다는 것이다. 그러므로 건강을 유지할 수가 있었다는 말이다. 물론 모든 사람이 다 그렇다는 것은 아니고 나만의 주관이다.

먹는 것의 경험은 재미있다. 경제발전으로 생활의 여유가 생기고 점차 회식이나 모임이 잦아졌다. 그럴 때마다 육류가 필수적인 음식이었다. 그러면 고기를 잘 먹는다고 자랑하는 사람이 꼭 있었다. 자랄 때 고기를 많이 먹어본 사람이 고기를 잘 먹는다고 자기 과시 잘난 체하는 사람이 꼭 있었다. 아무리 그래도 고기 잘 먹는 사람이 부럽지 않았다.

실제로 그랬다. 고기가 잘 먹히지 않았다. 자랄 때 고기를 뜸하게 먹었고 그보다는 생선을 고기라고 하면서 자주 먹고 자랐다. 또 현실적으로 고기가 잘 먹힌다 해도 사생활적으로 고기를 자주 사 먹을 형편도 못되었다. 그러므로 식욕이 왕성한 사람은 회식 자리나 모임에서 그동안 부족했던 영양부족의 한을 푸는 것이었다. 잘 먹는 사람이 건강한 사람이었다.

그보다는 주변의 친구나 지인을 통해서 간접경험 하는 것이었다.

한 친구는 대기업에 취직을 했다. 1970년대 후반부 우리들이 새마을 연수나 예비군훈련으로 시달리고 있을 때 그 친구는 승승장구하여 간부까지는 안 갔겠지만 아무튼 골프 치러 다닌다고 했다. 회사원으로 업무상의 운동이었겠지만 부러웠다. 운동은 회식을 하기 위한 전제 의식이었다.

주변에 설렁탕 등 기름진 음식점이 많았다. 그 친구는 잘 먹고 해서 배도 나오고 신수가 훤해졌다고 했다. 그런데 어느 날 골프 치다가 갑자기 쓰러져 운명을 달리했다고 했다. 포화지방의 과잉 섭취로 뇌혈관 내출혈이라고 할 수 있었다. 잘 먹는 것도 문제지만 잘 먹히는 것도 문제라고 할 수 있다. 그 친구 입장에서 보면 자랄 때 고기를 많이 먹고 자란 것은 아니라고 보지만 그 기름진 음식이 잘 먹히고 비만이 원인이라고 할 수 있을 것이다.

살아남는 조건치고는 형편없는 억지 주장이고 역설적 궤변이지만 실제로는 지나온 과정에 살기가 몹시 힘들었다는 것을 말하고 싶은 것이다. 그것은 세상과 환경이 감당 못 하게 빠르게 변하기 때문에 그에 적응하기가 힘들었다는 것과 불확실한 미래에 대한 불안이 항상 마음 한구석에 자리 잡고 있었다. 경제적 여유가 있는 사람은 미래의 안정된 삶을 위해서 사업이나 어떤 일을 벌이다 보면 사기꾼들의 사기와 기만에 의한 것과 사업상의 여건과 환경이 바뀌는 바람에 망한 사람들의 행로를 너무나 많이 보아 왔다. 만약 자신이 그런 처지가 되었다면 도저히 심리적 충격과 절망에서 헤어나지 못하고 종말이 왔을 것이라는 것이다.

먹고 사는 것도 왕년의 기아선상에서 헤맬 때를 생각하면 식품이라든지 음식 등의 풍성함이 하늘을 찌른다. 어려운 과거에는 살기 위해서 많이 먹었지만 식품이 풍성한 요즘은 살기 위해서 적게 먹는 시대가 되었다. 살기 위해서 어떤 음식이 먹히지 않는다는 말이 맞을 것이다. 건강을 위해서 다이어트라는 이름으로 적게 먹기 위해서 사람들은 무진 애를 쓴다.

해방 반세기가 훨씬 지난 현재에서 보면 과거 건국 잿더미 시절부터의 대한민국은 무주공산의 세상이었던 것 같다. 그 광장에서 먼저 말뚝을 박기 위해서 치열하게 생존경쟁을 하면서 오늘에 이르렀다. 말뚝 박는 과정에서 정정당당하지 못했던 어떤 부분이 한국 사람들의 국민성으로서 있었던 것도 사실이다. 가난해서 못 먹고 살았다는 것은 과거에는 부끄러운 일이었다. 그 대신 가진 것이 없었기 때문에 이전투구의 생존경쟁의 광장에서 멀어져 있었다는 것이고 그럼으로써 살아남을 수 있었다는 일종의 변명 같은 것이다. 잘 먹었다는 것은 과욕을 상징한다. 과욕을 채우기 위해서 감히 덤벼들었다가 무참히 짓밟히고 깨어진 실패자를 많이 양산한 것도 사실이다.

현재의 번영과 영광 뒤에 숨겨진 실패자들의 눈물을 닦아주고 돌아보는 아량이 국민성으로 자리 잡아야 할 것이다.

# 공과 사를 구별하라 💡

인간은 사회적 동물이라고 할 때의 사회성은 인간의 공적 생활을 의미한다. 독립된 존재로서 만인 대 만인의 투쟁의 생존체로서는 인간의 사적 영역이다. 인간의 사회성은 독립된 개인 존재를 에워싸고 있는 울타리 같은 것이고 실질적 존재 자체는 사적 영역이다.

개인 생명체를 유지하기 위한 가장 작은 단위의 사회적 집단을 가족이나 가정이라 명명하여 사적 영역으로 못 박아 둔다. 이것마저 공적 영역으로 치부된다면 인간사회는 인간성을 잃어버리게 되고 만물의 영장 자리에서 비켜나는 한갓 떠도는 동물에 불과할 것이다.

사회집단을 기준으로 공사를 구별한다면 가장 작고 기본적인 사회인 가정을 벗어나면 모두가 공적 영역이다. 그러나 사기업체를 예로 든다면 기업체 자체는 공적 사회이나 그것을 운영하거나 운영할 인재를 뽑는 방법이나 과정은 사적 영역이다. 이처럼 인간사회에서 살아가는 한 개인은 사적 영역과 공적 영역을 항상 넘나들면서 살아갈 수밖에 없는 숙명을 안고 있다. 더군다나 우리 민족의 국민성은 인지상정에 취약하고 약소민족으로 역사를 이어오면서 생존에 허덕여야 하는 입장에서는 공과 사를 따질 계제가 못 되는 때가 많았다.

과거 봉건국가에서 근대국가로의 전환이 일제강점기로 이루어졌고 서구 국가의 합리주의 시민사회가 강대국에 의해서 해방을 맞이하면서 갑자기 찾아오는 바람에 나라를 세우는 초석을 바로 잡을 수 없었다. 공과 사를 확실히 하면서 건국의 틀을 짤 수도 없었다. 해방이나 건국, 6·25사변 등은 우리 세대의 트레이드마크나 다름없다. 그러니까 공과 사가 잘 구별되지 않고 우리 민족의 본래 심성인 인지상정에 약해서 정실주의에 빠진 채 나라가 발전하고 변화되어 온 과정이나 변천을 많이 보아 왔고 잘 안다는 말도 되는 것이다.

휴전 후 전쟁 통에 드러나지 않았던 민생의 참상이 낱낱이 불거졌다. 절대빈곤의 기아선상에서 헤매고 있었다. 유엔의 대충자금에 의한 긴급 구호식량이 배급되었다. 지금의 시대에서 보면 그 시절 식량배급의 부조리는 원시적이고 견물생심의 정곡을 찌르는 인간 본성의 실체를 보는 것 같아서 안쓰럽고 안타까울 뿐, 또 하나의 인지상정이었다. 군대에 가면 일선 병사들에게 일상 군용물자가 지급되지 않는 거나 같은 현상이었다. 당시는 시골의 이장이 구장이었다. 가장 끝 서열의 구장에서부터 인지상정을 나타내니 저 윗선에서부터 줄줄이 내려오는 과정을 짐작만 할 뿐 민초들이야 해탈의 경지가 제격이었다.

후진국 시절에 애매했던 공사의 구별이 중진국, 선진국이 되면서 차츰 정리되고 상향 여과되었다고나 할까 아무튼 쇄신되지 않으면 국제무대의 일원이 될 수 없는 단계까지 왔다. 한때 통치자금이란 말이 유행한 일이 있었다. 자유민주주의 국가에서는 그 해의 국가예산이 통치자금이지 별도의 통치자금이란 가당찮은 것이다. 그것보다는 정점에서 하품을 하면 말단 기관이나 일선에서는 태풍급이 된다는 사실을 간과했다는 사실이다.

전국에 골고루 있는 어느 대학 학장들이 그 해 최우수 졸업생을 특수 지역에 발령받게 해놓고 그 지역 최상급 기관장에게 안부를 물었다. 최상급 기관장은 그 직원 직속 기관장에게 안부 위촉을 전달한다. 한 대학 학장이 하니까 전국의 또래 학장들이 안부 경쟁을 했다. 그러다 보니 특수 지역 직장에 경쟁적으로 졸업생들이 직원으로 발령받아 모이는 꼴이 되었고 현장 기관장은 직원회의 때 그 안부 사실을 자랑스럽게 토로했다. 이쯤 되면 공과 사의 구별은 의미가 없고 실종 상태로 여기기에는 어쭙잖은 인간애와 인지상정만 있을 뿐이었다.

어느 기관장은 그 뒤에 대통령도 되었지만 지자체장 시절에 지자체 장실에 가족을 불러 자녀들에게 으쓱대다가 언론에 뭇매를 맞았다. 공과 사를 확실히 구별 짓지 않은 탓이었다. 당사자는 그런 정도는 애교 있게 봐 주기를 바랐겠지만, 볼썽사나운 것도 사실이었고 아직도 우리 국민성이 시민의식의 성숙함에 여유가 없음을 반증한 것이기도 했다.

## 슬픔은 강물처럼 🔔

초등학교 시절 상급학년 교과서에 '구포의 저녁 해'라는 제목의 글이 있었다. 당시는 초등학교에 도덕이라는 교과목이 없었기 때문에 아마 국어책 속 글의 제목이었던 것 같다.

　구포는 부산의 서쪽 낙동강 변의 지명으로 '포' 자가 있는 것을 보면 강 건너 김해로 다니는 길목의 나루터에서 유래된 지명 같다. 그 상류의 삼랑진을 염두에 두면 서울의 노량진, 마포와 같은 연유의 지명임이 확실하다. 개화기에 경부선의 기찻길이 생기면서 구포는 기차 정류장으로서의 지명으로 지금까지 알려지게 되었다.

　기차와 부산과 관련해서 어른들의 세계에서 '이별의 부산 정거장'이 있다면 아이들에게는 '구포의 저녁 해'라고 할 수 있을 것이다. 공통점은 둘 다 우울과 슬픔이 깔려 있다.

　그래도 어른들은 이별과 슬픔이긴 해도 희망으로 출발하는 부산역이지만 고아가 된 소년은 절망을 안고 구포역에서 내리는 것이다. 텅 빈 눈으로 저무는 저녁 해를 바라보는 것이다. 어찌할 것이냐 나라님도 어찌 못하는 이 전후의 환란과 슬픔을!

　윗글의 주제는 외로움과 슬픔이었다. 구포는 왕년에 김해평야의 곡류를 중심으로 물류가 흐르던 곳이다. 그곳에 기차역이 생길 수밖에 없고 지금은 인류가 흐르고 있다. 그러므로 구포는 복잡다단한 하루가 지나 저녁 해가 저물고 있는 것이다. 멀리 강 건너 김해평야의 지평선 위에 노을은 지고 소년은 초점 잃은 눈으로 서쪽 하늘을 바라보는 것이다.

　사실은 이 글이 교과서에 실린 만큼 진실보다는 은유적으로 표현될 수밖에 없다. 그때는 누아르나 엘레지 같은 감상적이거나 서정적인 것에 의미를 두는 것이었으나 그래도 그때도 알았다. 그 소년이

기차 안에서의 소매치기였고 그래도 어찌할 수 없는 전후의 세상과 사회 현실이었다는 것을 말이다. 우리들은 그런 현실에 주체 못 할 가슴 아픔과 슬픔을 느꼈다. 전쟁 때 죽은 사람보다는 낫다는 위안으로 마음을 다지는 시대였다.

전쟁은 끝났지만 누구 하나 의지하거나 돌봐 줄 사람 없는 아이들이 거리로 쏟아져 나왔다. 이름하여 거지라고 하는 사람들이나 아이들이었다. 그중에는 기차 칸에 의지하여 오가는 여객들의 붐비는 틈을 이용하는 부류도 많았다. 솔직히 그 시절은 경찰들도 그런 부류들을 잡지도 않았고 은연중 알게 모르게 직업 비슷한 것이 되었다.

어느덧 세월은 흘러 그로부터 10년은 지났을 것이다. 고3이 되어 아침 등굣길에 버스 맨 뒷자리에서 초등학교 동창인 한 친구를 만났다. 잠을 자지 못해서 피로한 기색이 역력했다. 방금 기차에서 내렸음이 분명했다. 다 큰 청년이 된 구포의 저녁 해의 소년이 되어 있었다. 그 친구는 눈이 색맹이라서 더 눈이 퀭한 것 같았다. 색맹에 관한 의학적인 것은 잘 모르지만, 그 친구는 나뭇잎을 그리면 초록색을 칠하지 않고 온통 빨간색만 칠했다. 그 친구 때문에 색맹인 사람은 초록색과 빨간색의 구별이 되지 않음을 알았다. 그리고 키가 큰 친구가 고학년 때 전학 와서는 학교 옆에 살면서 학교 운동장을 놀이터로 동네 큰아이들과 싸우고 하니까 반 아이들이 그 애를 두려워했다. 그래도 누구 하나한테만큼은 고분고분하고 순종적이었다. 그래서 그 아이가 횡포를 부리면 그 누구의 도움을 요청하는 것이었다. 그 누구와 색맹인 아이는 다 커서 약관의 나이에 나란히 앉아 버스를 타고 가는 것이었다. 왕년에 고분고분했던 것이 억울해서 지금 개기면 어떡하나 걱정했지만 그래도 다행히 어릴 때의 그 순종적인 것이 남아 있었다.

구포의 저녁 해에 클로즈업 되는 그 친구가 그립다. 저녁 해, 저녁 연기, 노을, 황혼 등의 말들은 다난했던 한때를 지나 침잠의 시간인 밤으로 가는 길목에 서 있는 장승같이 전쟁 후에 우리들의 어린 마음을 달래주고 감싸주던 포근한 이불 같은 말들이었다.


## 아들 셋 낳기 ♣

약관의 나이에 상경 열차를 탔다. 고속도로와 고속버스가 생기기 전에는 기차가 장거리 화물이나 여객 운송을 전담했다. 멀리 외지로 갈 일이 없어서 그렇지 가기만 한다면야 기차나 버스 타는 데 아무런 문제가 없었다. 그 말은 자리 걱정은 안 해도 되었다는 말이다.

그것은 지방 소도시 말이지 서울이나 부산의 대도시는 그게 아니었다. 자리를 맡기 위한 경쟁이 치열했다. 기차 타는 좌석 경쟁을 통해서 인생살이의 생존경쟁이 적나라하게 도출되었다. 당시는 열차표를 먼저 사면 먼저 가서 좌석을 차지하는 아주 공평의 시대와 사회였다. 그것은 민주시민사회의 국가 정책이지 그것을 이용하는 일반 국민들은 참으로 불편하고 소정 사납기 이를 데 없었다. 특히 점잖은 사람이라고 할 수 있는 신사도나 양반의 선비정신에 익숙한 사람은 도저히 할 짓이 못되었고 기차표 사는 일이 난감한 일이 되었다.

간신히 표를 사서 점잖게 걸어가 빈자리에 앉을라치면 차창 밖에서 가방이나 물건이 먼저 날아온다. 먼저 자리를 차지했다는 표시이다. 이때는 신사도나 양반 정신이 절대로 불리했다. 이 경우 깡패 정신이나 시장통 정신이 아니면 생존경쟁에서 완전히 밀려나는 입장이 되는 것이었다. 차라리 생존경쟁의 패배자가 될지언정 그런 식으로 세상을 살 수는 없는 것이 보통 사람들의 생각인 것이었다. 극장에서 암표가 성행했었는데 나중에는 기차표에도 암표가 등장했었다. 그래도 내가 상경할 즈음에는 기차표에까지는 암표가 따라붙지 않았었다.

밤 열차를 타기 위해 창구 앞에 대낮부터 줄을 서서 기다렸다가 간신히 자리를 잡을 수 있었다. 지금도 그런지는 모르겠는데 당시는 자리의 앉는 방향을 바꿀 수 있었고 마주 보고 가면서 오순도순 이야기를 하며 가야 무정한 사람이 되지 않고 인간미가 있는 사람이 되는 시절이었다. 다행인지 어떤지는 몰라도 마침 마주 앉은 노신사분이 손위 어른답게 이런저런 이야기를 잘했다. 아들 셋 낳기는 그 사람이 그렇게 실천하고 있다는 것은 아니고 그래야만 무난한 세상살이가 될 것이라는 그 노신사의 생각을 인용한 것이다.

아들 셋을 둔다면 아들들의 순서는 있겠지만 직업의 순서는 말하지 않았다. 아들 셋의 직업을 철도 승무원, 경찰, 법원의 직원이 되게 해야 한다고 했다. 아들이 철도 승무원이면 기차 타는 일이 있을 때 기차표를 사 주거나 여행비용을 대 주어서 도움이 되는 것이 아니라 기차 좌석의 자리를 잡아준다는 것이다. 기차표를 팔기 시작하면 미리 다른 손님이 앉지 못하게 물건을 놓아두거나 해서 조치를 취해 두는 것이다.

이런 조치는 전국 어디서나 가능했다. 어디라도 철도 관용의 전화를 이용하면 승무원 가족에 대한 배려 차원에서 서로 통용되는 불문율이나 인지상정 같은 것이었다. 일반 사람들의 가정에는 전화가 없던 시절이니까 철도 승무원만이 전화를 이용할 수 있고 또 비용으로 해결하는 문제가 아니기 때문에 전연 문제될 게 없는 승무원 가족만이 누리는 특혜라기보다는 생활의 편리 같은 것이었다. 그런 판국에는 돈 많은 사람이라도 승무원의 가족이 아니면 아무 소용이 없었다. 그런데 나중에 지정좌석제가 생기기 전까지 어떻게 변질되고 부조리의 빌미가 되었을까는 여러분의 상상에 맡기고 지정좌석제의 등장은 경제발전과 인간 사회발전의 필연적 과정이라고 보면 될 것이다.

보통 사람들은 자식을 다른 어떤 직업보다도 경찰만큼은 시키지 말라고 하는 것이 보통인데 그 노신사분은 경찰 가족이 되는 것이 좋음의 특이함을 강조했다. 일본 순사의 비인간적인 것을 알 터인데 지금은 시대가 다르다는 것일 것이고 그만큼 복잡한 세상살이의 시시비비에 큰 도움이 된다는 것을 강조함일 것이다. 지금도 통용되는 '주먹이 법보다 가깝다'는 말이 있다. 당시 전후 사회는 혼란스럽고 다친 마음의 상처가 아물지 않은 탓에 세상 곳곳에 아귀다툼이 심했다. 경찰이 미국 역사에 있었던 서부개척 시대의 보안관과 같은 역할이었다. 사회 밑바닥에서 서민이나 민초들 사이에 얽히고 꼬인 실타래를 푸는 데 경찰들의 역할이 컸다. 또 과거에는 통행금지라는 것이 있어서 까딱하다가는 시간을 넘겨 파출소에 끌려가기 일쑤였다. 이때 경찰 가족이라는 것만 판명되면 만사형통이었다.

그 노신사가 말한 경찰 가족으로서 세상살이의 무난함은 그만큼 대국민에 대한 횡포가 심함을 반영한 말이었다. 흔히들 친일 청산의 미흡함을 위정자들이나 특정 인물에 대하여 불만을 표출하고 있으나 사실은 경찰계의 일본 순사 정신을 청산 못한 것이 더 큰 친일 잔재라 할 수 있을 것이다. 일본 순사야 식민지 국민에 대한 것이니까 그렇다 쳐도 우리 경찰이 우리 국민에 대한 민복의 정신을 일본 순사 정신으로 한다는 것은 너무나도 언어도단인 것이었다.

나라의 안정을 위하여 외적의 침입에 대해서는 국군이 있어야 하고 사회의 치안을 유지하기 위해서는 경찰이 절대 필요하다. 현대국가의 3축은 군인, 경찰, 교육이다. 그중에서 유독 경찰이 아들 셋 낳기에 들어간 것은 그만큼 일반사회에서의 생활밀착형 직업이기 때문일 것이다. 거기다 반공정신이 필요한 분단국가로서의 치안이 필요하기 때문에 일반 시민들의 움직임 하나하나가 다 경찰의 감시 대상이 되는 탓에 더 그러했을 것이다. 그러므로 오히려 경찰가족이 됨으로써 감시의 눈과 간섭에서 벗어날 수 있다는 말이었을 것이다. 일본 순사의 정신은 국리민복의 공무원 정신이 아닌 민폐의 직업을 강조하는 것이었다.

법원의 직원은 판사, 검사, 변호사, 사무직원으로 되어 있다. '사' 자가 들어가는 직업이면 더 말할 것도 없고 법원에 근무하는 사무직원이라도 가족 중에 있으면 인생살이에 너무나 큰 도움이 됨을 강조한 것일 것이다. 그것은 그만큼 엄격하고 공정해야 할 법의 집행이 제대로 되고 있지 않는 세상임을 말하는 것이다. 인생사 본의 아니게 송사에 휘말렸을 때를 대비한 것으로 솔직히 우리 보통 사람들은 별로 해당되지 않는 사항일 것이다.

우리나라 사람들은 인정에 약한 면이 많아서 관공서에 아는 사람이 있다면 그 사람은 자기를 알고 찾아오는 사람을 우선적으로 일을 처리해 주는 경향이 심하다. 하물며 법원에서의 송사 문제라면 아는 사람이 있고 없음에 따라서 일의 처리가 완전히 달라질 수도 있는 것이다. 관공서에 인허가를 받아야 하는 문제가 있다면 주변의 온갖 연줄을 동원하여 아는 사람을 만들어야 하고 진짜 아는 사람이 없을 경우에는 사적으로 접근하여 금권을 동원해서라도 아는 사람을 만들어야 일이 해결되고 난관을 헤쳐 나갈 수 있는 것이 거의 풍습처럼 되었다. 온갖 고난을 이겨가면서 세계화에 발맞추어 가는 이 시점에 아는 사람이 있어야 일이 해결되는 구조라면 민족정신의 쇄신에서 가장 시급한 당면과제일 것이다.

그렇다면 어떤 방법이 동원되어야 하는가. 법과 시스템으로 된 매뉴얼이 필요하다고 할 수 있다. 가능한 공적 기관의 자리에 앉은 사람의 재량권을 줄이고 시스템이나 매뉴얼에 따라 일을 처리한다면 인간미 없는 삭막한 사람이라는 말을 들을지언정 그것이 정답일 것이다.

아들 셋 낳기는 현대사회에서는 아무 쓸모 없는 삶의 방도로써 사라진 지 아주 오래되었고 과거 원시시대의 바람직한 삶의 소망 같은 것이었다. 과거에는 자식들을 노끈에다 비유하여 힘을 합치면 세상을 들어 올리는 튼튼한 밧줄이 될 것임을 부모들은 강조했다.

그러던 자식들이 부모의 유산 가지고 서로 다투고 불미스러운 일로 사이가 벌어지는 것이 요즘 세대다. 인구 절벽의 시대에 꼭 꼬집어 아들 셋 낳기가 아니라 자식 셋 낳기 운동이 필요한 시대가 되었다. 나 하나의 삶의 행복이나 만족이 남들에게 크나큰 피해를 준다는 것을 모르고 살던 시대는 지나갔고 지금은 나 하나가 국가와 민족의 미래에 어떤 도움이 되는 삶을 사는 것인지에 대한 고민을 해야 하는 시대가 되었다.


## 동업자의 몰락 시대 ♨

식민사관에서는 조선시대의 사색당쟁을 예로 들면서 우리 한민족의 기질을 단결과 협동심이 부족하고 분열과 분파를 일삼고 뭉치지 못하는 모래알 민족성으로 결론을 내리고 있다. 이것은 일제강점기에 민족 말살의 이론적 근거의 수단으로 일본 학자들이 어떻게 하든 우리 민족을 비하하고 헐뜯고 모함하기 위해서 억지로 조작한 사관이었다.

알고 보면 사색당쟁은 현대국가에서도 통하는 정당정치의 모태로서 바른 정치를 위한 비판 기능으로서의 역할과 상대 당의 견제와 경쟁을 한 우리 선조들의 훌륭한 역사였다. 단지 민권의 부재로 인간 생명에 대한 존엄성의 결여에 따른 과거 역사의 한 단면이었다. 약소국가로 살아온 우리 민족은 단결심과 협동 정신 없이는 우리 고유의 민족성과 문화를 지키면서 살아남을 수 없었다. 이웃과의 돈독한 정이 우리 민족의 특성이라 할 수 있다.

1차 산업 시대인 과거 역사를 정신문화의 시대라 할 수 있다. 정신문화라 하면 충효를 중심으로 한 인간의 심성에서 인문의 지혜를 펼치는 삶의 방식이라고 할 수 있다. 근대화 이후는 산업화 시대로 물질문화의 시대라 할 수 있다. 1차 산업 시대는 전국이 똑같은 생활방식으로 살기 때문에 풍속이나 사람들의 사고방식이 거의 같고 경제발전 면에서는 자급자족 시대라 할 수 있다.

그러나 산업사회 시대는 생산자와 소비자가 다르고 그에 따른 수많은 산업과 직업이 생겨남으로써 사람들의 생활환경과 사고방식이 매우 다변화되고 자본과 기술이 분리되었다. 그런 다변화의 생활방식을 하나로 집중시킨 것이 화폐경제라 할 수 있고 이는 곧 경제발전 시대로 전환되었다. 산업혁명 이후 등장한 사회현상이 자본주의와 경제발전이었다. 화폐사용의 보편화로 시장경제가 활성화되고 이는 곧 물질문화 시대로의 대변혁이었었다. 그것은 화폐의 가치가 인간의 일상생활을 해결하는 수단이 되었다는 뜻이다. 돈을 벌기 위해 사람들이 조직한 메커니즘이 회사이다. 산업사회의 주 프레임이 회사이고 회사는 자본과 기술의 집합체라 할 수 있다. 결국은 자본을 가진 사람과 기술을 가진 사람들이 모여 이익을 창출하기 위해서 어떤 작업을 하는 인간사회가 회사이다.

회사에서의 이익창출은 모질고 계산적이며 냉혈적 인간 활동의 산물로서 여기에는 어떤 정신적 가치나 인간미도 끼어들 수 없는 물질문화 시대의 표본이라 할 수 있다. 그런데 우리나라 사람들은 회사 본연의 비인간적이고 냉정한 것의 이익창출에 앞서 인정이나 인간미의 인간관계나 회사 활동을 내세우는 바람에 일의 성과에 차질이 생기는 것이다.

회사란 인간들이 모인 집단으로 아무리 이익창출이 우선적인 목적이라고 하지만 그래도 물질을 우선으로 하는 사람과 인간다운 정신을 우선으로 하는 사람이 있을 수밖에 없다. 그래서 만약 동업을 하는 경우 동업자와의 무조건적 신뢰에 대하여 배신으로 인한 심성의 상처는 견디기 어려운 큰 아픔이 된다. 이는 인간다움의 정신문화에 너무 익숙해 있기 때문일 것이다. 그러한 상처는 우리나라 사람들이 경제발전의 물질문화에 적응하는 과정에서 겪는 시행착오적인 경험이라고 보면 될 것이다. 또 하나는 동업의 경우에 의타적이고 의존적인 면이 많아서 서로의 화합과 협동심이 부족한 것도 있을 것이다.

시골에서는 특화작물의 작목반이라고 하는 것이 있는데 이것도 왜 잘 돌아가지 않는다고 탄식하는 사람이 있었다. 인해전술로 유명한 중국 사람들은 뉴욕의 빌딩을 사기 위해서 삼천 명이 투자했다는 말이 있었다. 중국 사람들의 물욕에 관해서는 예부터 정평이 나 있기는 하지만 그들의 단결심이나 협동심, 인내심 등은 과거 우리들의 것

이었으나 오늘날에 와서는 우리나라 사람들이 본받아야 할 덕목이
되었다.

## 신분사회의 탈피 ☀

고려, 조선을 통해서 우리 역사는 뿌리 깊은 신분사회였다. 직업적
으로는 사농공상이었고 신분적으로는 양반, 중인, 평민, 상민의 계
급이 있었다. 중인은 기술자라고 하는데 우리 주변에서 흔히 볼 수
없는 사람으로 한양이나 팔도의 관찰사가 있는 큰 고을에서 필요한
인재였다. 주로 천문, 역학, 지리에 밝은 사람으로 시골에서는 최근
까지 초상집에 확실히 나타났었던 풍수가 중인이 아니었나 싶기도
하다.

'농자천하지대본'이라 하여 농업이 주업으로 양반도 농사를 지었
고 평민의 자녀들도 과거에 급제하면 양반이 되었다. 혈족사회로 평
민도 다 조상 중에는 크게 벼슬을 한 사람이 있어서 족보를 만들고
다 양반의 가문으로 행세하며 살았다. 벼슬을 하거나 그렇지 않아
도 많은 전답에 수 명의 머슴을 거느리면서 부자로 사는 것이 조상
이나 후손들에게 가장 자랑스러운 삶이었다. 남의 집에 머슴살이를
한다고 해서 신분상으로 상민으로 전락하는 것은 아니고 양반 가문
의 족보만 움켜쥐고 살면서 후손들의 교육을 통해서 양반 가문의 지
위를 회복하는 것을 목표로 삶을 이어 가는 것이었다. 그래서 전국

에는 고을마다 서당이 있었고 제법 큰 고을에는 반드시 서원이 있었다. 우리들 어린 시절을 기준으로 대략 100년 전쯤에 대원군이 서원을 철폐하는 바람에 서원은 없어졌으나 서당은 1950년대까지 고을마다 명맥을 유지하고 있었다. 남아 있는 서원은 거의 다 국가기념물로 등재되어 있다.

  우리들 학창시절만 해도 외지로 공부하러 나가면 열심히 해서 집안의 자랑이 되는 인물이 되라고 하는 것이 인사말이었다. 본인이 잘되라고 하는 말을 직접 하면 부담을 주니까 집안을 핑계로 에둘러서 하는 인사 겸 격려의 말이었다. 그리고 공동묘지의 비석에는 반드시 '학생' 하고 누구의 이름이 새겨졌다. 그 학생의 표시는 과거에 급제하지 못한 사람의 표시라는데 그것의 숨은 진실은 양반 집안의 혈족이었다는 것을 강조하는 의미였다는 것이다.
  가다가 요새 사람들이 가장 듣기 싫어하는 꼰대적인 말이 왜 그리도 하고 싶고 재미있는지 모르겠다. 부친 조실로 베잠방이 입은 댓살 나이의 나에게 어머니가 교육한다. 밖에 나가 길거리에서 어른들이 네가 누구냐 하고 물으면 '김영 김 씨 충의공 파요' 하고 대답하란다. 그렇게 말하면 세상 사람들은 내가 누구인지를 다 안다는 것이었다. 사람을 아는 데는 신분 소환이 필요하고 신분 소환에는 이름과 나이와 어디 사는지가 중요하고 필요하지만 그 시절이나 옛날에는 나이는 어린 아이니까 알고 이름이나 사는 곳은 알 필요가 없고 어느 집안이나 가문의 자손인가만 알면 된다는 것이었다. 자신의 개인보다도 가문이 우선시 되는 사회의 말미가 우리들 어린 시절까지 있었고 청년기에도 술자리에서 각자 가문의 혈통 자랑에 열 올리는 부질없고 한심한 짓거리들도 수없이 했었다.

1970년대 후반에 근무한 곳의 건물은 제국주의시대의 건물로 운동장으로 출입하는 정문 옆에 수위실이 있었고 그곳에 달린 방도 있었다. 수위로 근무하는 정년퇴직을 얼마 앞둔 아저씨는 일상을 대부분 그곳에서 보냈다. 어느 날 아들의 결혼식에 참석하지 않았다. 21세기에는 결혼식에서 전연 밝히지도 않고 의미도 없는 부모의 직업 때문으로 차라리 그림자 인간으로 그 시간만 지나면 무난하리라는 판단이었을 것이다. 지금의 시대라면 당당한 공무원으로 퇴직하면서 연금도 받는 관공서 직원이며 떳떳한 직업인인 것이다.

과거 김삿갓 노래에 나오는 열두 대문 집 문간방의 사고방식이 그때까지 흔적이 있었음을 일러두는 것이다. 종대 일렬로 된 사대문 집 양옆 8개의 문간방을 실제로 보았다. 구한말까지 있었던 신분의 차별이 근대화되면서 직업으로 나타났고 그 뒤에는 금력의 차이로 되다가 자동차 시대가 되면서 신분에 관한 전근대적 사고방식이 거의 일소되었다.

## 곤조를 씻어라 🛎

우리나라 4대 고전 중의 하나로 흥부전이 있는데 거기에 등장하는 놀부가 가장 욕심 많고 심술이 심한 사람으로 사람들의 마음속에 각인되어 있다. 보통 사람들은 오장육부인데 놀부의 몸속 장기는 오장칠부로 심술보가 하나 더 있어 심술이 그렇게 심하다는 것이다.

'곤조'란 말은 원래 본성, 근성의 뜻을 가진 일본말인데 일본 사람들이 일제강점기에 하도 모질게 그 성깔을 우리 민족에게 드러내는 바람에 우리말의 가장 적당한 번역은 놀부의 심술보에서 나오는 심술이 가장 적당할 것 같다. 나쁜 심성을 곤조라 할 수 있는데 심술이나 곤조나 가만히 있는 혼자의 마음이 아니라 누구와의 관계에서 드러내는 나쁜 마음이다.

인간의 마음속에는 항상 천사와 악마가 공존한다. 성선설이든 성악설이든 인간이란 동물의 사회화를 통하여 대체로 사람들은 천사의 마음으로 산다. 그런데 가다가 누구와의 관계에서 묘하게 배알이 뒤틀리는데 그것이 동물성 심성의 악마다. 그렇다고 대놓고 악마의 근성을 드러낼 수는 없고 천사에서 악마로 가는 중간 과정의 마음이 고집이다. 그러므로 곤조는 천사와 악마의 저울대에서 악마 쪽으로 기우는 고집이라고 할 수 있을 것이다.

현대인들은 누구나 일생을 사는 동안 국민이란 이름으로 그쳐야 할 과정들이 있다. 학교를 다녀야 하고 군대를 가야 하고 관공서를 드나들어야 하고 회사를 다녀야 한다. 자신이 마음대로 의사와 행동을 결정하고 수행할 수 없는, 하지 않으면 아니 되는 의무적인 과정들이다. 바로 이런 곳의 사적인 영역이 아니라 공적인 영역에서 대부분의 사람들은 곤조라는 악마적 복병을 만나거나 경험하게 되는 것이다. 사적인 것이면 그곳을 벗어나면 간단히 아무 문제가 생기지 않는 것을 굴레나 운명처럼 벗어나지 못하고 한 인간은 파괴되거나 지배를 당한다. 식민지 시절 모든 국민은 일본인들의 곤조에 시달렸다.

한때 일본 아이들의 학교 이지메가 화제가 됐었다. 이어서 우리나라에서는 왕따나 학폭의 문제가 생겨났다. 모두 다 우리들 때의 배고픈 시절에는 전연 없던 사회문제들이었다. 그 시절의 사회문제는 깡패나 불량배들의 시비나 폭력 문제가 있었지 급우나 학교 내의 왕따나 폭력 문제는 없었다. 일본의 이지메가 그러듯이 우리나라도 도시화와 국민소득이 높아지니까 잠재되어 있던 청소년들의 놀부 심보가 슬그머니 발동하는 것이었다.

깡패나 불량배는 인간의 본래 본성과 우리 민족의 전통적 생존전략인 텃세에서 유래한 것이라고 할 수 있지만 왕따나 학폭은 일제 청산의 잔재인 곤조가 뿌리라고 할 수 있다. 일본의 관리들이 식민지 국민인 우리 민족에게 횡포를 부리고 곤경에 빠뜨려 괴롭힘을 당하고 시달리는 것을 보고 느끼면서 즐기는 못된 심보를 청산 못한 탓이라는 것이다. 군대에서 상관의 곤조는 지긋지긋한 군대 생활을 상징하고 군사 복무기간 동안 수형자와 같은 감옥살이를 연상하는 말이 되었다. 전통의 계급사회나 일본 관리들의 곤조를 군대 계급조직의 관계와 잘 구별 못 하고 혼동하는 데서 오는 군대상관들의 횡포였다는 것이다.

공무원이라고 하는 관공서 관리들의 곤조는 경제발전과 국민소득의 향상에 따라 그 궤를 같이하면서 변화, 개선되어 왔다. 88올림픽과 민주화되고 지자체 선거를 하기 전까지만 해도 일제강점기 때의 일본 관리들에게서 느끼는 공포와 거의 같았다고 할 수 있다. 공무원이라고 하는 것은 국민의 공복이라고 하는데 그 말은 국민의 심부름꾼이라는 뜻이다. 하급자 공복이 국민을 부리는 데서 오는 불상사가 공무원들의 곤조였다는 것이다. 공무원들이 국민을 부리는 것은 일본 관리들이 식민지 국민에게 했던 못된 관행들이었다. 국민이 생활문제를 해결하기 위해서 필요한 서류들은 공무원들의 공권력에 의한 것이다. 그 공권력을 가지고 횡포를 부린다면 그것은 국민의 가슴을 향하여 총을 쏘는 것이나 진배없는 것이라고 할 수 있다.

공무원들의 직장 내 상관들의 곤조는 공무원 특유의 철가방이라는 신분보장으로 차라리 직업병은 될지언정 별문제가 없다. 그러나 회사 내 상사들의 곤조는 국민 대부분의 일상이고 직업인 관계로 사회문제도 될 수 있고 그 시대의 사조로 옛날 같으면 풍속도 될 수 있다. 그것은 수량적으로 국민 대다수의 직업이라는 것이다. 회사 내 곤조는 공무원들의 대국민을 향한 곤조와 같은 격으로 대부분 사람들의 생계를 대상으로 곤조를 부리는 꼴이 되므로 아픔의 시대와 자칫 비극의 역사도 될 수 있는 것이다.

이렇듯 각 분야의 곤조는 국민들의 마음속을 감고 있는 거미줄과 같은 것이어서 이것을 풀어내는 방법이 정치라고 할 수 있다. 곤조가 심해지면 행패가 되고 그것을 풀어내는 방법이 정치라면 정치를 풀어내는 방법이 철학이다. 반대로 철학은 일반 사람들의 일상생활의 방향이다. 지금까지 정치가 각종 생활 요소에 감겨 있던 수많은 곤조를 많이 풀어내었지만, 아직도 갈 길이 많이 남아 있을 것이다. 또한 국민들은 철학 있는 삶을 살아야 할 것이다. 철학 있는 삶이란 객관적이고 합리적인 사고의 삶이다. 모두들 좀 생각하면서 삽시다.

## 신념의 굴곡

인간은 태어나서 포유동물의 특성으로 자란다. 모유를 먹는 젖먹이 때를 지나 성인이 될 때까지 나름대로 사회화 과정을 거친다. 사회화 과정은 원시시대부터 변화되고 발전되어 오면서 그 사회나 시대의 문화가 되었다. 비교적 최근 역사에 등장한 사회화 과정 중의 하나가 학교 교육이다. 지금은 기본 학교 교육이 모유 수유와 같이 누구나 필수적인 과정이 되었지만 우리 세대들은 똑똑히 보았다. 전쟁 후의 폐허 된 세상에서 떠도는 아이들을!

먹이를 찾아 길거리를 헤맨다고 해서 사회화의 과정이 아니고 교육이 아닌 것이 아니다. 인간 교육의 정도는 아니지만 어쩌면 진실한 삶의 교육은 길거리에 내팽개쳐진 그 어린아이들에게도 있었을 것이다. 먹이를 구해서 살아가는 방법은 꼭 학교 교육에서만 찾을 수 있는 것이 아니기 때문이다. 학교 교육도 삶을 찾는 방법 중의 하나로서 현시대는 아주 중요한 부분을 차지하고 대부분 사람들의 필수 과정이라 할 수 있을 것이다.

삶의 방법을 넘어서면 어떻게 생각하며 살아야 하는가가 다가온다. 인간의 삶은 끊임없는 생각의 연속이다. 생존과는 관계없지만 상황에 따라 항상 옳고 그름을 판단하며 살아갈 수밖에 없다. 어떤 상황이 옳다고 생각되는 것이 정의이고 그에 따라 사는 것이 정의로운 삶이다. 정의로운 삶을 지속하기 위한 생각이 신념이다. 그렇다고 인간은 항상 신념대로 살 수는 없다. 그 말은 항상 옳다고 판단되는 일만 하면서 살 수는 없다는 말이다.

정의는 영원한 것이고 진리이지만 정의라고 믿는 신념은 하잘것없는 의지라는 것이다. 학교 교육에서 역사를 배우고 역사교육에서 사육신을 배웠다. 사육신의 지조와 절개는 후세인 우리들이 배우고 익혀야 할 덕목이었다. 사육신들은 정의에 따른 삶을 살아야 한다는 신념을 가지고 있었다. 신념을 지키는 죽음과 신념을 저버리는 삶의 의지 중에 죽음의 신념을 택한 인물들이다. 어린 임금을 쫓아내고 왕좌에 오른 새 임금이 충성을 강요할 때 신하로서 임금에 충성하는 것은 같으나 그 절차나 규범이 정의롭냐 아니냐의 신념이었다.

신하로서 어느 임금이든 충성만 하면 사는 것이고 정의롭지 못한 절차에 의해서 된 임금에게는 충성할 수 없고 차라리 죽음을 택하겠다는 신념의 소유자들이 사육신들이다. 사육신들은 신라의 화랑도와 함께 정의의 사도로서 우리 후세들이 배우고 본받아야 할 덕목으로 학교 교육에서 배웠다.

그런데 요즘에 와서 그 덕목이 학교교육에서 슬그머니 빠졌다. 그 이유가 뭘까? 아마 인간 생명의 존엄성 때문일 것이다. 천부인권의 고귀함을 몰랐던 그 시대에는 인간의 생명보다 지조나 절개, 충성 같은 명분을 더 중요시했기 때문일 것이다. 그렇다고 그때 신념을 저버린 신숙주를 살아남았다고 해서 높이 평가를 할 수는 없는 노릇이다. 지금도 유명인들은 명분이나 신념을 중요시해서 자기 목숨을 초개같이 버리는 경우가 허다하다. 명예나 특히 의리를 지키기 위해서 자살하는 사람들이 있는데 자신들이 사육신도 아니고 정말 잘못 판단하는 것이고 잘못 산 것이 된다.

역사교육에서 사육신을 배우지 않고 모르는 삶이 옳은 삶이라면 그것도 이상하고 배워서 그것을 본받으라면 그것도 안 될 일이다. 본받고 따르지는 않더라도 사육신의 정신을 높이 평가할 수는 있다. 그들의 정의로운 신념을 본받고 따를 수도 있을 것이다.

## 바람의 역류

세월을 강물에 빗대어 흘러간다고 한다. 세월은 시간이고 시간의 흐름은 눈에 보이지 않지만 강물이 흐르는 것은 확실히 보인다. 그러므로 사람들은 세월 대신 강물이 흘러간다고 노래한다. 세월과 강물의 흐름은 인간의 힘으로는 어떻게 할 수 없고 막을 수도 없다.

그와 같이 인간은 늙기 싫어도 늙어가고 세상이 변해가는 것은 막을 수가 없다. 인간의 삶은 강물 따라 흘러가는 뱃놀이와 같다. 그 삶들이 모인 세상은 바람이 되어 흐르고 그것은 강물처럼 일정하게 흐르는 것이 아니라 변덕이 심한 흐름이다. 가다가 바람이 세상의 흐름을 역류시킨다. 실은 세상의 강물은 유유히 흐르나 겉으로 드러난 세상의 껍데기들은 바람이 되어 삶의 방식을 송두리째 바꾸어 놓기도 한다. 옛날에는 윗물에서 아랫물로 흐르는 강물의 방향과 바람의 방향이 일치했다. 선대들의 삶의 방식이 고스란히 후세들에게 전해졌다. 그러나 요새는 정반대가 되었다. 분명히 강물은 흘러가나 뱃놀이의 돛단배는 바람을 타고 상류로 흐른다. 바람 따라 삶의 방식이 역류한다.

최근까지 자녀들은 가정교육을 잘 받아야 한다는 말이 있었다. 아직도 어느 정도는 통용되는 말이긴 하지만 갈수록 의미 없는 옛말이 되어가고 과거의 인성교육 방식이 되었다.

바람의 역류로 부모들이 자녀들의 삶의 본보기가 되거나 가정교육을 하기는커녕 자녀들에게 사는 방식을 배우는 시대가 되었다. 모든 일상 생활이 핸드폰 속에 있기 때문에 일과의 활용방식을 부모들이 자녀들에게 배우는 시대가 되었다는 말이다. 그 외에도 기본생계인 의식주를 자녀들에게 물려받아 해결하는 시대가 되었다. 대표적인 예가 자녀들의 옷을 물려받아 입는 시대라는 것이다. 자녀들은 시대의 유행에 맞춰 신상품을 입다 버리면 부모들이 그 옷을 입는다는 것이다. 노인들은 기계화 시대에 과거 글 모르는 문맹자와 같은 기계치가 되어 자녀들의 삶의 방식에 끌려가다 내팽개쳐지는 꼴이라는 것이다.

우리 시대의 여성들은 과거 시어머니의 시집살이만 상기하면 치 떨리는 상처로 남아 있는데 세월이 흘러 막상 자신이 시어머니가 되니까 시부모 대접은커녕 며느리 눈치를 보고 심지어는 며느리의 시집살이를 살아야 하는 처지가 되었다는 것이다.

회사나 관공서의 경우 과거에는 하위들이 상관들을 대접하고 모셨는데 막상 당사자의 시대가 되니까 이번에는 부하 직원들을 대접하는 시대가 되었다. 그 단적인 예가 직장의 회식비 문제였다.

그 시절은 우리들이 상관을 모시고 회식비를 십시일반 갹출하여 회식비를 냈다. 그런데 막상 우리들이 상사가 되니까 하위 직원들이 수단껏 회식비를 마련하여 회식을 자주 해달라는 것이었다. 말단 직원들이 무슨 돈이 있느냐는 것이다. 경제적 여건을 따지면 지금 말단들은 과거 우리들의 처지와는 근본적으로 다른 여유로운 입장이라는 것이다.

인생이나 인간사회는 어차피 미래로 흘러가야 하고 국제적 생존경쟁을 해야 하기 때문에 바람의 역류는 당연한 것이다. 과거 수천 년 흐름의 역사를 바꾸지 못했기 때문에 결국은 국권을 일본에게 빼앗기고 이제사 깨달은 교훈들이다. 부모들은 자녀들의 밑거름이 되는 것이 당연한 삶의 흐름이고 방식일 것이다.

따라서 선대들이 후대들의 삶의 방식의 토대가 되는 세상으로 갈 수밖에 없는 시대가 되었다.

# 꼰대의 탈피 🔔

임진왜란을 동양 대륙문화와 서양 해양문화의 충돌로 보는 견해도 있다. 그때부터 유입되기 시작했던 서양문화가 우리 시대에 비로소 서양문화화의 완성을 보게 되었음에 새삼 놀라게 된다. 그 변화의 극히 하나는 다방이라는 명칭이다. 다방이라는 이름이 카페로 바뀐 만큼 인간관계의 휴게실이나 교류 장소로 솔직히 근본적인 것은 같다고 보나 환경적 시설이나 커피의 종류 질 면에서는 엄청난 변화를 가져왔다고 보는 것이다.

다방을 운영하는 데는 자격증이 없지만 카페를 운영하기 위해서는 바리스타라는 자격증이 있어야 한다. 바리스타는 수많은 종류의 커피를 만들 줄 알아야 하지만 그중에서 자격증을 따는데 가장 어려운 코스가 라떼를 만드는 기술이다. 그 기술은 잔에 커피를 따르고 맨 위 표면에 사랑을 의미하는 하트를 그리는 것인데 그런 면에서 카페는 다방과 근본적으로 다르다. 그런데 이 라떼가 꼰대를 상징하는 말이 되었다는 것도 참 재미있는 표현이다.

회사에서 나이 든 고참들은 왕년의 다방 출신들이고 근래의 카페는 잘 드나들지 않기 때문에 라떼가 무엇인지 잘 모른다. 그러면서 회사에서 후진들에게 걸핏하면 나 때는 어떻고 하면서 듣기 싫은 꼰대 짓을 하기 때문에 젊은 직장인들이 나이 많은 상사를 비꼬는 은어로 쓰인 말이 라떼였다. 각 직장의 라떼들도 세월에는 못 이기고 거의 다 직장을 떠나갔다.

'제 버릇 개 못 준다'는 말이 있다. 결코 좋은 의미로 쓰인 말은 아니고 나쁜 버릇이나 습관을 바로잡거나 잘 고치지 못하고 또한 없애거나 고치기 어렵다는 것을 의미하기도 한다. 그런데 과거에는 아무렇지 않게 하거나 들리던 말이 세월이 지남에 따라 아주 이상하게 들리거나 어울리지 않는 말로 변하는 경우도 있다. 이런 시간의 흐름에 따라 또는 세상의 변함에 따라 분위기에 맞지 않는 말이 된 것을 모르고 그냥 옛 방식대로 언행을 하게 되면 그게 바로 꼰대가 되는 것이다. 꼰대는 세상 변화나 분위기 파악이 잘 안되는 사람이라고도 할 수 있을 것이다. 꼰대를 면하려면 시대변화나 사회적 분위기에 아주 민감해야 할 것이다.

왕년에 잘 나가던 사람들 중에 꼰대 소리를 듣는 사람이 많다. 한 친구 자녀의 결혼식에서 만난 어느 친구는 지금도 일과 후 밤에 거리에 나가면 술 사 주는 후배들이 많다고 자랑이 대단했다. 우리들의 젊은 날에는 그랬다. 잘난 사람 주변에는 사람이 많이 꼬였다. 잘난 것의 기준은 여러 가지일 것이다. 어떻든 지금도 그 친구는 자기가 잘난 사람이라서 후배들에게 술을 많이 얻어먹는다는 것인데 과연 그럴까? 지금은 후배들에게 술을 많이 사 준다고 자랑해야 마땅할 것이다. 후배들에게 술 얻어먹는 꼴을 상상하면 정말 민망한 일인데 지금도 젊은 날이라고 착각하는 꼰대가 되어 있었다.

또 한 예는 우리나라의 유명한 명사 얘기다. 지금은 사라진 문교

부를 상징할 만큼 유명한 인물이었다. 그런 명사와 교류할 만큼 잘 나가든 한 친구가 그 명사를 만났을 때 젊은 후진 누구에게 밥 사줘서 먹은 얘기에 열을 올리더란다. 아직도 그분의 존재감이 살아 있음을 자랑한 것 같은데 시대의 변화에 동참한다면 그 후진을 키우기 위해서 밥을 사줬다고 자랑하는 것이 정상일 것이다. 과거 시절의 세상 분위기에 빠져 있는 꼰대임이 확실했다.

인생과 시대는 어차피 미래로만 흘러간다. 그래도 과거 없는 미래는 없다고 해서 지난날을 되돌아보게 되는데, 그만큼 의미 없는 것이 될 만큼 세상은 빨리 순환하고 변한다. 아무리 그래도 변하면 안 되는 꼰대도 있음을 명심해야 할 것이다.

## 변명도 삶의 지혜 ♨

서양사상을 합리주의라 한다면 동양사상은 관습주의라고 할 수 있을 것이다. 합리주의의 모태는 아리스토텔레스의 삼단논법에서 출발하고 삼단논법은 갈릴레이 갈릴레오의 실증과학의 도전을 받기는 했지만, 합리주의는 이들을 다 포함해서 대체로 서양 사람들의 사고방식의 근간이라 할 수 있다. 이에 비하여 동양사상의 관습주의는 선현들의 지혜를 갈고 닦아 익혀서 실천하는 것으로 여기에는 어떤 반박 논리나 단서를 댈 수가 없었다. 또한 생활습관이나 사고방식 등 일상의 모든 것들을 선대들의 것을 그대로 물려받거나 모방하는 것으로 전통의 본류에 충실함으로써 대단히 만족한 삶을 사는 것이었다.

그 단적인 예가 제사상 차리는 법이라든지 좌청룡 우백호의 터만 고집하는 것이었다. 그래서 그랬는지 우리가 자랄 때는 집에서도 학교에서도 어른이나 선생님의 훈시나 꾸지람에 변명이나 항변 또는 핑계를 대지 못하게 했다. 변명은 거짓말과 같은 유의 나쁜 성질을 나타내는 것이라고 여겼다. 세 살 버릇 여든까지 간다고 어릴 때부터 거짓말을 하거나 변명을 한다는 것은 훗날 나쁜 사람이 되는 단초라고 생각했다.

세계 인종의 전시장 같은 나라도 있지만 단일민족인 우리나라의 서울은 전국 팔도의 사람들이 다 모여 사는 곳이다. 그러므로 전국의 생활방식이나 사고방식이 다 모여들어 비교된다고 할 수 있다. 한 민족이 특성상 원칙은 대략 같으나 세세한 방법은 팔도 사람들이 다 다름을 알 수 있었다. 그런 면에서 본다면 서울은 뜨내기족들의 사회이고 지방의 호족들은 붙박이족이라고도 할 수 있을 것이다. 뜨내기 나그네들에게 전통이나 원칙의 고수는 별 의미가 없다.

그런 연유일지는 모르지만 서울 사람들의 사고방식은 전통이나 원칙에는 금방 식상해하고 변화를 추구하는 경향이 있다. 서울 사람들이 유행이나 변화의 바람을 일으키는 것은 따분하고 고착적인 것을 벗어나려는 어떤 몸부림의 소산일지도 모르는 일인 것이다. 세상 변화의 바람을 선도하고 그 진원지가 서울이 되는 주된 요인이 그런 사고방식의 다양성 때문일 수도 있을 것이다. 사는 방법의 다양성도 한몫할 것이다.

어쩌다 운명이 된 교단생활에서 나름대로 잘하느라 애를 썼지만 지나고 보니까 후회되고 잘못한 일도 많다. 그중 하나가 변명하는 아이를 꾸지람한 일이다. 물론 초년병 시절의 짓이어서 금방 적응하고 시정하기는 했어도 여운이 지금껏 남아 있는 것도 사실이다. 변명에 관한 한 자신이 잘못 인식하고 있었고 변명이 필요 없는 작은 세상에서 산 탓도 있었을 것이다. 아무리 그래도 변명으로 통하는 세상은 만나지 못했다.

인생에서 변명은 필요악일 경우가 대부분이지만 필요선일 경우도 있다. 무슨 일을 잘하려다가 잘못되었을 때 꼭 변명이나 해명이 필요하고 특히 나쁜 범죄자들이 어떤 변명까지 하지 않는다면 주변 관계자들의 고통은 이루 말할 수 없게 된다. 가족이나 친구, 부부 등 친밀한 관계일수록 뻔히 거짓말인 줄 알지만 변명이라도 함으로써 무사히 넘어가고 용서되는 경우가 허다한 것이다.

왕년에 통행금지가 있던 시절 변명만 잘하면 무사히 통과되는 경우가 허다했다. 그 이유는 단속하는 사람들도 통행금지 위반이 그렇게 큰 나쁜 짓이 아님을 알기 때문이었다. 자동차 속도위반 단속에서는 대단히 기술적인 변명이 필요했다. 현대사회에서는 재판 과정에서 변명이 해명과 같은 역할을 한다고 할 수 있다. 재판에서 당사자, 변호사, 증인 채택 등의 역할은 당연히 합리적인 변명을 하기 위한 절차이고 요건들이다.

지난날 우리들의 어린 시절에는 아이들이 경제적인 이문에 밝거나 돈을 밝히는 것과 어른들의 말이나 훈시에 변명을 하거나 토를 다는 것은 완전히 금지된 태도였다. 그러나 지금은 아이들에게 합리적인 변명을 가르치는 시대가 되었다.

## 불안과 절망을 넘어서 ☀

완전 해방둥이는 아니지만 그즈음에 태어났다. 그것은 해방된 조국의 영토에 새싹으로 돋아난 것이라고 할 수 있다. 새싹의 한 생명이 뿌리내리고 자라는 과정에서는 모진 비바람과 자연재해에 시달리고 수많은 시련을 겪게 된다. 마찬가지로 한국의 발전과 성장 과정에서는 대단한 시련과 도전이 있었다. 그러고 보니 조국과 한 몸의 물아일체가 되어 울고 웃으며 시련과 난관을 헤쳐 온 것 같다. 대한민국의 어디를 가도 그 발전에 감동하여 감탄사를 연발하는 세대가 되었고 그만큼 국가도 세상도 환경도 변했다.

내 기억의 가장 밑바탕에는 항상 인민군 부상병 환자들이 있었다. 이 집 저 집 야전 침대에 누워 있는 인민군 부상병을 보기 위한 호기심으로 다녔던 것 같은데 어린 꼬마라는 아주 유리한 이점의 나이 덕이었던 것 같다. 생쥐처럼 맘껏 드나들었다. 6·25전쟁은 새싹의 조국이 바람 앞의 등불 같은 위태한 시련이었고 내 머리에는 부스럼 딱지가 더덕더덕 있어 온전히 자랄지 은근히 눈여겨보는 나이의 시기라고 했다.

내 자신 생명의 면역과 대한민국 건국의 면역이 거의 같은 시기에 휘감고 돌았다. 해방되자마자 가장 먼저 시행해야 했고, 하고 싶었던 국가 정책이 국민의 교육이었다. 국민의 민도는 일제강점기에 애국지사들이 가장 뼈저리게 느꼈고 절실했던 아픔이었다. 미군정, 분단, 6·25전쟁 등으로 인한 제대로 된 국가시책의 실현은 자리를 잡지 못하다가 1954년에 비로소 시행의 첫걸음을 떼었다. 그것이 강제적이지만 초등학교 의무교육이었다.

해방은 출생이고 6·25는 생명의 시련과 면역이고 의무교육은 국가 발전의 첫 삽이었다. 우리들의 당당한 학교 입학이었다. 상상하기 힘든 열악하고 처절한 환경이고 배움터였지만 어린 우리들의 마음속에는 무언가 모르는 희망과 환희로 가득 차 있었다. 공부를 잘하면 훗날 판검사가 되고 큰 인물이 된다는 것이었다. 그것은 이따위 지긋지긋하고 가난한 환경에서 벗어나는 것이었다. 그것이 어떤 방법이나 수단으로 이루어지리라는 것은 몰랐다.

학교에서 나누어 주는 우유 가루를 받아 올 어떤 도구나 그릇이 없었기 때문에 보자기에 받아 왔다. 집에 두면 딱딱하게 굳은 가루를 과자처럼 깨물었던 기억이 나지만 사실 그 어린 나이에도 거지처럼 음식물을 받아 온다는 것은 부끄러운 일이었다.

큰 인물이 된다는 것은 미국처럼 부자가 되는 것이었다. 미국 사람들의 4대 명물, 그것이 내 머릿속에 가득 찬 풍경이었다. 슬라브 지붕의 양옥, 지붕 위의 잠자리 같은 텔레비전 안테나, 자동차, 트랙터가 항상 머릿속에 있는 상상의 세계였다.

지금 같으면 사립대학 등록금보다 더 억센 눈물의 월납금 또는 납부금을 내고 다녔던 의무교육의 초등과정을 마치고 중학교에 들어간 해가 1960년이었다. 교복을 입고 모자를 쓰고 배지를 달고 중학교에 들어가면 당연히 불러야 되는 노래인 줄 알고 불렀던 학도호국단 노래를 채 익히기도 전에 정변이 일어났다.

　4·19혁명이었다. 그다음 해 1961년에는 5·16 군사혁명이 일어났고 중학교 2학년 때인 그해는 혁명공약 외우느라 애를 먹었다. 군사혁명의 2년을 마치고 약속대로 군은 제자리로 돌아가고 제3공화국, 제1차 경제개발 5개년계획이 시행되었다.

　고등학교 과정에서는 대학 진학을 위하여 인문계와 이공계로 나누어 공부를 하게 된다. 이때 경제개발계획의 효과로 국가가 발전하면서 앞으로 이공계열에서 많은 일자리가 생겨날 거라 했다. 그래도 발전될 미래가 실감이나 짐작이 잘되지 않았다. 그러다가 제3차 경제개발계획이 진행되는 1970년대는 아닌 게 아니라 일자리도 폭발적으로 늘어나고 경제와 국가는 생동감 있게 발전하고 활기가 넘쳤다.

　국가 경제발전의 생동감과 우리 세대 청춘의 생동감은 거의 일치되면서 굴곡진 세상의 산을 넘고 강을 건넜다. 국가 발전의 과정에서도 북한의 침략이나 헌법 파동의 모진 풍파를 겪으면서 지나오듯 우리들 개인의 살림살이도 힘겨워하면서 점차 나아졌다. 88올림픽을 지나고 1990년대에 들어서서 본격적인 마이카 시대가 되면서 밀레니엄을 맞이하게 되었다. 경제발전 면에서 아직도 배고픈 우리나라는 21세기에 들어와서 반도체 첨단산업의 비약적 발전으로 비로소 선진국 3만 달러의 고개를 넘고 원조하는 나라로 전환된다. 그전에는 기업이나 재벌들의 수출이나 흑자가 그들의 배만 불리는 짓이고 나 개인과는 관계가 먼 것이라고 여겼는데 그게 아니었다. 어느 사이에 일반 국민들도 선진국 국민으로서 다 잘사는 시대가 되었다. 지금은 외국 근로자들도 한국의 의료혜택을 보게 되고 자동차를 보유하며 사는 시대로까지 발전하였다.

지금까지 일련의 국가사태와 경제발전의 변화 등에는 항상 위기와 불안이 따라다니고 그 밑에 개인적인 불확실과 근심·걱정이 깔려 있었다. 세상의 야단법석이 다 좋은데 그 속에 휩쓸려 가고 있는 나는 어떻게 되고 어디서 정착할 것인지에 대한 흔들리는 미래였다. 식민지에서 해방된 최빈국에서 선진국 대열에 낀 유일한 나라로 어떤 나라들은 부러워하고 어떤 나라들은 시기심과 질투를 느끼기도 한다. 그 세월에서 우리 세대들은 노인이 되었다. 그동안 살아오면서 미래에 대한 불투명과 불안으로 근심·걱정이 많았는데 언젠가부터 사라졌다. 노인이 되어서 그런 건지 선진국이 되어서인지는 확실하지 않다. 단지 어릴 때부터 꿈꾸던 세상보다 더 발전된 나라가 된 것에 대한 자부심만은 확실한 기쁨이다.

# 조상숭배의 정신 🏮

동양사상의 중심은 유학이고 유학의 본질은 충효 사상이다. 충은 국가라는 거대한 인간집단의 공동생활을 위한 중심사상이고 효는 개인 생활을 위한 인간 정신이다.

충과 효의 공통점은 확실히 눈에 보이지 않는 큰 힘이거나 높은 것에서 아래쪽의 인간 한 개체에게 주어진 임무이다. 예나 지금이나 충은 공권력이란 이름으로 강제력이 작용하는 것에 반하여 효는 윤리·도덕이란 이데올로기의 굴레를 씌워 종교나 풍습이 되었다.

유학에서 종교로 승격된 것이 유교이고 풍습으로 전락한 것이 제사이다. 살아 있는 선조에 대하여 예를 다하는 것이 효도이고 죽은 선조에 대하여 예를 올리는 것이 제사이다. 주로 부모나 조부모가 효의 대상이 되고 그 외 연장자에 대해서는 공경의 정신이면 된다. 효의 본질은 존경과 복종을 넘어 잘 모시기까지 하는 것이다. 문제는 죽은 조상을 어떻게 모실까 하는 것이 제사이다. 죽은 선조에 대한 효가 제사이고 제사를 지낸다는 것은 존경과 복종과 모시는 정신까지 다 포함된 성스러운 의식이라고 할 수 있다.

그런데 이 제사가 최근에 와서 큰 위기를 맞고 있다. 그도 그럴 것이 현대사회는 실물 사회이고 냉철한 이성이 지배하는 사회이다. 제사는 조상숭배를 정신으로 하는 유교의 범주에 들어가는 일종의 종교행사로 각 가정에서 개별로 진행하는 의식 행위이다. 개별적으로 풍습화된 종교행사이다. 종교의 형식은 큰 집단의식을 특징으로 한다. 제사는 형식 면에서 개별의식이고 풍습 면에서 세상이 너무나 변화되었다. 즉 종교행사를 각 가정에서 개별로 하는 그런 형국이었다. 그것은 사람들의 사고의 다양화로 제사 정신이라는 하나의 이데올로기로 묶어두기에는 그 끈이 너무 약한 세상이 되었다. 핵 가정의 모래알 사고방식으로 일관된 형식이나 방법을 적용할 수도 없고 하나의 틀 안에 갇히기를 싫어하는 시대가 되었다.

그러면 어떻게 조상숭배의 정신을 이어갈 것인가? 인간이란 동물이 다른 동물들과의 차이점이 여럿 있는데 그중 하나가 조상숭배 정신이다. 우리 민족은 성찬의 제사와 화려한 분묘장식으로 조상숭배를 하다가 요즘 사람들은 이들을 어떻게 하면 줄이고 약소하게 할까 고민하고 있는 실정이다. 그런 관계로 실제로 제사와 분묘에서 대단한 변화가 진행되고 있다. 겉치레나 형식보다는 실질적으로 조상숭배의 정신을 살리자는 운동이다.

모든 인간의 개체는 시간의 흐름에 따라 명멸한다. 그렇지만 무의미한 명멸이 아니고 끝없는 유전자의 연결고리를 이어가는 데 대단한 의미를 부여하는 것이 인간의 속성이다. 현재의 나를 기준으로 과거의 유전자가 조상이고 미래의 유전자가 후손들이다. 면면히 이어가는 유전자의 줄기, 그것의 중심은 현재의 나다. 미래의 유전자는 나의 분신이다. 그런 면에서 오늘날에는 미래의 유전자를 더 중요시하고 관심을 갖는 시대가 되었다. 유전자의 줄기로 볼 때 나의 과거가 조상이다. 그렇다면 조상숭배는 나의 과거를 숭배하는 꼴이 된다. 지나간 과거를 되돌아보는 것도 한심한데 과거를 우러러 숭배하고 큰절을 하는 것도 한심한 작태에 지나지 않을 것이다. 그렇다면 또한 어떻게 하는 것이 마땅한가?

자기 자신을 되돌아보고 성찰하는 것이다. 그 성찰에는 후세에 대비하는 것도 포함되겠지만 미래는 불가사의한 것으로 그 어떤 것도 믿을 수 없고 장담 못 한다. 즉 조상숭배는 현재의 나를 튼튼히 하고 살찌우는 것에서부터 출발하는 것임을 명심할 필요가 있다. 그중의 하나가 후세에 관심을 갖고 잘 키우는 일이다.


## 자존심의 시대 ♟

최근에 와서 우리나라가 선진국 대열에 들어서면서 국민성의 민도가 세계 최고의 수준에 이르게 되었다. 민도라고 하는 것은 그 나라 국민의 도덕성이나 신사도 또는 신뢰도를 말하는 것으로 시민들이 얼마만큼 평화롭고 안정된 삶을 누리느냐 하는 정도이다.

민도를 나타내는 기준은 여러 면이 있겠지만 가장 쉽게 접할 수 있는 것이 거리의 시민 생활에서 안심과 안정, 믿음 등이다. 좀도둑이나 강도, 폭력, 불신 등이 난무하는 사회는 아무리 선진국이라 해도 결코 민도는 낮은 나라가 될 수밖에 없다.

과거에 우리나라는 민도가 낮다고 해서 우리 스스로 자탄하기도 하고 세계 열강들에게 엄청난 무시를 당하기도 했다. 식민지 시대가 그렇고 6·25전쟁 때도, 원조를 받는 나라일 때도 개발도상국 시대일 때도 그랬다. 그래서 88올림픽을 유치해 놓고 가장 걱정을 많이 했던 것이 우리 국민의 민도를 외국인들에게 내보이는 일이었다. 유사 이래 최대의 행사에서 그래도 생각보다는 원만히 행사를 치렀고 또한 세계인들의 관심의 첫 관문이었다. 알고 보니까 과거에는 세계인들이 우리나라를 후진국이라고 마구 무시한 것이었고 뚜껑의 선진국 문을 열고 보니까 세계 최고의 국민성의 민도를 가진 민족임이 판명되었다.

그렇다면 최고 수준의 민도를 유지하는 나라가 된 국민성의 정신적 배경은 무엇일까 하는 것이다. 그것은 당연히 민족의 자존심일 것일 것이다. 그것은 또한 국민 개개인의 자존심 때문일 것이다. 우리나라 사람들의 자존심의 배경에는 역사적 양반 정신과 선비정신이 깔려 있다. 선비정신의 단언적 표현은 청렴결백이라고 하지만 거기에는 체면과 염치도 포함된다. 체면과 염치야말로 남과 이웃을 의식하고 공동사회에서 정도를 맞추는 일이다. 선비정신에서 체면과 염치는 타를 넘어선 스스로 몸에 밴 깨끗한 마음이다.

자존심과 선비정신이 서로 결합하거나 어울릴 것 같지 않지만, 실상은 청렴결백이라는 공통점이 깔려 있다. 배부른 돼지보다는 사람 됨됨이를 우선시하는 정신문화도 한몫한다. 돼지란 말 속에는 욕심과 야비함, 비굴함, 더럽고 지저분함 등이 포함되어 있다. 즉 인간으로서의 도리를 다하면서 살아야 제대로의 인생이라는 것이다.

최근에 와서는 인간의 심성에 관한 고찰에 관심을 갖는 시대가 되었다. 자기 존재의 감정을 표현하는 말이 자존심만 있었지 자존감이란 개념은 없었다. 자존심은 인간사회의 수많은 관계에서 남들에게 보이는 자기의 존재로 항상 비교되는 외부적 감정이다. 그에 비하여 자존감은 자기 존재의 본질적 감정으로 굳은 심지와 같은 내부적 감정이다. 자존심은 공과 사에 다 적용될 수 있으나 자존감은 지극히 개인적 감정이다. 선비정신에서 체면과 염치의 감정이 자존심과 일치하는 것 같다.

우리가 못살던 시절에는 쥐뿔도 없는 사람이 체면과 염치를 차리는 데 연연한다고 흉을 보거나 깔보는 경향이 심했다. 체면과 염치의 표현이 부끄러움이었다. 체면과 염치를 차린다고 상대방의 자존심을 상하게 했다. 부끄러움 없이 대범하게 행동한다면 그럴 경우 자존감이 있는 사람이 되는 것이다. 체면과 염치는 자존감보다 자존심을 세우기 위한 것이라고 할 수 있다. 헐벗고 굶주려도 인간 됨됨이의 자존심만은 굽힐 수 없다는 것이 우리 민족성이었다. 천부인권과 같은 자존감은 자존심의 상처 앞에 아예 존재하지 않는 감정이었다.

지나고 보니까 자존감은 모르니까 없었고 알았더라도 매우 낮았을 것이다. 오직 자존심에 안간힘을 썼던 것 같다. 자존심은 경쟁심이고 열등의식이 같이 존재한다. 자존감으로 마음의 평정을 얻어야지 자존심은 늘 주변을 의식하게 되고 불안하고 경계심을 갖게 된다.
연전에 두 주먹을 감싼 상표의 서양 선진국 유통업이 선발대로 한국에 진출하여 서울에 개업한 일이 있었다. 본국에서 온 관리인이 감시의 눈으로 출입문의 입구를 버티면서 지키고 있었다. 서울 시민들에 대한 불신의 눈이 역력했다. 솔직히 그 모습을 보는 우리들의 자존심은 팍 상했고 또한 가소로웠다. 우리나라가 그네들 나라보다 국민소득이 낮다고 해서 우리 국민의 민도가 그들보다 낮다는 의미였을 것이다.

지금 시대에 와서 일본은 말할 것도 없고 서양의 선진국에 대해서 시원하게 자존심의 복수를 하고 있는 것이 있다. 바로 디지털 문명의 선두주자라는 것이다. 우리가 그렇게 흠모했던 서양의 과학 문명을 지름길의 학습 방법으로 따라잡고 디지털로 선두주자로 나서고 보니까 이제야 선진국이라고 하는 나라들의 민도가 보이기 시작했다는 것이다.

형편없는 서양 선진국 민도의 대표적 예가 전기 나간 슈퍼마켓을 습격하여 훔치는 일인데 그 외에도 인간사회의 소프트한 체제 면에서 우리와 상대가 되지 않는 민도의 나라들이었다. 식민지 시절에 아프리카나 중남미 등의 신대륙에 심어 놓은 못된 선진 국민도의 증표들이 언제 사라질지 사회주의 강대국들의 횡포와 더불어 심히 걱정이 되지 않을 수 없다.

서양 사람들과 달리 우리 사회는 곳곳에서 자존심 경쟁이었다. 각 분야에 종사하는 사람들이 나름대로 자기 발전과 공동체를 위해서 지나치다 할 정도로 경쟁이 심했다. 더 부자가 되기 위해서, 먼저 승진하기 위해서 또는 더 유명해지기 위해서 등 모두가 다 자존심의 경쟁이었다. 최근에 와서는 상속이나 부동산 문제로 가족 간이나 형제끼리도 지나친 경쟁을 하는 것을 보면 물론 더 이익을 위한 것도 있지만 더 자세히 들여다보면 대부분 다 자존심 싸움이라는 것을 알 수 있다. 다들 한심한 작태로 반성이 요구되는 바이다.

## 덫에 걸린 운명 ♨

과학의 발전은 산업혁명을 일으켰고 동시에 건축 기술의 발달로 인간사회의 군집성을 증가시켰다. 사회적 동물로서의 인간 군집성의 커다란 모습이 도시이다.

인간의 생태적 습성으로서 모여 살기를 좋아하는 면이 있기 때문에 도시가 형성된다고 할 수 있지만 산업혁명 이후에는 일자리를 찾아 사람들이 모여들고 그로 인하여 도시가 점점 커진다고 할 수 있다. 도시가 커지다 보면 난개발이 필수적으로 따라오고 난개발을 방치한다면 그건 도시로서의 기능을 잃게 되고 삶의 질을 현저히 저하시킨다.

아무래도 도시라고 하는 것은 인간의 사회성이 확연히 드러나는 곳이다. 그 사회성을 발휘하기 위해서는 엄격한 질서나 제도가 필연적이다. 도시의 난개발도 인간의 사회성을 억제시킴으로써 막을 수 있다. 인간의 사회성이라고 하는 것은 인간들은 모여 살기를 좋아하는 본능 같은 것인데 그래서 도시가 생기고 도시의 문제점을 해결하는 능력까지를 포함하는 말일 것이다. 그러기 위해서는 도시의 변두리를 띠를 두른 듯 일정 지역을 개발하거나 도시의 기능을 하지 못하게 하고 자연의 상태로 두는 것이다. 기존의 마을이나 농경지는 그대로 두되 자연 상태의 환경을 유지하기 위해서 완전 개발을 억제하는 지역을 그린벨트라고 한다.

우리나라의 경제개발 시대는 도시화의 시대라고 할 수 있다. 일자리와 인력은 서로 상승작용을 하며 도시화를 촉진시켰다. 즉 기업은 인력을 용이하게 얻기 위해서 도시 근방에다 공장을 유치하고 전국의 농어촌 사람들은 일자리를 찾아 도시로 몰리다 보니까 도시는 점점 커지고 그러므로 난개발을 막기 위해서 그린벨트를 설치하지 않을 수가 없었다.

문제는 전국의 도시 주변의 그린벨트에 속한 마을이나 주민들이다. 경제개발이나 발전은 도시화로 나타나고 도시화는 결국 부동산으로 귀결되었다. 도시의 땅값은 전국의 땅값을 상승시켰고 확장된 도시에 들어간 토지의 값은 갑자기 금싸라기가 되었다. 시골의 땅들은 도시의 땅을 마련하기 위한 밑거름이 되는 판국에 그린벨트에 걸린 부동산은 그 활용도 면에서 무용지물이나 다름없었다. 어쩌라는 것인가! 눈앞에서 도시의 화려한 발전을 보고만 있어야 하는 그린벨트에 속한 주민들의 심정을.

국가경제 발전이라고 하는 것은 국민 개인 발전의 마라톤과 같은 것인데 그린벨트에 속한 사람들은 손발이 묶인 채 달리는 사람 꼴이 되었다. 과거 역사에서는 신분의 차별로 인권의 차별이 있었다면 현시대는 부동산의 차별로 주민의 경제 능력 차이를 만드는 것이 그린벨트 제도가 되어버린 셈이었다. 최근에는 수변구역이라는 것도 있다.

　그 외에도 우리나라에서는 덫에 걸린 슬픈 운명의 사람들이 있다. 경주 같은 고적 도시나 도시의 유적지 주변에 사는 사람들이다. 개발은 말할 것도 없고 조금의 집수리도 하지 못하게 국가가 주민의 부동산을 통제한다. 간혹 개발업자들이 땅속의 문화재나 유적이 발견되면 나라에 신고하는 것이 마땅하나 대부분은 흔적도 없애버리는 것이 관례로 되어 있다. 신고를 하다가는 공사가 중단되고 그 손해를 국가는 한 푼도 보상을 안 해주기 때문이다.

　지금부터라도 국가는 그린벨트를 비롯한 개발억제 지역에 사는 사람들에게 경제적 보상을 해주어야 마땅할 것이다. 경우에 따라서는 과거 소급 적용이면 더 당연지사일 것이다.

　그 보상이나 소급 적용의 방식은 꼭 현금이 아니더라도 국고의 부동산저축 등의 형식이라든지 다양한 방면으로 그 방법을 모색해 볼 수가 있을 것이다. 수변구역의 경우 그 해당 토지에 대한 것이지 그 소유권의 시기가 왜 문제가 되는지 도저히 논리에 맞지 않는 이치가 적용되고 있었다. 일제강점기에 보국대의 징용 희생에 대해서 보상을 요구하는 것도 그 당사자들의 억울함을 풀어주기 위함이라고 본다. 하물며 자국민을 간단한 탁상공론의 지적도 하나로 일생 동안 숨 막히는 가슴의 한을 모르는 체해서는 아니 될 것이다. 갑자기 개발억제 지역이 됨으로써 개발과 발전의 그늘이 되고 그 속에서 살아가는 국민들의 신음 소리를 국가는 경청하고 보살필 필요가 있다고 본다.

인생의 경제생활의 길에 본인이 미로 찾기를 하다가 덫에 걸리거나 허방에 빠지는 경우는 어쩔 수 없다 하더라도 국가가 의도적으로 덫을 놓아 민복의 상전들이 걸리게 하여 일생의 억울한 운명을 만든다는 것은 현대국가가 할 일이 아닌 것이다.


## 거북등 사고의 출발선 🔔

일반적인 거북등은 인체의 등이 거북이 등처럼 굽은 병적인 것을 일컫는 것이나 여기서는 거북이 등에 금이 많아 경계와 부분을 나누는 것을 말함이다. 앞에서 유럽대륙을 거북등의 땅이라 했다. 여러 나라의 국경선이 거북이 등처럼 갈라져 있음을 말함이었다.

거북등에 사고를 연관시키면 분파적 사고를 의미한다. 사람들이 여러 사람들의 생각을 통합하려고 애쓰기보다는 자기편으로 끌어들이기 위해서 분파적 사고에 치중한다는 것이다.

이런 생각을 우리 민족에게 결부시키면 우리나라 사람들은 여러 사람이 모이면 생각을 하나로 통합하기보다는 가능한 분파를 조장하기를 좋아한다는 말이 된다. 실제의 증거로 세계 유일의 분단국으로 남아 있고 사회의 여러 문제들이 거북등 사고로 인해서 그 매듭이 잘 풀리지 않고 갈수록 더 작은 갈래로 분파되는 것이 사실이다.

거북등 사고의 또 하나의 의미는 현재 우리나라 사람들이 가장 금기시하는 지연, 혈연, 학연의 가장 나쁜 적용이라는 것이다. 그 외에도 앞의 인연을 포함한 우리 사회의 연줄들은 원래 인간의 본성으로 특히 정 많은 우리 민족의 장점으로 세계 만방에 등불이 되어 비추고 있는데 스스로 우리 민족의 명예를 훼손하는 첨병의 사고라는 것이다.

우리 민족이 역사적으로 극동의 강대국들 사이에서 홍일점처럼 유일하게 살아남은 근본적 원인은 여러 가지가 있을 것이다. 그중의 하나가 항상 전체적 사고를 하는 민족이라는 것이다. 충효에서 충은 나라이고 효는 자신의 가정이다. 가정의 평화나 행복은 나라 전체의 태평성대였다. 그래서 나라를 다스리는 관리들의 첫째 덕목이 자기 가정부터 먼저 화목하게 하라고 했던 것이다. 나라는 전국의 각 가정의 평화를 지키는 외곽의 큰 성이었다. 효는 출발이고 충은 종점이었다. 하찮은 서민이라도 항상 나라를 걱정하고 태평성대를 꿈꿔왔다. 자기 지역만 잘 되고 자기 직업만 번창하고 하는 것은 없었다.

인간은 정치적 동물로 현재 인류가 발견한 가장 현명한 정치 방법인 민주주의를 우리나라는 채택하고 있다. 그런데 그 방법 면에서 민주주의의 선한 방향보다 나쁜 방향으로 가고 있음이 염려된다는 것이다. 그것이 바로 거북등 사고를 하는 것 때문이라는 것이다. 근대화 이후 대도시 집중 현상에서 고향을 떠나 모여든 사람들로서 우리 민족 특유의 정을 엉뚱한 방향으로 발휘하는 탓이다. 지연, 혈연, 학연의 악용 때문이라고 할 수 있다. 과거에 그렇게 강조되던 애국, 애민 정신은 어디 가고 기껏 지연, 직연, 학연 등에 목매달고 민주주의를 하겠다고 야단법석을 하는 것이 한심한 작태로서 우리나라의 현실이다.

구태의연함을 벗어나 새 시대의 문을 여는 선봉장으로서의 역할을 다짐하던 아득한 옛날 같은 첫 직장에서 현재의 거북등 사고가 형성되는 출발선을 직접 경험한 바 있다. 우리들의 경우 굳이 따지자면 학연이라고 할 수 있지만 학교 다닐 때는 전연 모르는 사이였고 군대 배치처럼 발령을 받아 같은 직장에서 만난 인연들이었다. 입영 연령의 남자들을 전국에서 일정 훈련소에 모아 군사훈련을 시켜 병과별로 전국의 각 부대에 배치하듯이 우리들도 전국에서 모여든 학생들을 교육하여 서울의 각 직장에 배치하는 것이었다.

향학에 불타던 시절, 우리들은 주경야독의 야간대학에 다니는 것에 미래를 걸고 희망에 부풀어 있었다. 어느 날 지방에서 온 어느 한 선배가 같은 지방의 모임을 만들자고 했다. 일언지하에 거절하고 돌아서니까 왕따가 되어 있었다. 그래도 그러면 안 되는 것이라고 다짐하면서 30년의 직장생활을 보낸 결과 평사원으로 퇴직하게 되었다.

우리들의 학구파는 세대별 분파의 사고는 될지 몰라도 전국의 각 도에 골고루 속한 출신들이었다. 그 시절은 지금도 그 유명세가 살아 있는 가수들의 파벌이 막 출발해서 맹위를 떨치고 있는 무렵이었다. 그때의 분파는 쇼였다.

혈연, 지연, 학연은 본래 인간의 본성으로서 특히 우리 민족에게는 강점이면서 우리가 세계 인류에게 자랑하는 정의 원천으로서 천부적 자원이다. 이런 천부적 강점을 살리고 잘 활용하여 나라의 발전과 평화에 기여하고자 노력하는 것이 당면과제이고 후세들의 사명일 것이다. 대의를 위해서 써야 할 강점을 기껏 말단 직장에서 말단인 자기 직위의 안위를 위해서 분파를 조장한다는 것은 말도 안 되는 처사라고 보는 것이다.

현재 우리나라의 당면과제이거나 시급한 과제가 분파적 사고라고 할 수 있는 거북등 사고의 일소이다. 19세기에 등장했던 괴물 같은 이데올로기는 20세기를 휩쓸었고 그 여파로 우리나라는 21세기가 되었는데도 유일한 분단국으로 아직도 남아 있다. 거대한 조류나 사상의 바람 앞에서 거북등 사고를 한다는 것은 너무나 유치하고 쩨쩨한 일이 아닐 수 없다.

한 시대를 이끌어가고 국가를 유지하면서 살아가는 국민은 한배를 타고 가는 항해길 동반자이다. 거대한 파도나 해일 앞에 같이 맞서 난관을 극복해야 할 판국에 혼자만 살아남고 자기편만 살아남겠다고 구명복을 몰래 챙긴다는 것은 동족의 국민으로서 도리가 아닌 것이다.


## 음서와 좌수의 흔적 ♟

고려시대에는 음서제도가 있었고 조선시대에는 좌수제도가 있었다. 음서제도는 국가 공직자를 뽑는 데 있어서 고위층 관리들의 자제들에게 특혜를 주는 제도이다. 좌수제도라고 하는 것은 지방의 유지들이 지방관청의 살림을 보필하는 제도이다. 고려시대 음서제도의 폐해를 조선시대에는 혁파하였고 일제강점기에는 일본의 관리들이 조선시대의 좌수제도를 그대로 활용하여 식민지 한국을 다스렸다.

나라를 다스리기 위해서는 고위층 관리뿐만 아니라 수많은 하위직 공무수행자가 필요하다. 우리 역사에서는 과거제도를 이용하여 고위층 관료를 뽑는 데는 엄격하였으나 하위공직자를 뽑는 데는 대체로 느슨한 편으로 고려시대의 음서제도도 그 한 방편이었다.

과거제도는 오늘날의 선거제도만큼이나 인류가 창안한 가장 현명한 정치제도로서 현시대에도 세계 어느 나라나 인재 등용문으로서 실질 방법이나 적용은 조금씩 다르긴 하지만 그 본질의 명맥은 이어오고 있는 편이다. 공자의 유학 사상에서 인의 정치의 한 수단으로서 설파된 제도로서 인류 역사에서 동양 문화의 꽃이라고 할 만큼 상징적 제도라 할 수 있다.

조선시대의 좌수제도는 공식적인 정치조직이 아니다. 지방을 다스리기 위한 관리를 파견하는 수단은 중앙집권적이나 지방관청의 재정적인 것은 좌수제도를 이용한 지방분권적 성격을 띠는 것이 특징이라 할 수 있다. 좌수는 한마디로 지방 부자다. 관찰사는 좌수들과 상의하여 지방관청의 살림살이를 꾸려나갔다.

우리나라가 해방 이후 근 백 년을 목전에 두고 있으면서 그동안은 과거의 음서제도와 좌수제도의 부작용의 역사라 해도 과언이 아닐 것이다. 과거 과거제도가 엄격했듯이 오늘날의 고시제도만큼은 엄격히 잘 시행되어 오고 있는 편이다. 과거 농업사회 시대에는 하위직 국가 관리직은 그렇게 많지 않아도 되었으나 오늘날의 산업사회 시대는 대부분의 국민들이 과거의 하위 공직자 같은 근로자로서 생계를 유지하는 사람들이다.

인재 채용이나 산업사회의 일자리 창출은 과거 역사에서는 상상도 못 할 만큼 다양하고 복잡하다.

알게 모르게 우리 민족의 유전자에 흐르고 있는 음서제도와 좌수제도가 그대로 노출되고 적용되고 있는 것이 사실이다. 그것은 모든 국가기관이나 공공기관에서 관공서를 유지하고 운영하는 인력을 일일이 다 채용시험을 거쳐서 해결할 수가 없기 때문이다. 그만큼 사사로이 해도 될 만큼 하위직 근로자가 많기 때문이기도 할 것이다. 아무리 그래도 인력 채용만큼은 정정당당, 명명백백하게 할 필요가 있을 것이다.

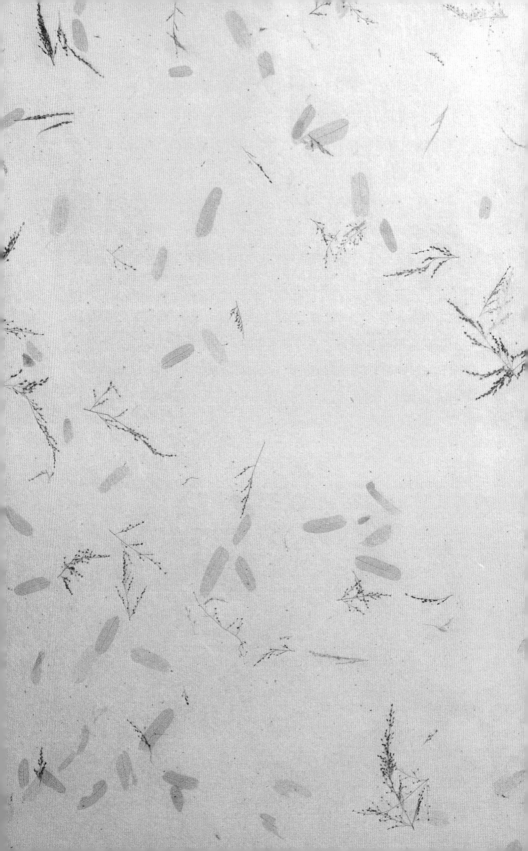

**5**장

# 백 년의 등불

# 타고르의 예지력 🏮

 지금부터 100여 년 전쯤에 인도의 시성 타고르가 한국을 동방의 등불이 될 것이라고 예언했었다. 물론 현재와 같은 지정학적 분단국으로서의 미래 예측은 상상도 못 했겠지만, 인간적 삶의 질 만큼은 동방을 비추는 등불이 되어 훨훨 타오를 것이라고 예단했다.

 시인이니만큼 인문적 관점에서 보았겠으나 당시 한국 사회가 처한 입장의 면면을 볼 때 도대체 한국 사람들의 어떤 모습에 착안한 예측이었는지에 대한 의문은 거의 불가사의한 일에 가깝다. 아무튼 35년간 시달리다 해방된 조국의 땅에 남은 것은 텅 빈 푸른 하늘과 동방의 등불뿐이었다. 푸른 하늘과 동방의 등불은 우리 민족이 해방의 땅에서 마음껏 유영하며 뛰놀 공간이고 광장이며 미래를 향해 붙잡고 갈 유일한 희망의 끈이었다. 그래서 그랬는지는 몰라도 1960년대까지 김포 공항에 내린 외국의 귀빈에게 한국 땅을 밟은 첫 소감을 물으면 한국의 가을 하늘이 너무나 푸르고 아름답다는 대답을 한다는 것이었다. 그때부터 우리나라의 가을 하늘은 세계적 자랑거리가 되었다.

 또한 학교 교실에서는 타고르의 〈동방의 등불〉이 우리가 공부를 열심히 해야 할 목표가 되었으며 당시 자괴감에 빠져 있던 민족정신의 은근한 자부심과 향해 가야 할 방향이었다. 그 뒤에 안 일이지만 외국 귀빈들의 한국방문 첫 소감의 질문을 받았을 때 당황함과 난감함을 모면하기 위해서 임기응변으로 하늘을 쳐다보면서 한 말이 가을하늘이었다고 했다. 그만큼 질문에 대한 당연한 예의를 지킬 만큼 갓 해방된 한국을 보고 어떤 것도 찾지 못했고 그만큼 피폐한 그 시절 시대상의 반증이기도 했다.

그렇다면 왜 굳이 그런 질문을 했을까 하는 것이다. 그것은 그런 귀빈 명사들을 통해서 의기소침하고 풀이 죽어 있는 국민들에게 위로를 주고 위안과 희망을 얻기 위함이었다.

〈동방의 등불〉은 타고르가 한국 사회나 국민의 무엇을 보고 그런 희망의 메시지를 전했는지는 몰라도 아무튼 해방된 조국의 땅을 비추는 유일한 희망의 불빛이었다. 그 뒤 우리나라는 그 불빛을 따라 줄기차게 달려왔다. 그러다 보니 어느새 타고르의 예지력이 맞아떨어졌다. 나아가 동방을 넘어 전 세계를 비추는 등불이 되었다.

타고르가 그 당시 한국 사회의 가족관계나 가정을 보고 그런 생각을 했을 것이라고 짐작하지만 아무리 그래도 세계의 문턱은 넘지 못할 것이라고 생각했을 것이다. 그것은 타고르 자신도 동양 사람이면서도 동서양의 문화적 격차 면에서 서양의 우월감에서 벗어나지 못하고 있었음을 알 수 있는 대목이기도 한 것이다. 동방을 비추는 등불 정도였다는 것이다.

우리들 자신들만 해도 일본을 이기고 동방의 등불만 해도 충분하고 과분하다고 여겼다. 그것은 어디까지나 경제적·물질적 측면에서만 본 생각이었다. 그런데 우리가 전연 예상하지 못했던 측면에서 세계적 등불이 되었다. 바로 인지상정이었다.

인간의 삶에는 무엇으로 사는가와 왜 사는가가 있다. 무엇으로 사는가는 삶의 방법이고 왜 사는가는 삶의 목적이다. 삶의 방법은 눈에 보이지만 삶의 목적은 눈에 보이지 않는다. 대체로 사람들은 행복을 얻기 위해서 삶의 수단을 강구한다. 행복하게 사는지 또는 행복을 얻었는지는 눈에 보이지 않지만 행복에 도달하기 위해서 가는 길목이 인간의 삶이다. 그 길목은 나라마다 민족마다 다 다르다. 삶의 모습이다. 삶의 일상이다. 일상의 가족의 삶이다. 일상의 삶을 지탱하는 수단이 무엇이냐 하는 것이다. 가족의 정이다. 사회의 정이다. 사람끼리 관계의 정이다. 인지상정이다.

타고르가 그 암울하고 어둡던 1920년대에 한국을 방문하면서 본 한 줄기 빛이 아니라 세계 어느 나라나 민족에게도 없는 유일한 빛을 발견했다. 그것이 한국인들의 삶의 모습이었다. 왜 사는가 할 때는 너무나 비참한 삶이지만 가족과 이웃과 마을 사람들과 어울려서 사는 모습이 너무나 아름답고 행복하게 보였고 인간다운 삶의 정석이었다는 것이다. 그 인간의 정, 인간 삶의 정석이 축지법 시대에 한 앵글 속에서 세계를 비추고 있다.

## 한국 민족의 생존 🔔

근세 세계사에서 이스라엘 민족의 유대인들이 히틀러에게 무참히 민족 말살의 학살을 당했고 우리나라가 일본에게 해방되어 건국할 무렵에 티베트인들은 중국에 병합되어 나라를 잃어버렸다. 세계 역사가 미래 몇백 년 후에 어떻게 변할지 모르지만 현재로 보아서는 영원히 티베트인들은 나라를 갖지 못할 것 같다.

그 이유는 중국이 하는 꼴을 보아서도 그렇고 중국과 이웃의 대륙으로 연결되어 있기 때문에 같은 문명의 라인으로 묶어버리면 티베트인들의 독자성을 어디에서도 찾을 수가 없기 때문이다. 같은 문명권이라고 하는 것은 같은 교통, 통신, 방송, 경제권으로 묶어버리면 같은 풍속이나 생활방식이 되어버리기 때문에 사라진 국경선이 민족이란 이름만으로는 다시는 찾을 수가 없게 된다. 과학의 발달은 갈수록 지구 가족이란 기치 아래 세계인들이 동질성의 의식이 강해지는 추세이므로 티베트인들의 독자성을 유지하기가 어려운 것도 한 이유가 될 것이다.

우리 민족은 광활한 만주벌판과 한반도에서 거대한 나라를 이루고 살다가 중국을 비롯한 대륙의 기세에 쫓겨 한반도라는 배수진 같은 마지노선으로 대륙의 세력들과 죽기 살기로 싸우다가 중국과의 사대 외교로 겨우 명맥을 유지하면서 버텨왔다. 그러므로 우리 역사는 줄기차게 한반도의 문턱인 압록강과 두만강을 위주로 거대한 중국 대륙만 바라보다가 세계사의 흐름이 해양으로 바뀌는 것에 둔감했던 탓으로 난데없이 일본에 뒤통수를 맞고 일격에 민족 말살의 쓰라린 경험을 맛보았다.

일본이야 해양을 경계로 분명한 선이 있지만 중국은 연결된 대륙의 무한대 확장을 기본 정책으로 일관되게 추구하는 역사였기에 만주에 창궐하던 많은 민족들은 흔적도 없이 세계사에서 사라졌다. 티베트도 그중의 한 역사가 될 것임이 매우 우려스럽다는 것이다. 우리나라와 우리 민족으로서는 일본에 한 번 쓰라린 경험을 당해 봤지만 근본적으로는 중국을 항상 제일의 경계 대상으로 삼아야 한다는 것이다. 거대한 중국이 밀고 들어오면 우리나라 정도야 깔려 티베트처럼 흔적도 없이 짓눌러져 버리리라는 것이다.

중국 사람들의 대국적 기질이라고 하는 것은 사실 알고 보면 음흉하고 엉큼한 것에서 유래된다고 할 수 있을 것이다. 나라도 원체 크고 인구도 워낙 많아서 대인배 근성으로 사고의 폭이 크고 우람할 것 같지만 반대로 개인 간의 관계 형성은 더 소원해질 수밖에 없는 것이 대국인들의 단점일 것이다. 그러므로 그들에게는 주변국에 대해서 티베트처럼 밀고 들어가 국경선을 없애버리려는 음흉한 흉계가 항상 도사리고 있는 것이다.

일본인들은 반대로 소인배 근성으로 호들갑스럽고 방정맞아서 신사도와는 거리가 멀 것 같지만 사실은 그렇지 않다.

수 천 년 역사에서 왜구들의 횡포가 일본인에 대한 선입감이다. 왜구들처럼 떼를 지어서 명령과 단체로 힘을 발휘하고 행동할 것 같지만 사실은 개인주의가 극도로 발달한 민족이다. 여러 사람과 어울리는 단체감정보다는 개인적 독립적 생활에 익숙하고 깨끗하고 단순함을 추구한다. 밖에 드러나는 감정과 진실한 속 감정이 다른 이중성의 성격을 지닌 사람들이기 때문에 진실한 친구로 관계를 맺기가 힘든 민족이라고 한다.

대륙의 나라 중국과 해양의 나라 일본 사이에서 생존을 버텨온 과거와 달리 현재 한국의 위상은 전 세계를 상대로 경쟁하며 생존하지 않으면 안 되는 시대가 되었다. 그런 면에서는 과거보다는 훨씬 자주 국가로서의 위상을 펼치기에 좋은 시대가 되었다. 동시에 양 강대국의 틈바구니가 아니라 당당한 극동의 삼국으로서 어깨를 나란히 하면서 발전의 선두주자로서의 역할도 일부는 담당하고 있는 것이 현시대의 실정이다.


지구촌 가족으로 여러 나라와 어울리는 것은 당연하고 차라리 먼 나라와 잘 지낼지언정 역사의 교훈으로 가까운 이웃 나라끼리 친구가 될 수 없음을 알았다. 사이좋게 지내는 것과 친구가 되는 것은 다르다. 이웃 나라끼리는 사이좋게 지내되 정작 우방국은 멀리 있는 강대국과 관계를 맺는 것이 좋을 것이다. 멀리 있는 강대국은 배신을 하더라도 결코 국경선을 없애는 악랄한 짓은 못할 것이라고 보는 것이다. 우방국이 되거나 나라끼리 친하다고 하는 것은 그 시대 국민들의 감정이기 때문에 역사를 이어가면서 친밀하기는 불가능하다. 이웃의 강대국은 역사를 이어가면서 항상 경계 대상의 우선순위여야 할 것이다.

이웃 강대국이 이웃 약소국의 국경선을 지우는 역사를 흔히들 보아왔다. 멀리 있는 강대국은 멀리 있는 약소국을 후세인들이 소원해지더라도 함부로 국경선을 지우거나 하는 일은 없을 것이라고 보는 것이다. 있어도 결코 병합할 수 없는 것이 먼 우방국의 이점이다.

현재 우리나라의 위상은 단군 역사 이래 최고의 경지에서 전 세계를 향해 등불을 켜고 있다. 세계인들은 한국인들의 일거수일투족을 주목하고 있다. 어떻게 하면 한국처럼 발전하고 한국인들처럼 행복하게 살까 하는 것이다. 경제의 발전은 물질적인 것이고 한국인들의 삶을 본받자고 하는 것은 정신적인 것이다. 위정자들의 입장에서 자국의 국민들이 행복하게 사는 것은 종교보다도 더 큰 위력을 가진 힘일 것이다. 그 힘과 정신을 지금 한국이 등불을 켜고 있다. 그 등불은 한국의 문화다. 한국의 문화가 지구촌 가정에 온기를 불어넣을 것이다.


## 축지법의 실현 🏮

현시대는 축지법의 시대다. 우리가 어린 시절 윤리·도덕만 만연하고 물질적이거나 경제적으로는 보잘것없는 맹탕의 시절에도 심청전 등의 전래동화와 나란히 축지법에 관한 설화인지 동화인지가 있었다. 축지법이란 말에 익숙해 있었다는 말이고 그저 상상의 세계였을 뿐 절대 현실과는 거리가 먼 이야기로만 여겼다.

그 뒤 과학 입국이 되면서 등장한 가상 세상이 타임머신이었다. 용어는 다르지만 고사성어에 무릉도원이란 말이 있는데 타임머신과 같은 의미이고 인간의 세상에는 동서고금을 통해서 항상 온갖 상상력을 동원해서 피안의 세계를 그리는 것이 인간의 본성인 것 같다.

축지법과 타임머신은 동급으로 하늘의 별이었다. 그런데 21세기가 되면서 갑자기 축지법은 하늘에서 떨어져 인간 세상으로 내려왔다. 인간이 불을 사용함으로써 다른 동물들과의 확연한 차이가 있듯이 축지법도 그런 유의 인간의 품속에서 놀고 인간의 필수품이 되었다.

에디슨이 전기를 발명하고 이어 전신, 전화, TV, 심지어 컬러TV가 나올 최근까지만 해도 축지법은 상상도 못 했다. 신문사에서 주로 쓰던 사진전송이 나오면서부터 전문 과학자들 사이에서는 축지법의 실현이 눈앞에 와 있음을 직감했던 것 같다. 핸드폰으로 사진을 찍고 동영상을 찍을 때까지만 해도 축지법과 연관 짓지 못했다. 동영상을 핸드폰으로 주고받으면서 이게 바로 축지법이구나 싶었다. 우리가 어린 시절에 알았던 축지법이 이런 방법으로 실현되는구나 싶었다. 불가능이 현실로 되는 것이 기적이다. 축지법은 불가능의 일이었는데 과학은 축지법이 현실이 되는 기적을 이루었다.

축지법은 땅을 주름잡아서 이동하는 법이라는데 다시 말하면 순간이동을 일컫는 것이다. 땅을 치맛주름 잡듯 줄여서 순간적으로 늘일 때 저쪽 끝부분에 옮겨 타면 순간적으로 이동되는 것이 축지법이다. 그런데 이 축지법을 굳이 고식적인 물리적인 방법만 고집했기 때문에 몰랐지 타임머신과 같은 반열에 있었던 것이다. 꼭 사람이 어떤 장소를 가지 않더라도 그곳의 현장을 간 것처럼 똑같이 보고 듣고 느끼고 말한다면 축지법을 실현하는 셈이고 어느 사이에 축지법의 시대에 사는 사람이 되었구나 싶은 것이다.

축지법에는 항상 초인이나 도인이 등장했다. 이들은 축지법을 쓰기 때문에 서에 번쩍, 동에 번쩍 어디를 가도 항상 먼저 와 있다는 것이다. 역사에서는 임란 때 서산대사와 유정 즉 사명당이 있었다. 서산대사는 묘향산의 도인이었고 사명당은 금강산의 도인이었다. 또한 축지법을 하는 도인들은 변신의 귀재가 되어 때로는 소 등에서 피리를 부는 소년이 되었다가 때로는 산신령이 되기도 하고 주로 승복을 입은 중의 모습이 많다고 했다. 그래서 우리가 어릴 때 산길이나 들길에서 만나거나 지나는 스님들을 종종 눈여겨본 기억이 있다. 혹시 도술을 부리거나 축지법을 하는 도인이거나 산신령이 아닐까 해서였다.

요즘 사람들은 축지법도 모르고 축지법에 별 의미를 두지 않는다. 과학 발전이나 IT 기술 발전의 일환에 의한 원거리 통신이나 일상생활의 한 수단에 지나지 않는 정말 누구나의 필수품인 핸드폰으로 축지법을 실현한다. 그럴수록 나 자신은 자꾸 원시인이 된다. 우리의 청소년 시절 두메산골은 아무리 생각해도 미명의 세상이었고 문명의 혜택이란 눈을 씻고 찾아봐도 없었다. 그래도 축지법에 관해서는 옹골차게 상상하고 동경의 세상이었다. 그러했던 우리나라가 결국은 해냈다. 세계 제일의 선진국과 어깨를 나란히 하면서 경제발전과 과학 발전을 이룸과 동시에 축지법을 실현하는 나라가 되었다.

# 훈계의 천국 🔔

지금도 여름만 되면 생각난다. 들이나 산에 나가면 왜 그다지도 그늘 하나 없었던가. 뙤약볕에 길을 가거나 들에서 일하는 것이 예사였다. 머리를 가릴 벙거지 모자 하나 없었다. 뜨거운 햇볕을 가릴 모자를 쓰는 것이 좋은지도 몰랐다. 양산이나 모자는 도시에서나 필요하고 이런 척박한 환경에서 사는 사람은 이런 것 저런 것 따지면서 사는 것이 아니고 닥치는 대로 사는 것이 도리라고 생각했다. 지금도 구호단체에서는 아프리카 등 열악한 환경에서의 어린이들을 열심히 보여 주고 있다. 어쩌란 말인가. 어찌하면 좋은가.

인간은 노력으로 사는 것이 아니라 타고난 환경으로 산다는 말이 맞는 것 같다. 그렇다고 타고난 환경이 인생을 좌우한다는 말이 진리나 명언이 되어서는 아니 될 것이다. '노력으로 사는 존재가 인간이다'라는 말이 명언이나 이치에 맞아야 할 것이다.

우리가 시골에서 자랄 때 무지렁이 할머니나 주변 어른들은 "명이나 길고 복이나 많이 받아라" 하고 말하지만, 학교에 가면 "인내는 쓰다. 그러나 그 열매는 달다"라는 말을 배운다. 그래서 요새 학교는 옛날의 서당과 달리 '실사구시' 즉 실생활에 쓰이는 공부를 하는 곳이라고 여기면서 뜨거운 햇볕에서 참고 일하거나 견디는 것이 인내라고 생각했다. 다음에 오는 달콤한 열매가 무엇인지도 무르면서 악착같이 뙤약볕을 참고 견디면서 버티는 것이 학교에서 배운 사람의 도리이거나 자세라고 생각했다.

상급학교에 올라갈수록 명사나 위인들이 많고 그 유명인이나 위인들은 모두 다 진리 같은 명언이나 교훈적인 말을 쏟아냈다. 학교에는 종교의 창시자나 지도자부터 시작해서 유명인들의 명언까지 온갖 훈계적인 말을 많이 아는 것이 지식인 잣대의 기준이었다. 예를 하나 들면 독일 칸트의 산책이었다. 얼마나 정확하게 시간을 지키는지 동네 사람들은 칸트의 산책 시간에 맞춰 시계의 시간 조정을 한다는 말이 있었다. 문화인은 시간에 관한 개념이 확실하고 약속 시간을 정확하게 잘 지킨다는 말이 있었다. 그러므로 칸트는 산책 시간마저 정확하게 잘 지키는 위대한 인물이라고 했다.

우리나라 사람들은 시간에 관한 관념이 무지몽매하므로 상급학교에 다녀서 배운 사람들은 지식인이고 지식인은 모름지기 시간의 약속을 잘 지키는 사람이 되어야 한다는 것이었다. 즉 문화인이 되어야 한다는 것이었다. 우리나라가 못살고 후진국인 것은 문화인이 못 되어서라는 말로 들렸다. 문화인이 되면 저절로 잘살게 된다는 말로 들렸다. 그래서 우리들은 문화인이 되기 위해서 상급학교 진학에 기를 썼고 덕분에 문화인은 되었는지 몰라도 잘살지는 못했다. 또한 그래서 문화인보다 잘살기 위해서 정말 무지막지하게 애를 썼다. 그 결과가 현재의 한국 사회다. 세계가 주목하는 한국이 되었다.

선진국 사회가 되니까 그동안 그렇게 훈계질하던 명사들의 명언이나 위인, 모범사례들이 많이 사라졌다. 그렇게 위대하고 높게 우러러보이던 칸트도 대수롭지 않게 보였다. 오히려 칸트가 답답하고 융

통성 없는 사람으로 보였다. 잘 사는 나라일수록 시간에 여유를 갖고 인생을 즐길 줄 아는 시민이 많아야 한다는 것이다.

그동안은 빨리빨리가 한국의 상징이었다. 어떤 일을 빨리 완수하는 것과 출근길에 서두르는 종종걸음이 연상되지만 결국은 시간의 약속을 지키는 것이다. 미국 뉴욕의 거리에서 가장 흉하게 보이는 시민의 행동으로 한길의 건널목을 건널 때 서두르는 종종걸음이나 뛰는 모습을 꼽았다. 한국 같으면 졸장부의 행동으로 치부하는 것 같았다. 부자나라답게 인생도 시간도 여유를 가지고 살아야만 한다는 것일 것이다.

아무튼 우리나라가 못살던 시절에는 한국 사람들의 기질적 단점과 사회적 문제와 더불어 세상의 온갖 훈계와 명언들이 사고를 지배하고 천륜의 업보인 양 우리들의 기를 죽였다. 지금은 자라는 아이들에게도 함부로 좋은 말이나 미사여구로 타이르거나 훈계질하지 못한다. 그만큼 그런 교육적 방침이 필요 없는 시대가 되었다는 것뿐만 아니라 그런 훈계나 명언들의 위력이 많이 약화되고 가라앉았다는 말도 되는 것이다.

못살던 시대에서 잘사는 시대로 바뀌니까 그동안 우리 민족의 흉이나 흠결이 되었던 많은 성품이나 단점들이 오히려 세상의 선망이 되어 세계인들이 몰려오고 부각하고 있다.

# 길의 왕도 ☀

인간은 집을 짓고 정착 생활을 하는 것 같지만 인간이 다니는 길 쪽에서 보면 길을 가기 위해서 잠깐 휴식이 필요한 것이 집인지도 모른다. 그것은 인간의 본성이 다른 동물들과 마찬가지로 움직여야 하고 움직임의 길이 정해져 있는 것이 특징이다. 다른 동물들은 움직임의 흔적을 없애기 위해서 가능한 길을 만들지 않는다. 반면에 인간은 다른 사람이 걸어온 길을 가면서 가능한 길을 만든다.

우리가 자라던 민둥산 시절에는 대부분 사람들이 걸어 다녔고 걷는 길도 많았다. 걷는 지형에 따라 산길, 들길, 물길, 고갯길, 방천길, 논두렁길 등이 있고 다니는 사람들의 필요에 따라 장길, 행상길, 보부상 길, 학교길, 나들잇길 등과 나무꾼 길도 있었다.

앞에서 언급한 길들은 신작로가 생기는 개화기 이전의 길로서 지금은 거의 사라지고 없다. 신작로가 생기면서 확실히 사라진 길이 보부상 길이고 그 뒤 그 길은 학교 다니는 길로 바뀌었다. 길의 왕도라고 한 것은 학교 다니는 길을 강조하기 위함이다. 학교 다니는 길이 길의 왕도가 된 것은 사라진 많은 길 중에서 개화기 때 생긴 신작로라고 하는 한길처럼 변화와 발전 면에서 많은 의미를 담고 있다고 보는 것이다.

보부상 길은 행상 길로서 수천 년 물자이동 수단의 혈맥으로서 전국이 거미줄처럼 얽혀 있었다. 그러다가 개화기 때 철길이나 한길이 생기면서 일시에 사라졌다. 그 이유는 필요성의 약화 때문일 것이다. 그것은 또한 유통방법의 변화 때문이기도 할 것이다. 개화기 이후 물자 수송의 길은 철길이나 한길이 담당하고 그동안의 보부상 길은 오롯이 학교 길로 변했다. 수천 년 변화 없던 보부상 길이 학교 길로 바뀌면서 그 길의 효용성이나 가치 면에서 일시에 엄청난 변화를 가져왔다. 그러고는 학교 길도 금방 사라졌다.

학교 다니던 산길, 들길, 고갯길, 방천길, 논두렁길 등은 왕년에는 보부상 길이었지만 학교 다니는 길로서 우리들 성장의 길이었다. 그 길이 우리를 키웠다기보다는 우리가 그 길에서 자랐을 것이다. 학교를 다닌다는 의미는 단순한 신체의 성장이 아니라 인간의 잠재력 면에서 가늠할 수 없는 성장을 의미한다. 오늘날 국가 발전의 싹이었다고 보는 것이다.


학교 길의 후유증처럼 사회와 국가라는 세상은 급속하게 변화되고 발전되기 시작했다. 우리나라는 원래 자원 빈국으로서 유일한 인적 자원만 넉넉하다고 했다. 그 인적자원들이 무럭무럭 자라는 길이 학교 길이었다. 1950년대, 1960년대, 1970년대까지 전국의 학교 길들은 참으로 분주했다. 도시는 학교 길의 의미보다는 몰려듦의 아우성이었다. 배우기 위해서 학교로 몰려드는 어린이의 물결은 교실이 미어터지고 모자랐다.

시골길들은 산길, 들길, 고갯길, 비탈길, 물길 등이 모두 학교 길들이었다. 학교 동네 외는 기본이 5리이고 십 리, 이십 리 정도의 거리를 매일 아이들은 학교를 다니기 위해서 왔다 갔다 걸어 다녀야만

했다. 1950년대 여자아이들은 치마저고리를 입고 다녔다. 현재 그 길들은 흔적도 없이 사라졌지만, 그 길의 흔적들이 도시의 화려한 불빛과 거대한 빌딩으로 오늘날 재현되었다고 보는 것이다. 길 자체로만 본다면 왕년의 학교 길처럼 오늘날 전국적으로 얽혀진 고속도로나 KTX로 변신되었다고 보는 것이다.

참으로 생각하면 꿈만 같다. 물론 위대한 국가 지도자나 애국 선각자들의 노력이나 업적도 대단하다고 할 수 있지만 학교 길의 그 황량한 산길이나 고갯길을 비가 오나 눈이 오나 매일 넘나들고 왕래한 꼬마들의 총망한 눈망울이 더 위대한 국가 발전의 공로자가 아닐까 상상해 보는 것이다. 지금 그 길들은 숲이 차고 뫼가 되어 인간의 흔적도 없이 괴괴하다.


## 마이카 시대 💡

국가경제 발전의 한 단계로 마이카 시대의 진입을 꼽고 있다. 미국은 1940년대에 마이카 시대에 돌입했고 일본은 1960년대에 마이카 시대에 진입했다. 한국이 1980년대, 같은 간격으로 중국은 2000년 밀레니엄 시대에 마이카 시대가 되었음이 확실하다.

우연인지는 몰라도 20년 간격의 마이카 시대, 그런데 그 마이카 시대의 개념에 관한 성찰이 2020년대 한국에서 일어났다. 각국의 마이카 시대 진입은 엄격히 말하면 낱말 그대로의 마이카 시대가 아니고 마이 홈 카 시대로 하여야만 맞을 것 같다. 경제발전에서 '마이카 시대'라 하면 대체로 한 집에 차 한 대 소유하는 정도의 관념이 일반적이다. 그런데 2020년대 한국에서는 말 그대로의 마이카 시대가 되었다. 일인 일 소유 자동차 시대가 도래한 것이다. 미국에서나 있을 법한 마이카 시대가 한국에서도 된 것이다.

인간의 삶을 문명사적으로 본다면 근세에 와서 산업사회가 되면서 세계 어느 나라나 도시가 발전하였다. 도시의 발전이 그 나라 경제발전의 척도가 되는 것이 보통이다. 그러므로 마이카 시대도 도시에서 먼저 일어났다. 도시에서는 승용차로, 시골에서는 승용 겸 화물차가 주였다. 그러다가 도시와 시골이 역전되었다. 한 집에 차 두 대의 마이카 시대는 시골에서 먼저 일어났다. 시골에서는 화물차는 필수로 농기계와 같은 반열이 되었고 진실한 마이카 시대답게 승용차를 갖게 되었다. 그러다가 이번에는 일인 일차 시대가 되었다.

솔직히 도시에서는 주차 문제로 일인 일차 시대는 꿈도 못 꾼다. 그보다는 일인 일차가 필요 없다. 다른 대안의 대중교통수단이 발달되어 있기 때문이다.

그런데 시골에서는 일인 일차가 아니면 일상생활의 불편함을 대단히 느끼게 된다. 일인 일차의 주요인은 가정주부들도 차를 가져야 된다는 것이다. 그러니까 부부 공유의 자동차 시대에서 부부 각자의 자동차 시대로 변했음이다. 그만큼 국가 경제의 도약을 뜻한다. 자동차는 기계문명의 꽃이라고 한다. 마이카 시대는 기계문명의 꽃을 활짝 피운 셈이고 그것은 꼳 과학 문명의 꽃을 활짝 피운 것이나 마찬가지일 것이다.

과학 하면 우리나라는 세계인들에게 열등의식을 갖고 있다. 우리나라 사람이 노벨과학상을 받지 못했기 때문이다. 꼭 노벨과학상을 받아야 과학이 발달되는 것이 아니라면 노벨상과는 상관없이 과학이 발달하고 잘 사는 나라가 되면 되는 것이 아닐까 생각해 보게 된다.

우리나라가 건국되면서 미국과 인연을 맺게 되고 그 무렵에 미국이 마이카 시대가 되면서 우리는 미국의 문명에 대해서 대단한 흠모를 하게 되었고 그중에서도 자동차를 너무나 부러워했다. 그로부터 80년이 지난 지금 규모의 경제 면에서는 미국의 발뒤꿈치도 못 따라가지만, 삶의 질적 면에서는 어떤 측면에서는 미국을 능가하는 부분도 있는 시대가 되었다.

국가의 교육정책은 국가의 백년지대계라 했다. 그 백년지대계의 꽃이 활짝 피고 있는 시대가 지금의 한국의 위상이 아닐까 싶기도 하다. 참으로 대견하고 위대하다.

## 의리에 살고 체면으로 죽고 염치로 견딘다 🔔

본격적 산업사회가 되면서 전통사회에서는 눈여겨보지 않았던 3D 업종이라는 것이 생겼다. 3D 업종이라고 하는 것은 힘들고 (Dificult), 더럽고(Dirty), 위험한(Dangerous) 업종으로 광산업 계열과 청소, 정화업이나 제조업 등을 말한다. 그만큼 경제발전이 성장했다는 의미도 되고 또한 일자리의 여분과 공백이 생겼다는 말도 되는 것이다.

이 틈을 타서 주로 아시아이기는 하지만 전 세계의 후진국에서 인력들이 모여들었다. 처음에는 공단과 공업지역을 중심으로 모여들다가 차츰 도시지역, 지금은 시골의 농촌지역까지 외국 인력이 없으면 우리나라 산업이 마비될 정도다. 그것은 곧 우리나라가 국제화되었다는 말도 되고 인종, 국적을 불문하고 서로 어울려 사는 시대와 사회가 되었다는 말도 된다. 그것은 또한 우리 주변에서 흔하게 외국인을 만날 수 있고 외국인들과 관계를 맺는 사회생활을 하는 기회가 빈번해지기도 한 그야말로 국제 화시대가 된 것이기도 하다.

어찌 보면 엊그제까지 우리가 후진국 국민으로서 선진국 국민들에게 모진 괄시와 무시를 당하다가 갑자기 국제화 시대를 맞이한 느낌도 드는 것이 사실이다. 그런 느낌의 일면에는 우리가 국제화에 대한 준비가 덜 되어 있다는 말도 되고 반대로 전국에서 흔하게 접하는 그 외국 인력들이 우리나라 사회에 적응을 잘 못 하고 있다는 의미도 된다.

3D 업종에 종사하는 많은 후진국 인력들을 볼 때 처음에는 우리들 엊그제의 처지를 생각하면서 연민의 정을 느끼다가 이제는 생각이 많이 달라졌다. 전국적으로 외국 인력들의 횡포가 각개전투식으로 흩어져서 심하니까 그들을 고용하는 고용주 입장에서는 매우 난처하다는 아우성이 흔하게 들려오기 때문이다. 많은 외국 인력들 중에는 정식 국제관계 절차를 밟아서 들어온 사람도 있고 그렇지 못한

무국적 체류 중인 인력도 많다고 한다. 이런저런 이유로 정식으로 고용관계를 맺을 수도 없고 인력난에 허덕이는 고용주 입장에서는 그들의 횡포에 속수무책일 수밖에 없다.

그들의 일터에서는 순치되지 않은 막무가내의 망나니짓이 통할지 몰라도 인간 삶의 가장 기본요소인 의식주 중에서 주거만큼은 정식 절차를 밟지 않으면 살 수가 없는 것이 한국 사회의 실정이다. 그들의 주거생활과 고용관계의 일면을 살핌으로써 그들의 공통된 인성을 들여다볼 수 있고 특히 한국 사람과의 다른 점을 엿볼 수도 있다.

동남아 후진국 근로자들에게 공통으로 느껴지고 체득되는 것이 신뢰성의 부족과 위생 문제다. 인류가 토속적 생활에서는 그 환경에 맞게 풍속이나 생활의 수단들이 강구되겠지만 일단 국제화에 접어들면 토속적 방식에서 벗어나서 국제화의 룰에 따르는 것이 원칙이다.

서양 속담에도 "로마에 가면 로마법에 따르라"라는 말이 있다. 한국에 오면 한국의 법을 따라야 마땅한 것이다. 한국 사람처럼 살라는 말이 아니고 한국인이나 외국인이나 공통된 국제화의 룰에는 맞추어야 하고 그렇지 않으면 여러 가지 부조화의 문제가 발생한다.

부조화의 문제 몇 가지를 예로 들어보자. 시골에서 일손 부족으로 외국 노동자를 고용하는데 계약서도 없이 선불을 요구한다. 계약서 없는 것은 무국적 체류자를 눈감아 달라는 말이고 선불을 요구하는 것은 일손 부족의 약점을 이용하는 것이다. 그렇다면 구두계약이나 마찬가지인데 구두계약도 계약으로서 계약을 지켜야 하는데 막무가내로 한창 바쁘게 수확해야 하는 시기에 도망가 버린다는 것이다. 마치 그 나라에서 올 때 도망가는 연수를 받고 온 것 같더라는 것이다. 신뢰라고는 눈을 씻고 찾아봐도 없다는 것이 고용주들의 말이다. 솔직히 한국인들에게는 특별한 사정이 없는 이상 없는 사고방식이다. 먼저 월급을 받고 적당한 기회에 도망간다는 속셈으로 구두계약을 한다는 것은 절대 인간의 도리가 아니다.

다음은 분리수거를 소홀히 하고 더럽게 하고 산다는 것이다. 후진국 근로자나 학생들에게 방을 빌려주었을 때 가장 먼저 문제가 발생하는 것이 하수도의 막힘이다. 그들은 닭고기를 많이 먹는데 닭기름을 싱크대 하수구에 쏟음으로써 하수구가 막힌다. 한국인들도 닭고기를 먹지만 하수구가 막히지 않는다. 닭기름이 하수구에 들어가서 굳어져 돌덩어리가 된다는 것을 그들을 통해 알게 되는 것이 참 신기한 일이었다.

그들은 겨울에도 보일러를 사용하지 않는다. 열대지방에서 와서 그런지 아니면 아껴서 본국에 송금을 많이 하기 위해서 그런지는 몰라도 설치된 보일러를 사용하지 않고 목욕물을 데운다. 큰 고무통에 받은 물에 전선으로 벌겋게 달구어진 쇠막대기를 담가서 데워진 물로 목욕한다. 그 경우 수증기가 온 방 안까지 벽을 흠뻑 적신다. 벽이 젖어 어떻게 살았는지 봄이 되어 이사 감으로써 문을 열어보니 이건 뭐 도저히 사람 사는 집이 아니었다.

그들은 청소와 분리수거를 하지 않는다. 그들은 종량제 비닐봉투를 슈퍼에서 사서 사용해야 하는 것을 이해하지 못한다. 그리고 집이나 방이 더러워도 무감각하고 치우거나 청소를 하지 않는다. 그것은 과거 반세기 전 우리들의 시골 생활에서 이해는 할 수 있다. 그보다 더 전에 식민지 시절에 일본인들에게 한국인은 더럽다는 모멸감을 잊지 못한다. 아무리 그래도 동남아 근로자들이 현시대에 한국에서 살면서 자기 나라 습관이나 풍속을 고집한다면 국제화의 일원이 될 수 없고 본국으로 돌아가야 마땅할 것이다.

지금까지 외국 근로자들의 부조화 인성을 들쑤셔 놓았다. 물론 그들도 전통의 유교문화였거나 고학력이라면 결코 이런 핀잔을 듣지 않았을 것이다. 아무리 그래도 한국 사람들은 무지몽매하고 가난해도 그럴수록 더 외국 근로자와 같은 철면피 짓은 하지 않는다. 그 이유가 앞의 표제에서 말한 한국인들은 의리와 체면과 염치가 몸에 배어 있다.

물론 지금의 젊은이나 어린이들은 많이 서양화, 국제화되어 있지만 아무리 그래도 한국인의 유전적 체질은 어쩌지 못한다. 특히 서양 사람들의 배금사상이나 상업주의적 사고방식의 홍수로 의리와 체면과 염치가 많이 퇴색되고 엷어지기는 하였다. 의리라고 하는 것은 서로 의존적 관계의 지속을 올바르게 하는 것이다. 대체로 일대일의 관계에서 서로 부족한 부분이나 아쉬운 어떤 사안들을 서로 보완해 주는 사고방식이다. 은혜나 혜택, 신세 갚음의 거창한 구호도 있지만 일상의 생활에서 자잘한 것도 일방적이지 않고 서로 주고받는 사이가 의리이다.

한국 사람들은 인간의 가장 기본 기질인 독립된 존재라는 것에 대한 자부심과 상대방과 비교되는 것에 대한 자존심이 강하기 때문에 자기 존재의 극복을 위해서 의리를 지킨다. 자존심에는 열등의식이 따라오기 때문에 상대방에게 지지 않기 위한 굳건한 다짐이다.

체면과 염치는 우리 민족의 전통사상인 선비정신의 주체로서 체면은 외향적인 것이고 염치는 내향적인 것이다. 체면은 자신을 남에게 보이는 것이고 염치는 자신을 자기 스스로에게 보이는 것이다. 둘 다 양심이라는 말로 대신하고 있는데 양심은 양호한 마음씨로 인간사회에서 가장 인간다운 마음이다. 인간사회에서 양심을 벗어난다면 동물들의 군집생활과 같은 것이다.

체면과 염치는 지난날 우리나라가 어렵고 가난한 시절에는 우리 민족정신의 단점으로서 흉잡히고 책잡혔으나 잘 사는 나라가 되니까 가장 강점의 민족정신으로 부각되고 있다. 의리는 지키고 체면은 차리고 염치는 있어야 하는 것이 우리나라 사람이다.


## 과잉 인연의 정 ☀

일본 사람들이 지진 등 자연재해에 적응하는 민족성이 형성되었다면 한국 사람들은 전란 등의 외침에 의한 일상의 변화에 적응하는 민족성이 형성되었다고 할 수 있을 것이다. 물론 한국 사람들도 태풍이나 전염병 등 자연재해의 영향이 전연 없었던 것은 아니다.

우리나라 사람들이 정이 많다고 하는 것은 알고 보면 결국은 이 땅에 적응하면서 살기 위한 한 방편에서 형성된 성품일 것이다. 민족이라는 큰 덩어리로 보면 영속적인 이 땅의 주인이지만 이 땅에 사는 개인의 일생으로 볼 때는 살아남기 위한 수많은 생사고락의 한 과정의 연속일 것이다. 특히 전란 등의 갑작스런 변고에 의한 인연이라든지 삶의 터전이 바뀌는 것에 대한 안타까움이나 서글픔이 내재된 성격의 표현이 정인지도 모른다.

외민족의 침략이나 난리가 심했던 것도 다 약소민족이었기 때문이었고 약소민족과 지정적 위치 때문에 형성된 민족의 정서가 한이었다. 한은 우리 민족 개개인의 감정으로 어디까지나 독자적 내부의 감정이다. 그것이 누구와의 관계에서 표현되는 감정이 정일 것이다.

인정이라고 하는 것은 서로의 관계에서 나타나는 마음의 표현이다. 말이나 행동으로 상대방이 느끼게 하는 인간다움의 표현이다. 인간다움이 어떤 관계에서 나타나는 현상은 서로의 절실함이나 욕구 충족이다. 그때그때의 상황이나 변화에 따른 적응이나 생존방식이다.

물질 만능이나 풍요의 시대에는 과잉 인정이 되어 부조리로 나타난다. 의식주에 허덕이던 초기 단계의 생계형 인정이 점차 껍질이 두꺼워지고 거품이 일고 확대되어 이제는 만능의 촛대가 되어 음성적 풍속화로 변질되었으나 이것이 비정상인 것을 대부분 사람들은 감지하지 못한다. 경제이론에서 악화가 양화를 구축한 셈이다. 사람의 관계에서 좋은 정서가 나쁜 관계의 정서를 만드는 촉매제가 되었다. 이제는 다시 돌아가지 못하는 사회악이 되었다.

인간의 감정은 묘하게도 과잉 인정으로 나타나는 사회악의 감정이 내로남불이 된다는 것이다. 과잉이라는 기준이나 한계가 사람마다의 주관성에 기인한 관계로 너무나 모호하고 정답이 없기 때문에 자기도 모르는 사이에 내로남불이 되는 것이다. 인간사회는 아무리 공평한 기회균등을 추구한다 해도 계층이 형성될 수밖에 없다. 자기 입장에서 보편적이고 상식적 수준이라 해도 더 낮은 쪽에서 보면 비상식적이고 감당할 수 없고 이해가 안 가는 부조리의 원흉이 되어 있기 마련이다.

또 하나는 정에 약한 관대함이다. 한국 사회는 연줄의 사회이고 연줄에 약하다. 아는 사람과 모르는 사람의 관계에서 인정에 관한 차이가 너무 심하다. 아는 사람이나 강자에 대해서는 관대하기가 하늘을 찌를 듯하다가 모르는 사람에 대해서는 인정이 매우 박하다. 한국 사람이 정이 많다고 하는 것도 다 연줄에 닿고 아는 사람 범위 안이다. 문제는 아는 사람이나 인연의 사람 등이 아무리 과잉 정을 베풀고 부조리가 심해도 그것이 나쁘거나 사회악으로 느껴지지 않는다는 것이다. 나의 로맨스에 덩달아 지인들도 다 같이 로맨스가 된다는 것이 한국 사람의 장점이면서 때로는 큰 사회악이 되기도 하는 것이다.

인연이 엮어져 연줄이 되고 연줄의 다발들이 모여 파벌이 된다. 학연, 지연, 혈연 등의 것들도 너무나 좋은 인연의 줄들인데 이 인연의 다발들이 너무 큰 덩어리가 되고 굳어져 파벌이 되어 한국의 정치사회를 지배하고 있다. 정이 많아 살기 좋은 한국 사회와 한국인의 정서를 다른 카테고리나 알고리즘과 연결함으로써 새로운 병폐가 생겨나고 있는 것이다.

사람에 대한 정이 많다고 하는 것은 어디까지나 사적 영역이다. 사람에 대한 애정이 많다고 하는 장점을 살리기 위해서는 철두철미 공사의 구별을 할 줄 알아야 한다. 따뜻하고 정 많은 마음씨 뒤에는 항상 차고 냉정한 마음씨도 간직하고 있어야 할 것이다.


## 대우에서 체코까지 ♟

산업혁명의 단계를 나누는 방법은 다양할 것이다. 지금은 4차 산업 시대로서 우리나라도 당당히 세계의 선두그룹에서 첨단산업을 주도하고 있다. 산업개발이 서양보다 200년 늦게 일어난 산업혁명처럼 200년 늦게 일어났다. 개화기와 일제강점기의 산업개발이 우리나라를 크게 변화시킨 것은 사실이지만 실질적 우리나라 국민들 입장에서는 원시시대나 다름없었다. 식민지 국민이라고 하는 것은 노예 국민으로서의 삶이라고 보면 될 것이다.

잿더미에서 출발한 우리나라의 전자산업이 88올림픽이 끝난 20세기 말에는 일본을 능가하고 세계를 주름잡고 있었다. TV, 냉장고, 세탁기로 대변되는 전자산업은 우리나라의 금성, 삼성, 대우의 3사가 당당히 선진국들과 경쟁을 하고 있었다. 우리의 강점은 기술적 품질의 우수성과 가격 경쟁력이었다. 세계시장에서 경쟁력을 확보하는 방법은 제품성능의 우수성과 가격이 싸야 하고 제품 판매 이후의 서비스 제고이다. 그 무렵에는 개발도상국에서 이제 막 세계무역기구인 WTO에 가입한 중진국 지위에 있었기 때문에 가격경쟁력 면에서 기존 선진국들이 따라올 수가 없었고 기술적인 것도 선진국에 비해 오히려 혁신적이었다. 그래도 아직까지는 세계 1위 기업은 없었다.

우리나라의 가전 3사가 가전 3품으로 세계를 휩쓸고 있었지만 아직도 국민소득의 수준에서 선진국 문턱은 넘지 못하고 있었다. 가전 3사 중에서 대우가 가장 의욕적이고 도전적이었으나 여전히 한국 국민들 입장에서는 항상 3위로 고전을 면치 못하고 있었다. 그런데 이때 대우에게 좋은 기회가 찾아왔다. 프랑스에서 세계 최고 수준에 해당하는 전자 기업을 매각한다는 소식이었다. 대우전자가 파격적인 조건을 제시하여 프랑스 전자 기업 입찰에 성공했다. 그러나 대우는 그 기업을 인수하지 못했다. 그 기업만 인수한다면 단번에 세계 1위 전자산업의 지위에 오르는 것은 시간문제였다.

대우전자의 프랑스 1위 전자 기업 입찰 성공에 서양의 산업사회가 술렁거렸다. 또한 프랑스 자국도 자존심이 팍 상했고 유럽연합의 각국에 대해서 면목이 없었다. 아마 유럽연합이 부추겼을 것이다. 극동의 미미한, 존재도 없는 한국에 프랑스 최고의 기업을 판다면 프랑스의 체면은 뭐고 동시에 유럽연합도 망신을 당하는 느낌이었다. 프랑스는 나라의 체면이나 자존심 때문에 그 기업의 매각을 포기하고 말았다. 프랑스가 어떤 나라인가? 세계 5대 강국에 속하고 문화와 예술 면에서 세계 최고 수준의 나라이며 자유와 인권의 종주국으로 세계에서 가장 살기 좋은 나라로 정평이 나 있다.

한국이 88올림픽을 치렀지만 서양 사람들의 인식에는 그 존재의 미미함을 면치 못하고 국제무대의 진출에는 이제 첫걸음마 수준이었다.

그로부터 30년이 흐른 2024년이 되었다. 과거의 설움을 한 방에 날리는 대이변 극이 펼쳐졌다. 체코에서의 원전 수주 경쟁이었다. 당당히 우리나라가 프랑스를 제치고 경쟁에서 이겼다. 프랑스는 여전히 강대국이고 더군다나 원전 기술 최고 수준의 나라에 해당한다. 이제는 유럽연합도 세계 어느 나라도 우리나라의 원전 기술을 무시하지 못한다. 그 외에도 생활 수준이나 문화 수준 면에서 또는 삶의 질 면에서 우리나라가 선진국들의 정곡을 찌르고 있다. 세계 어느 선진국이나 병폐적이고 고질적인 아픔과 그늘이 있기 마련이다.

우리나라는 분단국으로서 민족의 아픔을 겪고 있다. 분단국으로서의 그늘이 짙고 안타깝기는 하지만 삶의 질 면에서는 세계 최고의 수준에 다가가고 있다. 이번 체코의 원전 수주도 나라의 신용도가 최후의 관건이었다고 한다. 국제관계의 거대한 거래의 관건이 되는 신뢰도도 거대하거나 국제관계이기 때문에 생성되는 것이 아니고 우리나라 사람들의 일상생활에서 비롯되고 출발하는 것이다. 우리나라 사람들의 작은 것에 대한 마음 씀씀이가 국제사회의 큰 것을 좌우한다는 것을 명심해야 할 것이다.

# 한글전용 시대를 열다 💡

어떤 명사의 프랑스 유학시절 한국문화원에서 한국어 강좌를 개설하는데 20명 정원을 채우기도 힘들었다고 한다. 그러던 것이 요즘은 그런 교실이 20개가 되는데도 빈자리가 없어서 대기표를 받고 기다려야 한다고 한다. 프랑스의 한국어 열풍을 상징하는 것인데 그만큼 지금 세계는 한국에 관한 관심이 대단하다고 할 수 있다.

물론 한국경제 발전의 소산이기는 하지만 한국문화의 표본이 한국어이고 한국말을 배운다는 것은 한글을 배운다는 것이다. 지금 세계는 한글의 열풍에 휩싸이고 있다고 할 수 있다.


지금 세계를 통합하고 있는 언어는 영어이고 영어는 소리글자이다. 알파벳 26자로 어떤 소리도 다 표현이 가능하다. 그보다는 한글의 기본자음은 24인데도 다 가능하니까 어찌 보면 한글이 더 소리글자로서 우수한 문자라고도 할 수 있을 것이다.

세종대왕이 한글을 만들 때가 15세기 중엽인데 그 무렵 서양 역사에서는 르네상스 시대이고 과학에 눈뜰 시대이다. 그렇다면 한국 역사에서 르네상스 시대라면 당연히 세종대왕 시대가 될 것이다. 왜냐하면 세종대왕이 한글을 만들었기 때문이고 또한 과학도 대단히 발전시켰다. 굳이 따져보자면 한글이 영어보다 더 과학적으로 만들어졌다고 할 수 있다.

우리가 일제강점기 식민지 시절에 서양을 대단히 흠모했고 서양에 대한 열등의식도 많이 가졌다. 그래서 서양 문화와 여러 가지를 비교해 보고 우리의 강점과 약점을 살펴보기도 했다. 그중에서 영어와 한글이 소리글자라는 공통점을 알았다. 그런데 영어는 활자체와 필기체가 다름을 알았다. 그래서 이번에는 그 필기체를 흠모하기도 했다. 필기체의 특징은 연이어 글자를 쓴다는 것이다. 혹시 그래서 서양 문화가 앞선 것인가 싶어서 우리의 글자 한글도 연이어 쓰는 필기체를 개발했다. 한글학자 최현배 선생이 창안하여 '말본'이라는 교과서 뒤편에 참고자료로 견본을 보이기도 했다. 지금 영어 필기체의 위력은 무용지물이 됐다.

디지털 인터넷 문화가 영어필기체의 위력을 무력화시켰음을 누구나 알 것이다. 과거 우리나라가 과학 입국을 외치면서 분발할 때만 해도 그 과학 입국은 오로지 서구사회를 염두에 두면서 추진해 왔다. 디지털 시대 이전의 아날로그 시대의 과학 입국이었다. 그러다가 디지털 시대로의 전환점에서 우리가 선진국을 모방하고 따라가기 쉬운 조건의 하나가 한글이 영어처럼 소리글자라는 것을 알았다. 그 결과 디지털의 응용이나 사회화는 서구 선진국을 제치고 우리나라가 세계를 선도하고 앞서 나가는 시대를 도래하게 했다.

한글에 관한 한 세종대왕의 천재성은 고이 접어 모셔놓고 디지털 시대와 관련해 한글전용 시대를 열기 위한 예언가적 추진의 역사가 있다. 그 예언은 어디까지나 결과론적이다.

일제강점기 민족말살의 너무나 아픈 역사에 대항하기 위해서 한글학회를 만들었다. 해방되자 마자 한글학회가 주동이 되어 학교 교과서는 말할 것도 없고 모든 출판물을 일본 글 대신 한글로 바뀌었다.

이때 한글학회에서는 국한문혼용과 한글전용 파로 나뉘었다. 국한 문혼용 파는 우리말에서 한자를 빼면 문맥의 흐름에 혼선이 야기된다면서 한글전용을 적극 반대했다. 그러나 막상 한글전용 시대가 되고 보니까 문맥의 흐름 따지는 관념적 사고를 할 틈도 없을 만큼 세상은 빨리 돌아가고 생활밀착형 문장들이 난무하는 시대가 되었다.

우리는 고등학교 다닐 때 국문법을 '말본'이라는 교과서의 이름으로 공부하고 배웠다. 물론 '최현배 저'의 말본 책으로 앞으로 한글전용을 목적으로 한 국어문법 팩이었다. 명사는 이름씨, 대명사는 대이름씨, 동사는 움직씨, 형용사는 그림씨, 관형사는 매김씨, 부사는 어찌씨, 감탄사는 느낌씨, 조사는 토씨, 수사는 셈씨 등의 9품사였다. 서술어를 풀이말이라고 하는 것도 한글전용 문법에서 유래된 말이다. 영어는 8품사인데 비하여 한글은 9품사로 움직씨와 그림씨는 영어에서 동사이고 매김씨가 영어의 형용사이다.

지나고 보니까 한글전용을 고집한 것도 현시대의 디지털 문명에 대비한 정책이 된 셈이었다. 첨단문화인 전자 문명에서 아날로그 시대까지만 해도 일본이 우리나라보다 훨씬 앞서갔다. 그러다가 일본어에 있는 뜻글자인 한자 때문에 디지털 시대로의 전환에서 미적거리다가 우리나라에 추월을 당한 후 회복불가능으로 우리를 뒤따라오고 있다.

디지털 시대로의 발 빠른 전환이 가능한 것도 한글이 소리글자라는 것이고 한글전용 교육정책의 백년지대계가 이뤄진 우리 민족의 저력의 사례이기도 한 것이다.

# 먼 산의 토끼 똥 💡

원시시대를 상징하는 말로 '호랑이 담배 먹던 시절'이란 말이 있다. 미명에서 깨어나지 못한 인간사회의 무력감을 풍자한 말이다. 언어의 논리성은 전연 의미가 없다. 마찬가지로 '먼 산의 토끼 똥'이란 말이 있다. 나이 80 전후의 노인 세대들만 알아들을 수 있는 말이다. 그 먼 산의 토끼 똥들이 지금 노인들의 밥상머리에 진을 치고 있다.

노인이 아니어도 어떤 돈 잘 버는 젊은 연예인은 30가지의 토끼 똥을 매일 아침 취식을 한다고 방송에서 보여주고 있다. 여기서 토끼 똥은 알약이다. 건강보조식품이라고 하는 영양제로 국가의 식약처에서 엄격히 관리하고 있다.

지금부터 먼 산의 토끼 똥이 어떻게 노인들의 밥상머리를 차지하게 되었는지 그 과정을 살펴보고자 하는 것이다. 그것은 곧 약이란 이름의 너울을 쓴 우리나라 영양제의 역사이기도 하다. 아마 우리나라가 금수강산이라서 진귀한 산물이 많다는 것과 진시황이 불로초를 찾아서 선남선녀 삼천 명을 하필 동방의 나라에 파견한 것과도 관련이 있을 것이다.

전쟁이 끝나고 어려운 시절부터 전국 곳곳의 도시에는 어디든 항상 천막부대들이 있었다. 마이크에서는 육자배기 등 우리의 국악이 흘러나오고 판매 당사자들이 직접 가수가 되어 노래를 부르기도 했다. 한약재를 조제한 알약을 파는 것이었다. 마땅한 구경거리가 없던 시민들은 약장수의 넋두리에 취하면서 흥미에 흠뻑 빠져들었다. 주로 먹는 알약과 바르는 고약이었다. 이때 그 약을 조제할 때의 성분 종류를 설명하는 과정에서 먼 산의 토끼 똥도 들어간다는 것이었다. 뒷동산이나 야산의 토기가 아니라 멀고 깊은 산의 토끼는 진귀한 약초를 먹기 때문에 그 똥도 약이 되고 다른 약재와 어울려서 큰 효험을 보는 약재의 재료임을 강조하는 것이었다. 물론 허풍이고 과장되고 거짓말인 줄 알지만, 그 말의 사실 여부나 약효의 진실 여부보다도 그 사람들의 재기나 예능에 감동하고 재미를 느끼면서 즐기는 것이었다.

어쩌면 그 무렵 극장에서는 녹음기가 나오고 토오키 필름이 만들어지면서 무성영화를 해설하는 변사들이 일자리를 잃었는데 그 사람들이 약장수로 변신한 것이 아닌가 짐작도 해보는 것이었다. '아이들은 가라'라든지 몸에 난 종기를 '등에 나면 등창' 등 하면서 '이수일과 심순애' 같은 신파조의 대사 같은 언변들이 그 천막부대의 약장수들을 통해서 유행했었다. 1970년대 들어와서는 그 사람들은 사기꾼의 상징으로 국가의 감시 대상이었다. 그래도 개발되는 도시의 빈터에는 항상 천막부대와 마이크 소리가 끊이지 않았다.

그러다가 나라 경제가 발전하고 국민소득이 높아지면서 이번에는 선물 공세를 펼치는 것이었다. 과거 같으면 구하기 힘들고 귀한 것으로 부잣집에서나 있을 법한 돗자리나 대발 등의 물건과 최신 공산품 휴지 등 옛날 같으면 감히 만지기 힘든 생활용품들을 선물하는 것이었다. 그 선물들은 거의 강제적이었다. 그런 선물을 받은 이상 그들이 판매하는 보약이나 물건들을 사지 않을 수 없었다. 그들의 언변이나 술수도 뛰어났겠지만, 그들의 판매 장치 망 안에 들어온 이상 그냥 돌려보낼 수 없고 물건을 사지 않을 노인들이 그 자리에 올 이유가 없다는 것을 그들은 너무나 잘 알고 있는 듯 수완을 발휘하는 것이었다.

주로 할머니들이지만 어느 정도 여유가 있는 노인들이 있는 집에서는 물건들이 가득가득 쌓여 갔다. 가족들이 아무리 말려도 소용없었다. 그 이유는 노인들의 외로움이었다. 모르는 사이에 그들의 만담에 빠져 발길이 그곳으로 가게 되는 것이었다. 그곳에 가면 시간 가는 줄 모르고 웃음꽃이 피는 세상이 되는 것이었다.

시중에는 장사하는 사람으로서 돈을 벌기 위해서는 찾아오는 손님들의 호주머니 속을 들여다보는 눈이 있어야 한다는 말이 있었다. 그만큼 장사 수완이 있어야 돈을 벌 수 있다는 말이었다. 바로 그 천막부대 사람들이 그런 사람들이었다. 할머니들의 호주머니 속뿐만 아니라 그 가정의 재력이나 능력도 보는 눈이 있는 사람들이라고 보면 될 것이었다.


21세기 밀레니엄 시대가 되고 사회가 비약적으로 발전하면서 그 천막부대 사람들이 사회문제화되고 국가에서는 그냥 방치할 수는 없었다. 양성화하는 방법이었다. 때마침 방송 채널이 다변화되고 종편의 방송 채널도 생겼다. 국가는 그 천막부대들을 양성화시키고 그들은 당당한 영양제 제조업자로 변신하면서 대사업가로 성공을 거두었다.

2010년대 이후로 종편이 생기고 또 동시에 인터넷 판매망이 생활화되면서 노인들의 세계에서는 온통 건강에 관심을 갖게 되거나 영양제나 보약이 밥상머리에 쌓이는 시대가 전개되는 것이었다. 그런 연유인지는 몰라도 국민의 평균수명은 쑥쑥 늘어나는 것이었다. 그런데 2020년대 중반이 되면서 또다시 그 천막부대들이 등장했다고 한다. 필요가 없는데 생겼을 리는 없고 그 필요성에 관해서 고찰해 보고자 하는 것이다.

요새는 천막도 아니고 빌딩의 넓은 홀을 사용한다. 방음장치나 음향장치, 냉난방장치가 잘 되어 있어서 사철 전천후 장소로 업자나 고객들도 경제발전의 혜택을 입는다. 고객인 노인들도 과거의 사람들이 아니고 신세대 노인들이다. 30년이란 한 세대가 지났기 때문에 과거의 노인들은 다 이 세상을 떠났다. 그 노인들은 생계에 쪼들리다가 말년에 자식들에 의지해 겨우 용돈을 만졌던 세대들이었다.

그에 비하여 요즘 노인들은 부모들의 기본생계 해결의 힘으로 당당히 자기 노력에 의한 성공적 삶을 사는 사람들이었다. 그래서 호주머니가 넉넉하고 두둑한 노인들이 많았다. 대부분 자기 재산을 가진 유산자들인 것이다. 그래도 과거의 노인들과 공통이 있었다. 외로움이었다. 늙음의 외로움, 이것은 하늘도 국가도 어떻게 할 수 없는 세상의 흐름과 시대적 산물이다.

온라인, 오프라인 등을 통한 인터넷이나 통신 판매망이 거의 무한대 판매정보를 통해서 업자나 소비자들의 유통 욕구를 마음껏 발휘할 수 있는 시대적·환경적 여건이 되어 있음에도 불구하고 그 떴다방이라고 하는 과거의 천막부대 약장수들이 다시 나타났다고 하는 것은 아무리 해도 알 수 없는 세상이 요지경이란 걸 말하는 것 같기도 하다.

우리나라가 선진국이 된 만큼 요새 등장하는 그 전문판매업자 재담꾼들과 소비자인 노인들은 그 노는 양상이 규모나 스타일 면에서 과거와는 전연 다르다고 한다. 노인들의 소비심리라기보다는 여가 심리를 기가 막히게 잘 응용하고 활용하여 노인들을 즐겁게 하고 그 재미에서 빠져나올 수 없게 만드는 재주꾼들이라고 한다.

그래서 그다음 날도 그 자리에 모이게 하는 재주가 있다고 한다. 그러고는 과거처럼 몇십만 원 단위의 물건이나 보약이 아니라 최소 백만 원 단위 이상의 상품을 판다고 한다. 그래도 거기에 참여하는 노인들은 즐거운 마음으로 기꺼이 응한다고 한다. 자기의 전 재산을 남은 여생을 위하여 쓰는 방법이라고 생각한다는 것이다. 업자들은 그 심리를 교묘히 이용하는 재주꾼들이고.

여기서 한국인의 심리가 그 노인들에게서 나타나는 것이다. 처음에는 외로움을 달래기 위해서 갔지만 그러다 보면 이번에는 자꾸 보고 싶고 그리워지고 정이 드는 것이다. 정 주고 마음 주고 물건값이 대수인가 하는 것이 노인들의 심리다. 자녀들 훈육언어 중에 "남에게 해를 끼치지 않는 이상 무슨 짓이든 해라"라는 말을 하기도 한다. 즉 사람과 사람끼리 어울리고 얽히고설키는 삶을 선호한다는 말이다. 제일 싫은 것이 외로운 삶이다. 인간 속으로 파고드는 삶을 선호하는 민족이라는 것이다. 우리의 민족성이 21세기에 세계를 파고들고 있다.

# 생계를 넘어서 ☃

단군신화 이후 우리 민족이 줄기차게 부딪혀 온 문제가 생계 문제였다. 더 속말로 입칠한다고 하는 일상의 먹고사는 문제 말이다. 근현대사에 일제강점기와 내전이 있었다. 일본이 식량을 빼앗아 가고 해방되자 전쟁 통에 피난살이 등으로 인한 설움의 삶이었기에 당연히 가난하게 살 수밖에 없는 처지가 아니냐 하는 것인데 과연 그럴까 하는 것이다.

고려, 조선의 천년을 보면 알 것이다. 한결같이 가난하고 생계에 허덕였다. 역대 제왕들의 당면과제가 백성들의 태평성대였다. 태평성대의 첫째 조건이 백성들이 배불리 먹고사는 것이었다. 그런데 그것이 정말 뜻대로 되지 않은 것이 우리의 역사였고 제왕들의 치적이었다. 하늘의 뜻이라고 하는 날씨에 농자천하지대본이 달려 있었기 때문이었다.

사람이 부모에게서 태어나는 것도 하늘의 뜻이라고 하는데 하물며 농사를 좌우하는 사계절의 눈, 비, 바람 등 날씨야말로 진정한 하늘의 뜻이다. 시골에서 자란 당사자로서 실제 경험한 바에 의하면 주로 3년을 주기로 한 번은 가물고 한 번은 홍수가 나고 한 번은 풍년이 된다. 매년 풍년이 들어도 뭣할 판에 3년에 한 번꼴의 풍작이라니! 매년 대풍년이 드는 날씨를 만들어 주지 않는 하늘이 원망스러울 뿐이었다.

역사에서는 전염병도 돌고 전쟁도 나고. 이런 날씨와 국난 등의 사유들이 모두가 다 나라님도 어떻게 못 한다는 가난의 원흉들이었다. 수리시설이 잘된 큰 저수지 아래의 토지에서 얻는 고정된 수확물이 국민의 생명줄이었다. 날씨 의존형 산업인 농업국가로서는 국민의 배고픔을 해결할 수 없고 기초생계에 허덕이는 경제력으로서는 독자적 문화국민이 될 수가 없다. 생계에 허덕이는 배고픈 국민에게서는 어떤 문화도 일어나지 않는다.

어떻게 하든 잘 사는 나라가 되어야 하겠는데 그 첫 번째 단계가 식량 절약이었다. 그래서 88올림픽을 할 때까지도 학교 교실에서는 혼분식 장부가 주간 수업계획 장부와 같이 움직였다. 혼분식은 식량 절약의 한 수단으로서 국민 기초교육의 과정이었다.


우리나라가 근대화가 늦었다는 것은 농업국가를 벗어나는 것에 늦었다는 것이고 그 결과 식민지 국민으로 전락하고 말았다. 식민지 국민으로서의 잔혹함이나 설움은 일일이 열거하기 민망할 정도로 많겠지만 그중의 하나가 배고픔이었다. 기초생계에 허덕이는 노예 국민으로서의 비참함이었다. 서양 사람들이 아프리카 원주민들을 절대로 문화국민이 될 수 없는 저능의 민족이라고 하니까 일본 사람들은 우리 민족을 저능의 민족으로 단정했다. 민족 말살의 이론적 배경을 만들기 위한 엉터리 인류학이라는 서양의 모방학문이었다. 해방과 육이오 전쟁은 우리 시대 우리 세대들의 가슴에 서린 피멍 같은 아이콘이기도 하지만 우리 민족으로서는 영원히 아로새기고 되새김질해야 하는 교훈의 역사이도 한 것이다.

88올림픽을 치르고 WTO에 가입하고 밀레니엄에 월드컵을 개최하니까 세계 1위 기업이 탄생했다. 모두 다 우리 시대에 감동스런 역사적 큰 사건들이지만 그중에서 본인의 입장에서 가장 충격적인 감동을 준 것은 아무래도 세계 1위 기업의 탄생이었다. 세계 1위 기업의 출현은 단순히 그 기업 자체의 업적이나 대단함을 넘어서 올림픽에서의 금메달처럼 우리나라 국민에게 엄청난 승리감이나 자신감을 심어 주었다. 일본에 국권을 잃은 패배의 역사에서 100년 만에 비로소 당당한 세계사의 일원이 되는 민족의 자존감이었다.

　1960년대부터 줄기찬 구호였던 "할 수 있다"의 결실을 본 것 같은 기분이었다. 올림픽이나 월드컵 같은 한 건의 단순한 외부적으로 보이는 축제가 아니라 우리 국민 한 사람 한 사람의 내부적 힘이 샘솟는 자신감이나 환희 같은 것이었다.

　2024년 여름 현재 이 글의 논제가 프랑스 파리에서 진행되고 있다. 하계올림픽이다. 우리나라 순위가 서구의 강대 선진국들과 당당히 어깨를 겨루고 있다. 극동의 강대국 중국, 일본과 당당히 순위경쟁을 한다. 인구와 국토 면적을 보면 비교가 될 수 없다. 그런데도 우리 국민은 당당히 떳떳이 오히려 자랑스러운 국민으로서의 실적을 보이는 것이다. 국민 한 사람 한 사람의 능력이나 재기는 세계 최고 수준일 것이라고 짐작된다.

　그렇다면 오천 년의 역사에서 왜 그렇게 한민족의 존재가 미미했는가? 바로 생계에 허덕였기 때문이었다. 하루세끼 먹는 일에 마음 쓰고 치중하다 보니까 창의력과 도전정신의 부재로 보다 더 나은 내

일의 삶을 꿈꿀 수 없었기 때문이었다.

우리는 지금 세계 1위 기업을 넘어서 세계 1위 문화를 전 지구촌에 전파하고 있다. 가족문화, 공연문화, 음식문화, 거리문화, 정치문화, 직장문화, 건강의료체계 등 사회적 동물인 인간의 삶의 방식에 있어서 거의 모든 분야에서 세계인들이 부러워하고 본받고자 하는 것이다.

그동안은 거의 모든 분야에서 선진국에 대해서 열등의식을 갖고 있었다. 어떤 일을 하는 데 있어서 한국 사람들이니까 능력이나 자질 부족으로 완성이나 성공을 못 한다고 생각했다. 선진국 국민들은 별 어려움 없이 거뜬히 어떤 일을 완수한다는 것이었다. 공동체 의식이나 시민의식, 개인의 능력, 자질이 선진국 국민들의 수준에 못 미친다고 여겼다. 그래서 선진국을 배우기 위해서 무던히도 애쓰고 힘써 왔다.

그러던 것이 요즘은 정반대 현상이 일어났다. 후진국들은 말할 것도 없고 선진국들까지 우리나라를 배우고자 몰려오고 있는 것이다. 완전히 격세지감이 된 것이다. 이러한 일련의 사태들이 왜 일어나고 있는가 하는 것이다. 우리 민족의 저력이 꽃피우고 있는 것이다. 그 원인이 무엇일까 했을 때 단연히 생계 문제 해결이라고 말하고 싶은 것이다. 선진국 국민들과 같은 조건의 삶을 살 때의 현상이 현재의 한국 사회라는 것이다.

우리 세대들의 2세, 3세들이 생계 걱정 없이 각종 분야에서 열심히 노력하고, 연구하고 정정당당히 세계인들과 경쟁하는 가운데서 생겨나는 성과가 오늘날의 한국인 것이다. 그것의 직접적인 결과가 24년 파리올림픽의 성과라고 확신하는 바이다.

## 왜곡된 지식인들이 꿈꾼 허상의 세상 🔔

젊은 날 나의 멘토였던 친구가 퇴직 후 사진예술에 심취하여 전 세계를 혼자서 다니면서 사진을 찍는 투혼을 발휘하는 부러움을 샀다. 그중에 제정 러시아의 수도였던 상트페테르부르크를 세 번이나 다녀왔다고 한다. 도시를 가로지르는 강변에 도스토예프스키의 동상이 우뚝 서 있다고 한다. 그런데 그 친구는 그게 뭐 대수냐 하면서 여행 중에 만나는 유럽 도시의 흔한 풍경의 하나로 그 동상 인물의 위력을 잘 모르는 것 같아서 실망감을 약간 느낀 일이 있었다.

소설 《죄와 벌》의 하이라이트 부분이 고3 국어 교과서에 있었다.

도스토예프스키가 꿈꾼 허상의 세상 때문에 현재 지구촌이 위험하고 소란스러우며 그 중심에 우리나라가 있고 거대한 지구 전극의 불꽃 심지가 휴전선이다. 식민지 시대로부터 형성된 전극의 심지에서 스파크가 일어나 불탄 자국이 세계 1·2차 대전이었다. 2차 대전이 끝난 후에는 그 전의 식민지 시대와는 전연 다른 세계 질서가 형성되었고 그 증표가 자유민주주의의 푸른색과 공산주의라는 붉은색의 세계 질서였다. 80년이 지난 지금에 와서는 그동안의 경계 색깔이 변화무쌍했지만 우리나라 후전선만큼은 여전히 요지부동인 것이 참으로 안타깝고 기가 막힐 따름이다.

19세기는 산업혁명과 자본주의의 꽃이 활짝 피고 그 결과 식민지 시대의 절정을 이룬다. 동시에 자본주의의 모순이 부각되기 시작하여 선각자들이나 지식인들이 미래 세상에 대한 통찰과 염려를 하게 된다. 자본주의의 모순을 해결하는 방안이 무엇일까 하는 것이었다.

자본주의의 모순이라고 하는 것은 인간의 노력과 능력은 간 곳 없고 자본끼리 경쟁하여 공장공업의 대량생산에서 기인되는 큰 자본이 적은 자본을 점차 잠식한다는 이론으로 이로 인하여 빈부격차가 더 심해지는 사회가 된다는 것이었다.

그런데 빈부의 격차 문제가 산업혁명에 성공한 서구사회보다는 아직 산업혁명이 받아들여지지 않은 러시아에서 농노와 지주 사이에서 더 심각하게 대두되었다. 이런 불합리한 사회를 어떻게 개선하는 방법이 없을까 하고 지식인들이 맹렬히 고민하고 연구하고 있었다.

이 무렵 독일의 칼 마르크스에 의하여 공산주의 사상의 이론이 확립되었다. 빈부의 격차 없는 재산을 공평하게 나누는 세상이었다. 칼 마르크스는 이 이론을 들고 서구의 여러 나라들을 전전하였으나 씨도 먹히지 않았고 푸대접받았으나 러시아에서 대환영을 받았다.

러시아에서는 공산주의 이론이 나오기 이전부터 사회개혁에 대한 지식인들이나 사상가들의 고민이 깊었다. 특히 문학가들이 작품을 통한 사회문제 제시와 국민정신 계몽운동에 어느 누구보다도 앞장섰다. 1970년대까지 우리나라 전국의 이발관에 걸려 있었던 액자 속의 글귀 '세상이 그대를 속일지라도'로 시작하는 시의 작가 푸시킨도 그중의 한 명이었다.

러시아의 대문호 톨스토이는 공산주의 이론이 생기기 전의 사람이었기 때문인지는 몰라도 결코 공산주의를 지지하는 작가가 아니었다. 그 외에 고리키, 푸시킨, 도스토예프스키 등의 문인들은 공산주의 이론이 나오자마자 앞장서는 지독한 공산주의 사상가가 되었다. 소설《죄와 벌》에서 무산자가 유산자를 타파하는 주인공인 청년 라스콜니코프가 셋집 주인 노파를 살해하는 그 장면으로 도스토예프스키가 상트페테르부르크 도시의 강변에 동상으로 아직도 기념비가 되어 우뚝 서 있는 것이다.

역사, 철학, 문학, 예술, 종교 등의 순으로 인문학을 대별하지만 그래도 인문학의 으뜸은 역사, 철학, 문학이다. 인문학이라고 하는 것은 이공학과 대조되는 인간사회의 문화를 배우는 것으로 이공계가 물질문화라면 인문계는 주로 정신문화라고 할 수 있을 것이다. 역사는 인간 삶의 흔적을 더듬어 보는 것으로 인문학의 첫 출발이며 대 원류다. 철학은 어떻게 사는가이고 문학은 어떻게 살 것인가를 고민하는 이상사회다. 역사는 과거이고 철학은 현재이며 문학은 미래사회를 설계하는 나침반일 수도 있다.

이공학이 실증과학으로 확실한 것이라면 인문학은 통계과학으로 오류나 편차가 심할 수 있다. 대표적인 것이 사이비 교주들의 횡포로 그래도 분명히 그들의 사회가 존재한다. 문제는 인문과학은 실증이 매우 어렵다는 것이다. 대표적인 것이 공산주의 이론이다.

공산주의 사회건설이 인간의 삶에 어떻게 적용되고 얼마나 유·불리한가를 알아보는 데 70년이 걸렸다는 사실이다. 결국은 실패작으로 폐기 처분되고 말았다. 그동안 공산주의 이론을 실증하느라 희생된 사람과 흘린 피는 얼마이며 그 해악은 이루 말할 수도 없다. 그렇게 인간사회에 해악을 끼치며 고통을 주는 공산주의 이론을 19세기 후반부의 러시아 지식인들이나 문학가들이 왜 그렇게 신봉하고 거드름을 피우며 잘난 체했던가 하는 것이다.

공산주의 사회는 러시아 문학가들이 꿈꾸는 이상적인 세상이었고 천국이 될 것 같았다. 그러므로 그들이 피력하는 모든 문학의 주제는 부르주아인 자본가를 타파하고 프롤레타리아인 노동자나 농민 등 무산자 계급이 득세하는 세상이었다. 공산주의 사회가 될 때까지 그들은 문학이나 작품으로 또는 글로써 선동하고 의식화하고 투쟁하는 것이었다. 그 결과가 나타난 것이 1917년 레닌이 주동자가 된 러시아혁명이었다. 러시아는 소련으로 바뀌었고 전 세계를 붉은색으로 물들이기 위한 종주국이 되었다.

참으로 묘한 것이 공산혁명에 성공하면 초기 수십 년간은 공산주의 이론대로 너무나 멋지고 이상적인 사회가 된다는 것이었다. 모든 개인재산을 국유화하고 무산자가 되어 공동으로 생활하고 공동생산 분배하니까 공평한 세상인 것 같고 빈부의 격차가 없어서 좋았다.

그런데 날이 갈수록 사람들마다의 가슴에 무언가 알 수 없는 허전함이 쌓여 갔다. 그러다가 결국은 견딜 수 없는 감옥 같은 삶이 된다는 것이었다. 단체생활의 대표적인 삶인 군대 생활을 연상하면 될 것 같다. 군대 생활에서 단체운동 경기 하는 설렘과 같은 기분으로 보면 될 것 같다. 잠깐의 설렘이 공산혁명 성공의 초기 단계 국민들의 들뜬 기분일 것이다. 즉 변화 없는 지루함의 감옥살이가 공산주의 국가의 국민의 삶이었다.

이 허상의 세상을 증명하는 인문학적 실험은 70년이 걸렸고 실험과 적용을 해보지 않은 공산주의 사회를 이상적인 세상이라고 주창한 러시아의 지식인들은 또 무엇이란 말인가? 일제강점기 시대 우리나라도 많은 지식인들이나 선각자들이 해방되었을 때의 나라의 기틀을 러시아 지식인들이 주창한 허상의 사회를 세우기 위해서 애쓰다가 낭패를 보고 일생을 망친 인사들이 많음을 알아야 하고 우리는 그들을 용서하기 위해서 기도해야 할 것이다.


## K푸드의 위력 ☕

전 세계는 지금 한국의 열풍에 휩쓸리고 있다. 후진국을 중심으로 물론 경제발전을 가장 부러워하지만 정치, 사회, 문화 등 각 부문에서 세상 사람들이 주목하고 있다. 그 중에서 한국의 음식문화도 한몫한다고 할 수 있다. 세계는 지금 한 가족 시대가 되어 한국 사회의 일거수일투족이 전 세계에 방영되고 있는 것이 사실이다. 과거 같으면 전연 방송 프로그램이 될 수 없는 한국의 식문화가 버젓이 자랑스럽게 소개되고 있는 것이다.

한국인의 식문화도 한국의 경제력과 맥을 같이 한다고 할 수 있다. 우리나라가 못사는 후진국일 때는 우리나라 사람들이 먹는 음식도 무시당했다고 할 수 있다. 연전에 영국에 유학 간 한국 학생이 김을 구워 밥을 싸 먹으니까 같은 방의 외국인 동료가 무슨 밥을 종이 같은 것으로 싸 먹느냐 하면서 신기하다는 표정을 지었다. 그 말 속에는 물론 호기심도 있었겠지만 한국인의 식성을 무시하는 의미가 들어 있었다.

요새는 한국 주둔 미군부대에서 어떻게 하는지 모르겠지만 그전에는 한국산 달걀을 일체 이용하지 않는다고 했다. 한국의 닭들은 한국인의 비위생적 집 주변을 헤집고 다니면서 먹이를 취하기 때문에 계란도 비위생적이라는 것이다. 그러므로 굳이 수만 리 밖인 본국에서 공수해서 사용한다는 것이었다. 한국인의 위생 수준과 한국 식품의 위생 수준을 같은 궤로 보는 무시하는 처사였다. 미국 사회에서 미국 사람들이 비빔밥 위에 올리는 반숙의 계란에 기생충이 있다면서 금기시하는 것은 이해가 간다. 한국인들이 곱씹어봐야 할 일인 것이다.

세계의 대도시들에는 세계 각국의 요리와 음식점들이 즐비하고 경쟁이 치열하다. 프랑스, 이탈리아를 중심으로 하는 양식과 중식, 일식, 한식 등 각국 사람들의 유동성만큼 각국의 음식점들도 유동적이다. 특히 일본 사람들의 주식이다시피 한 초밥 요리는 일본의 경제력에 힘입어 전 세계인의 입맛을 주름잡았다. 세계인들의 입맛은 참으로 요염하고 간사하다. 한국이 일본의 식민지가 되었을 때는 한국 사람들이 먹는 음식도 식민지가 되는 것이다. 음식에 관한 한 한국인들 자신들도 그랬고 지금이야 음식으로 신분을 차별하지 않지만 한 세대 전까지만 해도 그러했다. 의식주에 관한 한 전 세계 인류의 공통적인 인지상정일 것이다. 인간의 삶은 풍요로움을 지향하는 것이고 그 풍요로움은 의식주로 나타나니까 그럴 것이다. 경제력에 따라 식탁의 풍성함은 자연스럽고 당연한 귀결일 것이다.

우리들이 자랄 때 시골 아이들은 도시 아이들의 삶을 부러워했고 도시 아이들은 서양 선진국 아이들의 삶을 부러워했다. 아이들의 관심은 아무래도 먹는 것이 주가 될 것이다. 학교에서는 골고루 먹으라고 했고 집에서는 거섶을 많이 권장했다. 거섶은 거친 채소 반찬이다. 밥도 꽁보리밥이라 거칠어 못마땅한데 반찬도 거칠게 먹으라니 기가 찰 노릇이고 정떨어졌다. 어른들도 보리는 사람 먹이로 조물주가 만든 것이 아닐 것이라고 자탄하기도 했다.

서양 사람들은 부드러운 크림과 빵에 달콤한 소스를 발라 먹고 찍어 먹고 연한 고기를 칼로 잘라서 포크로 찍어 먹는 풍경을 상상만 해도 부럽고 꿈만 같은 삶이었다.


세월은 흘러 우리나라 사람들의 식탁도 풍성하고 풍요로워졌다. 그 변화에 스스로 만족해하고 흐뭇해하는 사람들도 많아졌다. 같은 시민의 입장이라면 서양인을 한국의 어떤 가정에 갑자기 초대해도 떳떳이 대접할 있는 수준이나 능력의 사람들이 많아졌다.

그러한 가운데 어느덧 역전 현상이 일어났다. 서양의 선진국 사람들이 한국의 식탁을 부러워하게 되었다. 한국인들의 식탁도 풍성하고 잘 먹고 많이 먹는데도 한국 사람들은 날씬한 사람들이 많고 뚱뚱한 사람들이 적다는 것이었다. 그것은 그만큼 한국인들이 건강하다는 것이고 국민건강이나 개인의 건강생활에 관해서는 서양 선진국의 위정자나 국민들이 현시대에 가장 큰 관심사가 되었다. 그 결과 한국 가정의 식탁을 유심히 바라보게 되고 한국인들의 식성과 식탁에 지대한 관심을 갖게 된 것이다.

한국인 식탁의 주가 발효식품이라는 것과 국물음식이라는 것을 발견한 것이다. 김치, 간장, 된장, 고추장, 젓갈, 장아찌, 식혜 등 한국인들의 밥상에는 발효식품이 필수였고 그 종류도 매우 다양했다. 예를 들어 한국의 기호식품이 된 떡볶이만 해도 물엿과 고추장이 꼭 들어가야 하고 특히 고추장은 한국인 특유의 식품이 되었다.

최근 한국의 김밥이 미국에서 선풍적인 인기를 끌게 되었다는데 종전 같으면 상상도 못 할 한국 식품의 위력을 보여주는 것이라고 할 수 있다. 한국에서 만든 김밥을 미국 사람들이 먹는다는 것, 이게 어찌 가능한가. 과학의 발달로 냉동식품이 되고 통신의 발달로 널리 알려지고 교통의 발달로 즉시 운반이 가능한 시대이니까 그야말로 지구가족 시대라는 것을 K식품의 위력에서도 다시 한 번 실감하게 되는 것이다.

# 백 년의 등불 🏮

인간은 태어난 이상 어떻게든 살아야 하고 살아야 할 입장은 천차
만별이다. 살다가 삶의 처지나 환경이 너무나 팍팍함을 알았을 때는
그 절망감이나 난감함은 이루 말할 수 없을 것이다. 지금부터 백 년
전쯤에 우리 민족이 처한 입장이라고 사료된다.

거대한 사조에 따른 시대의 변곡점에서 병인양요, 신미양요 등 서
양의 직접적인 침략은 잘 물리쳤으나 동학혁명이라는 내부의 회오리
를 잠재우기 위해서 이웃 나라인 일본을 끌어들인 큰 과오를 범하게
되는 역사가 있었다. 서세동점이라는 커다란 해일의 방향에서 동병
상린으로 같이 앓고 대처해야 했던 일본이 갑자기 서양의 앞잡이가
되어 우리 민족의 심장에 칼을 꽂아버리니까 어떤 명분이나 방향도
무용지물이 되었고 나라는 사정없이 시쳇더미가 되었다.

결과적으로 동학혁명도 정부의 관군도 시기적으로 오류를 범한 역
사가 되었다. 문인을 중심으로 하는 러시아 지식인들의 미래 세상을
그리는 끈질긴 사회개혁 운동으로 러시아 공산주의 혁명의 성공을
본 한국의 지식인들은 일본을 방문하는 당시의 최고 지성인인 인도
의 시인이며 노벨 문학 수상자인 타고르에게 명망과 함께 큰 신뢰를
보냈다. 한국독립의 길로 가는 방향을 제시하는 나침반이라도 될 것
이라는 신뢰였다. 러시아혁명 성공의 메커니즘을 우리나라의 독립운
동에 적용해 보자는 의도였을 것이다.

문학을 통한 끈질긴 계몽선동이 혁명 성공의 바탕이 된 시민정신이었을 것이라는 것이다.

타고르는 영국의 식민지가 된 지 오래된 자국의 인도를 포함한 동양의 나라들이 서양의 세력들에게 시달림을 받는 것을 보고 매우 안타까워했다. 그중에서 일본만이 유일한 희망이었다. 큰 고래 같은 인도, 중국이 서양의 범고래들에게 살점을 뜯기는 것을 본 타고르는 일본만이 서양 세력과 맞서는 유일한 동양의 범고래라 생각했다.

일본의 정책이나 일본인의 정신으로 인도를 포함한 동양의 나라들이 서양을 벗어나 보자는 것이었다. 아마도 그런 연유인지 그래서 일본을 알고 배우기 위해서인지는 몰라도 아무튼 일본을 여러 번 방문했다. 일본인의 정신으로 인도인들의 독립정신을 일깨우자는 의도였을 것이다. 일본에 올 때마다 한국의 특파원들이 한국 국민들에게 희망이 되는 말을 해달라고 부탁했다. 인도는 먼 서양의 식민지가 된 지 200년이나 되었고 한국은 이웃 동양의 식민지로 20년밖에 안 된 신생 식민지국이지만 동병상련의 독립정신은 같은 고뇌라는 것이었다.

그 결과 타고르가 시인이니만큼 시적으로 짧은 글로 써 준 것이 〈동방의 등불〉이었다. 그 시절의 가냘프고 희미한 등불이 지금은 만방의 등불이 되어 활활 타오르고 있다. 지난 역사에서 동양 문화가 빛나던 시기에 한국도 당당한 독자적 문화국으로 자리매김하고 있지 않았느냐. 언젠가는 한국도 인도도 독립의 날이 올 것이고 그런 날이 올 때는 한국문화가 동양 문화를 선도할 것이라는 예언이었다. 거대한 동양의 중국, 일본 사이에 낀 작은 나라 한국의 문화가 동양

문화의 모범이 되리라는 생각을 한국의 무엇을 보고 어떻게 하게 되었는지는 아무도 모른다. 아마 한국의 가족문화에서 얻은 확신이었을 것이라는 것이다.

또 하나 타고르가 한국 민족에 대해서 감동한 일이 있었다. 1919년 3·1운동이었다. 우리나라는 식민지 시대의 막바지에 일본의 식민지가 되었고 인도는 그 시기에서야 간디에 의해서 독립운동이 일어났다. 우리의 삼일운동을 본떠 1920년에 독립시위 운동을 했다.

세계 역사에서 보면 삼일운동이 피식민지국으로서는 최초의 시위운동이었다. 프랑스혁명이 있었고 러시아 대혁명이 있었지만 그것들은 어디까지나 자국의 정치나 제도의 프레임을 바꾸는 혁명이었고 식민지국에 대항하는 시위운동은 우리 민족이 최초였다.

타고르의 앞에는 오직 일본만이 있었고 식민지가 된 한국은 안중에도 없었다. 그러다가 삼일운동 이후에는 한국 민족을 보는 눈이 달라졌다. 자국인 인도 국민이 200년 동안이나 갖지 못했던 독립운동을 한국은 식민지가 된 지 10년도 못 돼 세계 만방에 표방했다. 한민족의 저력을 눈여겨보게 된 것이다. 동양의 희망이었던 일본에도 실망했다. 일본의 민족문화나 국제관계의 군국주의에 대한 비인간성과 일본 세력의 횡포였을 것이다. 한국의 특파원들이 식민지 한국에 대한 희망의 메시지를 부탁한 지 10여 년 만에 내놓은 것이 〈동방의 등불〉이었다. 아무튼 그래도 깜깜한 한민족의 앞길에 그야말로 미약하고 희미하나마 한 줄기 희망의 빛이었다.

그로부터 100년이 지난 지금 시대에서 보면 그렇게 큰 위력도 갖지 못하는 문학이나 문인들에 대한 신뢰가 너무 컸던 것 같다. '펜이 칼보다 강하다'는 말을 너무 믿은 탓이었을 것이다. 러시아혁명의 성공에 큰 역할을 했던 러시아 문인들에 대한 흠모가 너무 컸던 것 같다. 사실 그들도 인간사회에 나와서는 안 될 허상의 공산주의의 신봉자로서 어깨에 힘을 너무 많이 준 탓도 있었을 것이다. 새로운 세상에 대한 기대에 너무 흥분했던 것 같다. 70년간이나 실험을 해야 했던 인문학의 맹점을 그들도 알 턱이 없었을 테니까. 한국의 지식인들이 타고르에게 러시아 문인들의 안목을 기대했다는 것을 상기하면 쓴웃음이 절로 난다.

그렇지만 21세기 현재 타고르는 한국의 역사에 큰 역할을 했다. 알 수 없는 인류의 미래 역사에 러시아의 진보 문학인들은 어리석은 자가 되었고 타고르는 한국인들의 가슴에 영원히 꺼지지 않는 등불을 켰다.